AF723211

Rowohlt Verlag GmbH, Kirchenallee 19, 20099 Hamburg

Kontaktadresse nach EU-Produktsicherheitsverordnung:
produktsicherheit@rowohlt.de

Friedrich Christian Delius
Werkausgabe in Einzelbänden

Bildnis der Mutter als junge Frau. *Erzählung*
Der Sonntag, an dem ich Weltmeister wurde. *Erzählung*
Amerikahaus und der Tanz um die Frauen. *Erzählung*
Als die Bücher noch geholfen haben. *Biografische Skizzen*

Mein Jahr als Mörder. *Roman*
Ein Held der inneren Sicherheit. *Roman*
Mogadischu Fensterplatz. *Roman*
Himmelfahrt eines Staatsfeindes. *Roman*
Adenauerplatz. *Roman*

Der Spaziergang von Rostock nach Syrakus. *Erzählung*
Die Birnen von Ribbeck. *Erzählung*
Die Flatterzunge. *Erzählung*
Die Frau, für die ich den Computer erfand. *Roman*
Der Königsmacher. *Roman*

Wir Unternehmer/Unsere Siemens-Welt/Einige Argumente zur Verteidigung der Gemüseesser. *Erzählung*
Die Minute mit Paul McCartney. *Memo-Arien*
Unsichtbare Blitze. *Ausgewählte Gedichte*

Die Liebesgeschichtenerzählerin. *Roman*
Die Zukunft der Schönheit. *Erzählung*
Wenn die Chinesen Rügen kaufen, dann denkt an mich. *Roman*

Friedrich Christian Delius

Wenn die Chinesen Rügen kaufen, dann denkt an mich

Roman

Rowohlt Taschenbuch Verlag

2. Auflage September 2024
Neuausgabe
Veröffentlicht im Rowohlt Taschenbuch Verlag, Hamburg, Februar 2023

Covergestaltung any.way, Walter Hellmann
Satz Newzald bei Dörlemann Satz, Lemförde
Printed in Germany
ISBN 978-3-499-01044-6

Für Dalia

1

30.9.2017 | Aus heiterem Himmel, schön wär's, wenn ich sagen könnte: aus heiterem Himmel.

Gefeuert, entlassen, rausgeschmissen. Na, was fällt ihm sonst noch ein, dem alten Hasen? Freigestellt, abserviert, abgebaut, kaltgestellt, fallengelassen, verjagt, rausgekickt. Gut, aber da gibt es noch mehr im Vorratslager: in die Wüste geschickt, in den Ruhestand versetzt, in die Rente abgeschoben, zum alten Eisen geworfen, abgehalftert, ausgeschieden. Ausgeschieden! Das ist es, fünf Tage nach der Bundestagswahl und zwei Jahre vor dem Rutsch in die Rente hat meine Zeitung mich ausgeschieden, fristgerecht zum Ende des Jahres. Vorsicht, ich stinke.

Als ich den Brief gestern Morgen auf dem Tisch liegen sah, wusste ich Bescheid, obwohl der Himmel heiter war. Solche Briefe kommen freitags. Während ich las, rasselten mir alle diese Wörter durch den Kopf. Danach der erste klare Gedanke: kein Amoklauf bitte. Im Gegenteil: weiterschreiben, noch heute! Wenn es keine Artikel und Kommentare mehr sein dürfen, dann irgendwas anderes, was du noch nie gemacht hast. Eine Art Tagebuch. Subjektiv jedenfalls, rücksichtslos, falls ich das überhaupt noch kann nach so vielen Jahren Fron und Fakten, Zahlen und Meinungsservice.

Dann rief ich Susanne an, auch für sie war die Kündigung keine große Überraschung, sie hatte bis zuletzt nur das eine oder andere Pfund Hoffnung mehr als ich. Sie war in der Pause, wir hatten nur zwei Minuten, ich erklärte die Lage. Mit der Übergangsregelung will der Verlag keinen Ärger haben, ein Vierteljahr darf ich das Haus noch betreten, vielleicht hin und wieder ein paar hundert Zeichen schreiben, mein Maulkorb soll nicht wie ein Maulkorb aussehen, die Blöße einer fristlosen Kündigung will man sich nicht geben. Auf den ersten Blick alles mitarbeiterfreundlich und «sozialverträglich». Ab Januar zahlt man zwei Jahre lang ein Dreiviertelgehalt, bis die Rentenkasse meinen Fall übernimmt bis zum Monat meines Hinscheidens. Den Anwalt können wir sparen, ich will nicht klagen, ich werde nicht klagen. Wir kennen uns lange genug, ich musste meiner Beamtin nicht erklären, dass wir ein Tendenzbetrieb sind und so weit alles regulär scheint. Ich wunderte mich hinterher trotzdem, wie sachlich ich blieb.

Statt auszurasten, einzuknicken oder loszubrüllen, war ich seltsam glücklich mit dem Gedanken: weiterschreiben, aber ganz anders, frei, endlich frei, wirklich frei! Freigestellt, zum ersten Mal gefiel mir der alte Zynismus der Arbeitgeber. Abends war ich dann doch zu gereizt anzufangen.

Heute sitz ich zu Hause vor dem eigenen Bildschirm. Bin froh, nicht den Fehler gemacht zu haben, am Morgen in einen Papierladen zu rennen und ein dickes leeres Heft zu kaufen, das dann vollgeschrieben werden will, mit schludriger Handschrift und schludrigen Formulierungen und dem unlustigen Druck einer selbstauferlegten Chronistenpflicht.
Nein, Profi bleiben an der heimischen Tastatur, eine neue Datei

beginnen, der es egal ist, ob man 10 Seiten oder 10 000 Seiten hintippt. Täglich ein paar Sätze festhalten, ein Tagebuch ohne jede Chronistenpflicht, besser: Aufzeichnungen – was denk ich, was seh ich, wo bin ich, was will ich! (Und wie verbessere ich meinen Eintrag von gestern?)

1.10. | Vorgestern Ancelotti, gestern ich, sagte ich an den Mülleimern zu der freundlichen italienischen Nachbarin vom Musikinstrumentenmuseum, die mich bedauerte. Ancelottis Entlassung – bei ihm nimmt man das vornehme Wort Trennung – überall in den Schlagzeilen. (Wer war Ancelotti? wirst du fragen, Leserin Lena. Ein Trainer beim meistgehassten und meistgeliebten Fußballverein der Zehnerjahre. Und wer ich war? Das sollen dir diese Notizen zeigen, liebe Nichte.)

Bin bestenfalls ein Ersatzspieler. Alle wissen es, sogar die Statistiken: Mit der gedruckten Presse geht es abwärts. Für meine Chefs bin ich ein Kostenfaktor, eine Nummer. Überall in unserer bibbernden Branche wird Personal gekappt. Lieber in den Redaktionen als beim Marketing und in der Verwaltung. Nicht immer auf einen Schlag, bei uns schleichend, sozialverträglicher Stellenabbau heißt das. Die Dax-Priester dürfen natürlich bleiben. Ich muss versuchen, mich nicht als Opfer betriebswirtschaftlicher Schmalhänse zu stilisieren, was für einen Ökonomen besonders peinlich wäre.
Trotzdem, es ist eine Ohrfeige, im besten Berufsalter die Ohrfeige eines Berufsverbots. Das brennt im Gesicht, ätzt den Verstand, nagt am Humor. Obwohl es natürlich kein Berufsverbot ist, wir leben nicht in der Türkei, sondern auch übermorgen noch in einer freiheitlichen Gesellschaft, in der ich weiter schreiben darf, Bücher, Blogs, Tagebuch und Poesie-

alben – und in zwei Jahren als Rentner frei bin, frei für andere Zeitungen. (Zwei oder drei gute Blätter wird's noch geben 2020.)

2.10. | Es wäre kindisch, sich in dieser Lage zu bemitleiden. Ich werde mich nicht als Opfer betrachten, man kennt sein Berufsrisiko im Meinungsgewerbe. Meine Chefs stehen der Regierungspartei nahe, ich nicht. Sie hätscheln die Kanzlerin, die mit Ach und Krach wiedergewählte, ich nicht. Mich hat man für Globalisierungsfragen angestellt, daran hab ich mich gehalten, folglich gelte ich im Haus als ihr Kritiker. Man sieht nicht gern, wenn ökonomisch begründet wird, warum ihre Politik oft falsch und fatal wird und sie für das laufende und das kommende Desaster in Europa auf ihre listige oder naive Art mitverantwortlich ist. Nicht sie als Person, sondern sie als Repräsentantin der kurzsichtigen deutschen Interessen. Dabei sage ich nicht mehr als die meisten europäischen Fachleute. Und teile nicht den deutschen Dünkel, die Wahrheit gepachtet zu haben. (Pass nur auf, nicht selber so ein Pächter zu werden, hat meine kritische Gefährtin neulich gesagt.)

3.10. | Längere Telefonate mit Jürgen und Bernd, die letzten Freunde, die ich in der Redaktion noch habe. Beide raten mir zu bloggen, ab Januar dürfte ich das. Statt solcher Notizen lieber fesche Thesen schnitzen und ins Netz werfen. Aber heute bloggt doch jeder, der einen Computer starten kann. Allein im deutschen Sprachraum Zehntausende von entlassenen oder nie vorwärtsgekommenen oder edelpensionierten Schreiberlingen aller Richtungen, die bloggen und ihre Meinungen durchs Internet schaukeln. Jeder bloggt und jagt sein

Zeug ins Netz und bedient doch nur einen größeren Freundeskreis, ein paar tausend Anhänger, eine Fangruppe. Jeder sein eigener Rechthaber, unangefochten. Das mag narzisstisch befriedigend sein, aber ich mag keine Gemeindebriefe. Für mich bleiben die Blogs, selbst die besten, selbst die, die meiner Sicht am nächsten kommen oder mich zum Widerspruch provozieren, simple Gemeindebriefe. Da können sie sich noch so world wide spreizen, die Pfauen, mit dem schönen Schein der Verbreitung bis ins Unendliche oder in die Clouds. Deshalb bin ich ja zur Zeitung gegangen, weil ich gerade die Leute informieren und überzeugen wollte, die nicht meiner Meinung sind oder sich erst eine bilden wollen, eine sachlich begründete Meinung. Nur wenn du Minderheit bist, kannst du ein guter Journalist sein. Zeigefinger und Rechthaber haben wir genug.

Aber deine Leser werden dich vermissen, sagt Jürgen. Dann sollen sie den Chefs die Hölle heißmachen und mir nicht hinterherweinen, sag ich. Und weißt du, wie viele es sind, a) die es merken, dass ich ab 1.1. fehle, b) die es bedauern, c) die protestieren? Na bitte.

Noch hab ich ihm nicht gesagt, dass ich manchmal auch erleichtert bin, nicht mehr im Wettbewerb der Fakten und Meinungen mithecheln zu müssen. Will ich wirklich so weitermachen? Die Frage ist noch nicht beantwortet. Weiterlachen ist die bessere Devise. Gerade an den Tagen der Einheit.

4.10. | Kassandra geht in Rente, hörte ich heute in der Kantine hinter mir tuscheln. So schnell geht das. Mein Spitzname ehrt mich sogar, natürlich wird man zum Schwarzseher gestempelt, wenn man ein bisschen genauer in die Bilanzen schaut und Finanzministern und Wirtschaftsministern nicht nach dem Mund redet und nicht mitspielt beim Nachschreiben von PR-Meldungen und beim Networking mit Pressesprecherinnen und Pressesprechern. Habe nur einen Horror vor der Schönfärberei. Und bin alles andere als ein Pessimist, höchstens ein taktischer Zweckpessimist, der sich gern freut, wenn es besser kommt als gedacht, sogar bei Wahlen und Fußballergebnissen. Diesmal kam es schlechter als erwartet, aber ich kann mir auf die Schulter klopfen: Immerhin, du hast es gewusst!

Hört her, ihr Tratschtüten aus der Kantine: Auch jetzt in der Stunde des Feierabends sitzt Kassandra noch vor dem Schirm, gleich geht Kassandra mit seiner Frau essen und einen Rotwein trinken. Freut euch nicht zu früh, Kassandras Blog wird es nicht geben!

Gestern Geburtstag der Schwägerin Ella. Die es Helmut Kohl zu verdanken hat, immer an einem Feiertag feiern zu können. Die deutsche Einheit war, wo ich zuhörte, kein Thema, bei den Jüngeren schon gar nicht. Längeres Gespräch mit der aufgeweckten Nichte Lena, Abiturientin, die genauer wissen wollte, warum man mich rausschmeißt. Gab mir Mühe, ein guter Pädagoge zu sein: Ich hätte nichts gegen die Wirtschaft, sie sorge für unseren Wohlstand, auch nichts gegen die soziale Marktwirtschaft, aber die werde verdrängt von der asozialen Finanzwirtschaft, das sei mein Thema, damit ecke man dauernd an. Den Zeitungen gehe es schlecht, es gebe zum Glück sehr viele sehr gute Journalisten in Deutschland, ich sei nun etwas älter, und so weiter.

Auch sie liest nicht mehr auf Zeitungspapier, sie verstand die wirtschaftlichen Argumente, witterte schnell meine Abneigung gegen die Regierung, bohrte nach, wollte wissen, ob und

warum ich «gegen die Merkel» sei. Ich lobte die ruhige Art der Kanzlerin, ihre Überlegenheit gegenüber den Gockeln, ihren Flüchtlingsentschluss trotz miserabler Planung und kritisierte vorsichtig ihren machtbewussten Opportunismus, die hilflose Lobbyhörigkeit (die ökologischen und ökonomischen Torheiten samt Griechenlanddesaster erwähnte ich nicht).
Lena wollte ein Beispiel, ich erzählte von der Finanzkrise, als die Chefs der vom Staat geretteten Banken nur noch 500 000 € im Jahr verdienen durften und die CDU/CSU trotzdem bald danach, 2010 schon, natürlich mit Wissen der Kanzlerin, den Antrag einbrachte, diese Grenze aufzuheben, extrem kurzfristig und klammheimlich, und der Bundestag binnen 24 Stunden abstimmte, ohne dass die Opposition sich richtig regen konnte. Und alles für den Chef der Commerzbank und ein paar andere Herren.
Sie hat gerade zum ersten Mal gewählt, in Opposition gegen die in ihren Augen eiserne, ewige Kanzlerin. Habe sie nicht animiert, ihr süßes Wahlgeheimnis preiszugeben, obwohl ich das zu gern gewusst hätte, vermute FDP oder Grün.

5.10. | Der heftigste Sturm des Jahres, man rät zum Zuhausebleiben. Meine Anwesenheit im Büro wird sowieso nicht mehr verlangt. Also nehme ich mir Home Office und hole die alten Jazz-CDs vor. Zum Sturmgebraus die alten Teufel am Piano, Oscar Peterson, Thelonious Monk, Herbie Hancock. Der Rückenwind der Musik! Während draußen Bäume stürzen und Kinder in das Licht der Welt hüpfen.

Für wen schreib ich das hier? Für mich oder Susanne in zehn Jahren oder, wer weiß das, in zwanzig. Um später gerührt oder verbittert auf dem Altersheimsofa nachzulesen, wie es damals

war, als ich tapferer Ritter gegen die bedrohlichen Windmühlen der Wirtschaft vorzeitig in die Rente gescheucht wurde, wie ich durch die Krise anno 2017 gekommen bin. (Ach was, Krise, alles ist Krise. Der Redakteur in mir bleibt streng, ehrlicher wäre: Kränkung. Auch wenn die Kündigung absehbar war, sie ist eine schwere Kränkung, eine Gemeinheit.)
Nein, keine Nostalgie bitte. Auch wenn das hier keiner liest, beim Schreiben sollte ich hin und wieder an andere denken. An Lena zum Beispiel. Eine passende Adressatin, eine Brücke in die unbekannte Zukunft, dieser Gedanke kam mir gestern auf dem Rückweg vom Geburtstag. Wenn schon keine Kinder, keine Enkel auf meine Brocken warten, könnte meine aufgeweckte Nichte vielleicht irgendwann einmal, in zwanzig oder noch mehr Jahren, Interesse an den Aufzeichnungen ihres politischen Onkels haben: Wie war das damals am Anfang des Jahrhunderts, in den letzten Merkel-Jahren, als Europa bröckelte? Einverstanden, Leserin Lena?

6. 10. | Das wird natürlich in zwanzig Jahren keine Sau interessieren: Eine neue Koalition bahnt sich an, jeder Politikermund schmeckt das Wort Jamaika ab. Auch bei uns im Haus plappern die meisten das so selbstgefällig nach, als fiele ihnen sonst nichts mehr ein. Adieu, ihr Papageien!

Ich erzählte Jürgen vom Tarpejischen Felsen im alten Rom, von dem man die Greise geschubst hat, die zu nichts mehr nützlich waren, nicht mal die Ziegen mehr melken konnten. Das wäre eine hübsche Idee für die Junge Union zur Sanierung der Rentenkassen, meinte er, aber seiner Ansicht nach seien Mörder und Verbrecher von diesem Felsen gestürzt worden, nicht Greise. Die staatstreuen Greise, sagte ich, sind da sogar freiwillig in die Schlucht gestürzt. Aber du kannst beruhigt sein, ich bin zwar staatstreu, aber ich werd mich nicht als vorbildlicher Staatsbürger im Vorruhestand vom Hochhaus stürzen, weil man mich die Ziegen nicht mehr melken lässt.

Wenn ich doch einmal spekuliere über die Motive meiner Leute: Gerade jetzt, könnten die gedacht haben, wo die neue Rechte so stark ist und ständig die Kanzlerin attackiert, noch dazu auf die unflätigste Art, da dürfen wir denen nicht noch zusätzlich Munition liefern, jetzt müssen Demokraten zusammenstehen, Nörgelei schadet da nur, da schicken wir Kassandra lieber in Rente. Jetzt vereint gegen rechts, da brauchen wir keine Störungen von links mehr, diese abgenudelte Kapitalismuskritik gibt's doch sowieso an jeder Straßenecke, ein Augstein und eine Augstein reichen doch. Dass ich die Politik der M. mit ganz anderen Argumenten kritisiere, nämlich als Pro-Europäer, das ignorieren die einfach.
Freund Jürgen und ich nennen die Frau, vor der zwei Drittel unserer Kolleginnen und Kollegen in die Knie gehen (oder gingen bis vor kurzem), die MÜK, die maßlos überschätzte Kanzlerin. Mein letztes Vergehen vor der Wahl: habe die Weisheit und den Reformwillen Macrons höher eingestuft als die der MÜK. Da macht der Franzose in Athen, mit viel Pathos und Klartext, mit konstruktiver Kritik eine Reihe von Vorschlägen zur Verbesserung der EU in Richtung Demokratie, Italien und Spanien lechzen nach solchen Reformen – er streckt die Arme aus, aber aus den deutschen Wäldern kommen nur Schweigen und der weiße Nebel wunderbar. Man überlässt die Kritik an der EU den Rechten. Das wird sich rächen, schrieb ich wörtlich. Ohne an meine Chefetage zu denken.
Alles Spekulatius. Ich nehme mich zu wichtig, ich bin nur ein Kostenträger, Punkt. Und koste ab 1.1. weniger, so ein-

fach ist das. Und ich darf mich nicht auf die MÜK fixieren. Sie auch nicht mit dieser schönen Abkürzung aufwerten, sondern es beim M. belassen. Wenn ich merke, ins Magnetfeld der M.-Meinungen zu geraten, sollte ich sofort den Schalter umlegen und mich ablenken mit Gedanken an den zweiten großen Aufreger dieser Wochen, den Haarriss in Manuel Neuers Mittelfußknochen. Der Nationaltorwart wankt, Deutschland bangt: Wird dieser haarfeine Riss uns die Weltmeisterschaft kosten?

7.10. | Die Zeitungen immer noch voll mit Artikeln, die Talkshows fixiert auf die Frage: Wie konnte die rechte Truppe nur so weit kommen? Aber niemand hat diese Leute vor der Wahl mit Fragen gelöchert, am wenigsten die Plapperkollegen vom Fernsehen: Wer fährt Ihren Müll weg, wer pflegt Sie im Krankenhaus, wer legt Ihnen die Ware im Supermarkt zurecht? Fehlen bei Ihnen keine Feuerwehrleute und auf dem Land keine Ärzte? Welche Ingenieure sollen die neuen Brücken bauen, woher sollen die händeringend gesuchten Lehrlinge kommen, die Mathegenies? Wissen Sie nicht, dass wir pro Jahr 300 000 Einwanderer brauchen, damit Sie noch eine erträgliche Rente bekommen und Ihre Enkel einen Kitaplatz? Die Falschfrager, wie Kollege B. sie nannte, die Flachfrager und Nichtfrager unter den Journalisten, die sich lieber am Nationalgewäsch erregen, können durchaus für ein paar Prozent der zwölfeinhalb Prozent dieser Rechtsaußenaufwertung verantwortlich sein, über die jetzt alle barmern.

Unsere Zunft war ein Jahrzehnt viel zu kniefällig und zahm vor der M., ihr wurden viel zu selten substanzielle Fragen gestellt oder nachgebohrt, darum sind die meisten Kolleginnen und

Kollegen auch so scheu und zahm vor dieser sogenannten Alternative. Handzahm vor der Alternative für Dummheit, das rächt sich. Kritik wird ausgelagert, ausgesourct – an die Kabarettisten und die «heute show», während «heute» brav und fromm auf der Mittellinie bleibt.

Susanne meint hin und wieder, ich solle mich mit einem Buchprojekt ablenken. Klar, das wäre die angenehmste Lösung. Aber die Welt ist so voll von Büchern und Meinungen, ein gnadenloser Verdrängungswettbewerb, da genieße ich lieber den größeren Luxus, an keine Abnehmer, Anhänger, keinen Markt zu denken, für mich allein zu schreiben, niemanden informieren und überzeugen zu wollen, zu müssen, nicht einmal Susanne und Lena irgendwann. Natürlich könnte ich auch jammern: Mit so viel aufklärerischem Elan angefangen vor vierzig Jahren, nach dem «Deutschen Herbst» (ein Thema für sich, Lena, bitte googeln oder mich fragen, falls ich noch antworten kann). Es ist genug Terror in der Welt, dachte ich damals, unsereiner hat nur ein Mittel dagegen: nach der Wahrheit fahnden, nach den Wahrheiten! Nicht die Leute bestätigen, sondern ihnen was zu denken geben. Zur Wirklichkeit vordringen, schon das ist nicht beliebt. Zur Wirklichkeit vordringen heißt: zur Wirtschaft vordringen. Das ist noch weniger beliebt.

8.10. | Dass bei so einem heftigen Sturm dicke Bäume umfallen, ist nicht verwunderlich. Aber ich habe gestern einige kleine, mickrige Bäume gesehen, die dem Wind überhaupt keine Angriffsfläche boten – und flach und entwurzelt auf der Straße lagen. Wer erklärt mir das?

Nach einer dieser unseligen Scheuklappen-Talkshows platzte es aus meiner Deutschlehrerin heraus: Einmal nur möcht ich diesen Abendlandmuffeln den Satz des kerndeutschen Friedrich Schiller hinwerfen: «Zur Nation euch zu bilden, ihr hoffet es, Deutsche, vergebens. Bildet, ihr könnt es, freier dafür, zu Menschen euch aus.»

9.10. | Wenn ich am Pförtner vorbei und dann durch die Gänge zu meinem Zimmerchen gehe, grüßend, an Gesichtern vorbei, die nicht wissen, ob sie mitleidig gucken sollen oder erleichtert, dass es nicht sie erwischt hat, dann tut sie durchaus weh, die Ohrfeige. Mit 63, auf dem Höhepunkt meiner Kenntnisse, Erfahrungen und bescheidenen Fähigkeiten einfach stummgeschaltet. Was für eine Verschwendung, auch für die Zeitung, die so viel in mich investiert hat. Aber ich werd mich nicht lächerlich machen und darauf pochen, was ich über zwanzig Jahre lang für unser Blatt getan habe, haufenweise Artikel und Kommentare, endlose Dschungel aus Zahlen, Statistiken, Managerfloskeln, Bilanzen durchforstet und durchforscht, tausend Recherchefragen mit stichfesten Belegen zu beantworten und ökonomisches Latein in gutes Deutsch zu übersetzen versucht. Soll ich dem Personalchef wie ein trotziger Schuljunge mein Zwischenzeugnis zeigen mit höchstem Lob für alle meine Tätigkeiten? Nee, weine nicht, wenn der Regen fällt. Tam tam, tam tam!

10.10. | Mea culpa, könnte ich sagen, wenn ich ein guter Katholik wäre. Und dir in Kurzfassung meine Vergehen auflisten, damit du deinen Onkel besser verstehst, Lena. Ja, ich gestehe, ich hab mich mit Kommentaren und Berichten wiederholte Male unbeliebt gemacht bei den deutschen Holzköppen und BWL-Hänschen, am meisten in der Griechenlandfrage. Aber wer einmal kapiert hat, wie die Bankenkrise zur Eurokrise umgelogen, die Deutschen zu Griechenhassern und die Griechen zu Deutschenhassern gemacht wurden, nur weil die feinen Banker und Banken von Hass, Kritik und Verlusten verschont werden sollten und das System auf Teufel komm raus angeblich «alternativlos» gerettet werden musste, der kann sich in diesem Sinn nur schuldig machen. Wer sagt, was war, und bei dieser oder jener Gelegenheit erwähnt, dass die Hunderte von Milliarden Euro, die angeblich nach Griechenland gingen, zu rund 90 % sofort als Zins und Tilgung an die europäischen Banken zu deren Rettung nach Frankfurt, Paris usw. flossen, muss auf Strafen gefasst sein. (Aber was kann ich dafür, dass wir so wenige sind und leider so viele schwachmatische, von der internationalen Fachwelt verlachte deutsche Nationalökonomieprofessoren haben.)

Die Mea-culpa-Liste wäre viele Seiten lang, die werd ich mir ersparen. Aber wenn Lena oder wer immer mich bittet: Hör doch auf zu meckern, hör auf, mit deiner Kritik anzugeben, sag doch mal, was du politisch willst, positiv, dann könnte ich Ulrich Beck zitieren von anno 2011: «Was die Ostpolitik der siebziger Jahre im geteilten Deutschland war, sollte angesichts der Finanzkrise die Europapolitik heute sein: Vereinigung über Grenzen hinweg. Warum war die unendliche Kosten verursachende Vereinigung mit der DDR selbstverständlich, warum ist die wirtschaftspolitische Integration der Schuldnerländer wie Griechenland und Portugal dagegen verpönt? Es geht darum, Europas Zukunft und seine Stellung in der Welt neu zu denken und zu gestalten. Mehr Europa!»

Wie gerne würde ich unsere politischen Dauerplauderer einmal staunen, richtig staunen sehen. Wenigstens über Gravitationswellen, die neulich in den USA und in Europa gemessen wurden, die minimalen Reste der Erschütterungen im Weltall beim Zusammenprall von zwei Schwarzen Löchern vor 1,8 Milliarden Lichtjahren. Milliarden! Lichtjahre! Mal schön unsachlich gesagt: Ein schwarzes Loch ist im Bundestag angekommen (und paart sich jetzt mit der schwarzen Null, haha), und es bleibt beim allgemeinen Austausch von Halbwahrheiten mit der Halbwertzeit von ein, zwei Tagen.
Jetzt kriegen die Physiker, die solche Messungen ermöglicht haben, den Nobelpreis. Für die Kunst des Staunens gibt es immer noch keinen.

11.10. | Genau einen Tag nach dem Entlassungsbrief meldete sich mein alter Schulfreund Fritz Roon wieder, Kardiologe an einer Uniklinik in Baltimore. Jahrelang nichts von ihm gehört. Nun berichtete er in wenigen Sätzen von seiner Karriere, seiner Familie, seiner Scheidung und gab zu, dieser seltsam kranke Präsident der USA, der leider weder bei ihm noch bei den psychiatrischen Kollegen in Behandlung sei, habe bei ihm den Wunsch geweckt, seine Kontakte nach Deutschland wieder «wachzuküssen». Er wolle mir nicht lästig fallen, aber ... Natürlich antwortete ich ihm, überrascht und erfreut, dem besten Kumpel neben mir auf der Schulbank am Friedrich-Wilhelm-Gymnasium in Eschwege und vor oder hinter mir auf dem Fahrrad beim Anstieg auf den Hohen Meißner. Berichtete ihm von meiner steilen Karriere abwärts ins Tal der Frührente.
Carpe diem reicht nicht, mailte er jetzt zurück, typisch Mediziner: Genieße jeden Schritt!

Hat Apple deshalb die Schrittzähler in unsere Telefone installiert?

Langsam lernen, Ich zu sagen.

12.10. | Seidenstraße – ein Wort, das auf der Zunge zergeht, ein magisches, morgenländisches Versprechen. Ich halte jedesmal inne, wenn es mir begegnet. Der Plan ist politisch genial: ein Netz moderner, chinesisch dominierter Handelswege durch alle Kontinente, Aufschwung, Freundschaft, Frieden und bessere Zukunft für alle versprechend. Nehme mir vor, die Antennen mehr in diese Richtung auszufahren.

Je mehr Zeit ich habe, desto mehr Verdrängtes kommt hoch, zum Beispiel die Nebenwirkungen der ökonomisch und politisch idiotischen Griechenlandpolitik: wie mit der erzwungenen und hastigen Privatisierung den Chinesen der Hafen von Piräus fast geschenkt wurde, wie sie nach Europa eingeladen wurden. Ein «Brückenkopf» der neuen Seidenstraße. Aus Dummheit lassen wir uns von chinesischen Firmen erobern oder erleichtern ihnen zumindest die Eroberungen. Vielen Dank, Herr Sarkozy, Frau Merkel, Herr Schäuble, Herr Dijsselbloem! (Entschuldige, Lena, du wirst in welcher Zukunft auch immer einige Namen googeln müssen, ich kann sie hier nicht alle erklären.) Arrogant und selbstzufrieden, wie sie sind, meinten unsere neoliberalen (sie so zu nennen gilt im Blatt schon als ideologisch) Experten, die Griechen über Marktwirtschaft belehren und die Privatisierung befehlen zu müssen, während die Chinesen Fakten schaffen und danke sagen. Schon deine Generation, Lena, wird bald merken, was wir für Trottel waren zu Anfang des 21. Jahrhunderts. Es ist ein

Gemeinplatz, der Westen ist im Abstieg, China steigt auf. Wo die EU Risiken sieht, sieht China Chancen. Aber unsere Sparfüchse und Bankenschmeichler verschenken Griechenland an China. In gut zehn Jahren werden die Chinesen, und nicht nur ihre Roboter, den Weltmarkt beherrschen, auf den zehn wichtigsten Märkten wollen sie führend sein. Und wir dürfen sagen: Wir haben mitgeholfen.
Auch ich müsste mehr in diese Richtung, in die wahrscheinlichste Zukunft schauen: auf die riesigen Investitionsprojekte in aller Welt, aber eben auch in Griechenland, Mazedonien, Serbien, Bosnien-Herzegowina, Ungarn.
Im chinesischen ICE von Wien oder Budapest nach Athen rollen, vielleicht werd ich das noch erleben.

Fahre wieder öfter mit dem Rad in die Redaktion. Wer absteigt, muss mobil bleiben. Auch wenn es die Rechtsabbieger auf mich abgesehen haben.

13.10. | Schöner Satz des Fußballers Müller: «Wir haben die Qualität, wir müssen sie nur auf die Wiese bringen.» Meine Wiese ist jetzt diese Datei.

15.10. | Eine besonders kluge und sympathische freie Journalistin, Außenpolitik, wurde neulich beim Sturm von einem Baum erschlagen. Und in unserm Haus: Der vom Sport kämpft immer noch mit der Prostata, wie sein Vorgänger, der daran starb. Der vom Feuilleton, ein heiterer, pfiffiger Mensch, hatte Lungenembolie. Die Redakteurin Innenpolitik Brustkrebs. Alle jünger als ich. Gehöre immer noch nicht zur Generation Betablocker. Keine Klagen bitte.

Erst recht nicht vor Kolleginnen und Kollegen nach den Konferenzen, auf den Gängen, in der Kantine, wenn sie mich mit Worten (selten) oder Blicken (häufig) bedauern. In Würde (deutsche Sprache schöne Sprache), in Würde auftreten und abtreten. Tratsch und Interna nicht noch in diesen Aufzeichnungen aufwerten.

16. 10. | Ein Brandanschlag auf eine Synagoge soll «nicht antisemitisch» sein? Sondern «politisch motiviert», von wegen «Kritik an Israel»? Geht's noch, ihr Oberlandesgerichtsrichter? Wo lebt ihr? In Düsseldorf?

17. 10. | Hältst du deinen Onkel für einen Feigling, Lena? Weil er seine Entlassung so einfach hinnimmt? Erwartest du, dass ich mich räche an meinen Chefs mit List und Gewalt und nachdenke über eine raffinierte Attacke, einen Anschlag, eine schöne spektakuläre Aktion? Nein, einen Krimi kann ich dir nicht bieten, einen Helden auch nicht. Meine Rachegelüste und anderen finsteren Triebe gehen nicht weit genug, um zur Pistole, zum Gift oder zu einer Machete zu greifen. Nicht mal zu einer Klageschrift.

Du musst wissen, ich hab schon mal einen strengen Verweis bekommen, vor zwei Jahren. Wir waren in der Kantine zu laut geworden, ich hatte in der FAZ etwas über den mittelalterlichen Dichter Dante gelesen. Der hatte es gewagt, drei Päpste, die er erlebt hatte und die in seinen Augen zu Sündern geworden waren, in die von ihm gebaute Hölle zu schicken und ihre Strafen und Qualen genüsslich auszumalen. Was für eine Ketzerei und Frechheit!

Wenn ich so ein Dante wäre, hatte ich zu den Kollegen Jürgen und Bernd am Tisch gesagt, würde Helmut Kohl in der Hölle braten, weil er das Dogma verkündet und zwanzig Jahre verfochten hat, Deutschland, das längst ein Einwanderungsland war, sei kein Einwanderungsland. Wir waren uns einig: Mit der Politik der Abweisung, der Verdächtigung der sogenannten Fremden, der «Ausländer», die bis heute durchschlägt, hat er dem Land schwer geschadet. Ebenso müsste Frau Merkel in der Hölle sitzen, weil sie darin Kohl gefolgt ist und sogar das vernünftige und auch in der CDU anerkannte Einwanderungsgesetz der Schröder-Regierung von 2002 erst befürwortet und dann auf Druck der CSU und einiger Scharfmacher der CDU abgelehnt hat. Der eine wegen seines Prinzips höllenwürdig, die andere wegen ihres Opportunismus.

Wir waren in guter Stimmung, nach Redaktionsschluss, und haben noch ein paar ähnliche Argumente pro oder kontra Hölle durchgespielt. Ohne uns wie der radikale Herr Dante spezielle Strafen auszumalen. Dummerweise waren wir etwas zu eifrig und laut. In der Nähe saß jemand mit Gästen von auswärts, die Beschwerde landete beim Chef.

Der konnte sich gar nicht einkriegen, das Wort Hölle im Zusammenhang mit der Kanzlerin, und das von Redakteuren einer bürgerlichen Zeitung! Wenn das nach außen dringt! Und so weiter, und so weiter. Er hätte mich damals schon gern rausgeschmissen. Mein Argument: Ich hab doch nur im Konjunktiv gesprochen! Wenn ich Dante wäre, habe ich gesagt, ich bin aber nicht Dante, der ist siebenhundert Jahre tot, und ich hab leider gar nicht zu entscheiden, wer in die Hölle sollte – es nützte nichts.

(Das kommt davon, wenn man ausnahmsweise mal das Feuilleton liest. Ein Artikel von F.C. Delius über den «frechsten Dichter aller Zeiten», der hat mich frecher gemacht als erlaubt. Die Achtundsechziger sind schuld!)

Der größte Witz kommt jetzt, auch deshalb erzähle ich die alte Geschichte: Wegen ihres miserablen Wahlergebnisses ringen sich die Christdemokraten, dank des Drucks von FDP und Grünen jetzt bei den Sondierungen, endlich zum Plan eines Einwanderungsgesetzes durch – das sie vor 15 Jahren schon in viel besserer Form hätten haben können. Wie bei der Energiewende – erst macht die M. als Atomkanzlerin ein gutes Gesetz rückgängig, aus Opportunismus, dann passiert ein Atomunglück, und es droht ihr ein Wahlunglück, und sie lässt, aus neuem Opportunismus, als Klimakanzlerin, ein neues, aber schlechteres, für den Steuerzahler viel teureres Gesetz bauen und sich von ihren Claqueuren dafür als Energiewendekanzlerin feiern, die maßlos Überschätzte.
Ein Einwanderungsgesetz, bei dem man die Humanitätspflichten von Wirtschaftsinteressen und die eigenen Bedürfnisse von denen der Flüchtlinge unterschieden, Rechte und Pflichten ähnlich vernünftig wie in den USA, Kanada oder Australien definiert hätte. Vor solchem Regelwerk für solide Integration hat sie nicht nur 2002 gekniffen, sondern all die Jahre, sogar nach ihrem mutigen Satz «Wir schaffen das», aus Angst vor den Rechten. Um mal wieder vom Haarriss in den Füßen der Nation zu sprechen: Weil jener Satz nicht ordentlich begründet, nicht mit Plänen konkretisiert, nicht offen und offensiv vertreten wurde und die krankhafte bürokratische Exklusion der «Ausländer» weitergeht, ist der Haarriss im deutschen Fuß so schwer heilbar geworden. Feigheit vor der eigenen Courage nannte man das in Zeiten, als das Wort Courage noch kein Fremdwort war.

Keine Sorge, Lena, an die Hölle glaubt hier und heute im Jahr 2017 niemand.

18.10. | Der Chor der Spötter über den amerikanischen Präsidenten ist groß genug, da muss ich nicht mitsingen, nicht in diesen Aufzeichnungen. Nach seiner Wahl reichte mir der Satz: 50 Jahre Verblödungsfernsehen können doch nicht umsonst gewesen sein. Es ist allzu leicht, bei diesem Herrn recht zu haben und Witze zu machen. Aber er lässt uns politisch denkfaul und einfältig werden, wenn wir meinen, das sei schon politisch, gegen ihn zu sein. Dabei gibt er harte Nüsse zu knacken.
Warum reizt es mich heute, den öffentlichen Satz eines republikanischen Senators über den Präsidenten festzuhalten? «Es ist eine Schande, dass das Weiße Haus zu einem Pflegeheim für Erwachsene geworden ist.» Nur weil die Bosheit so elegant formuliert ist? Oder weil ich doch jeden Tag hoffe, dass er strauchelt, damit wir ihn nicht ernst nehmen müssen. Jedenfalls ein ergiebiges Gesprächsthema, dieser Kerl, mit Roon in unseren Mails und mit Susanne beim Fernsehen oder in der Kantine und mit den Freunden: kein Tag ohne Mister T.

Kleinkindgruppe im Laub, beim Suchen möglichst großer, schöner Blätter. Auch bei Vierjährigen ist das Haupt- und Spitzenwort: cool. «Guck mal, so groß: cool!»

19.10. | Vogeldeuter! Wenn wir uns ein bisschen aufpumpen wollen, sagte Kuno, der Chef der Journalistenschule, nennen wir uns Journalisten. Wenn wir die Luft rauslassen, Zeitungsschreiber. Wenn wir uns beschimpfen, steht uns ein gut gefülltes Arsenal von Wörtern zur Verfügung. Aber in Wahrheit sind wir nicht viel mehr als Vogeldeuter, nicht viel besser als die Auguren der alten Römer, die aus dem Vogelflug deuten, ob ein

Vorhaben den Göttern gefallen könnte oder nicht. Nur darum ging es den Römern, sie wollten nicht die Zukunft lesen aus dem Vogelflug und den Eingeweiden, sie wollten wissen, was den Göttern gefallen oder missfallen könnte, ob man einen Plan durchführen, absagen oder verschieben sollte. Für uns aus dem Ressort Wirtschaft sind Firmen, Banken, Ministerien, Volkswirtschaften die Götter. Unsere Vögel sind die Zahlen: Gewinn, Rendite, Dividende, Umsatz, Statistiken. Auch für das Handwerk der Vogeldeutung gibt es Regeln, es macht einen Unterschied, ob ein Schwarm Sperlinge nach Westen abdreht oder ein Adler nach Süden. Wir kennen das, Bilanzen lesen kann auch nicht jeder, sagte Kuno, sogar viele Wirtschaftsredakteure nicht. Er war aus der strammen Schumpeter-Schule (bitte googeln, Lena). Heute gebe ich ihm recht: Wir sind die Priester des Aberglaubens an die Zahlen, an die je nach Bedarf neu gemischten und anders deutbaren Zahlen. Wir sind Vogeldeuter, weiter nichts.

Ein Vogeldeuter bin ich, ja – immer noch besser als Vogelfänger.

Aufzeichnungen eines abgestürzten Vogeldeuters. Das wäre die Leitlinie. Was kommt da wie aus China angeflogen, mit welchen Zielen?

Die Zeiten sind zu aufregend, um nicht über sie zu schreiben. Man will reagieren, und sei es mit kleinen Randbemerkungen. Die laufenden Ereignisse zu beschweigen ist, Seneca hin oder her, jedenfalls auch keine Lösung.

20.10. | In der U-Bahn kochte sie mal wieder hoch, die Wut: In zwei Monaten fährst du nicht mehr zur Arbeit.
Die Gesichter rundum, als wären die Leute auch gerade rausgeschmissen worden. Jeder trägt seine Kündigung auf der Stirn.

22.10. | Als ich im Sommer anhand des neuen Buches von Yanis Varoufakis «Die ganze Geschichte» den Griechenlandschlamassel auf einer Seite darstellen wollte, hieß es: Nicht im Wahlkampf! (Es hatte sich herumgesprochen, wie zerstritten Frau M. und Herr Sch. in dieser Frage waren.) Nun, nach der Wahl und nach der Kündigung, machte ich, ohne Hoffnung, einen neuen Anlauf. Jetzt heißt es: ich solle mich in meiner Lage nicht mehr exponieren (auf dem Abstellgleis). Man lässt mich ins Büro und an die Datenbanken, aber schreiben, auch noch Gutes über die bösen Griechen und den Buhmann Nummer 1, denkste!

Vorteil des Tagebuchs: die eigenen Dummheiten von denen der übrigen Welt trennen. Im Blog, bei Twitter, Facebook usw.: die eigenen Dummheiten mit denen der restlichen Welt vermanschen.

23.10. | Nein, will mir kein Buchprojekt aufladen, erst mal jedenfalls nicht. Susanne wünscht ja schon lange und drängt jetzt wieder, dass ich über ihren Onkel schreibe, der in einem Altersheim bei Hannover sitzt und in der Geschichte der Bundesrepublik eine winzige, aber wichtige Rolle gespielt hat, ein linker Lehrer, der Ulrike Meinhof der Polizei ausgeliefert hat und dafür sein halbes Leben lang als Verräter beschimpft und belästigt wurde. Das war anno 1972, das ist bald ein halbes

Jahrhundert her. Tut mir leid, mich interessiert der wirkliche Verrat, der Verrat von heute.

Der Verrat vor der Haustür in Malta zum Beispiel. Wo die Journalistin Daphne Caruana Galizia von einer Autobombe getötet wurde, Mitarbeiterin an den Panama Papers. Sie hatte Belege für die mafiösen Strukturen ihrer Regierung geliefert, die offenbar Geldwäsche, Ölschmuggel, Drogengeschäfte, Steuerflucht fördert und den finsteren Vertretern dieser Branchen aus Russland, China, Vorderasien auch noch EU-Pässe verkauft. Mitten in der EU ist es lebensgefährlich geworden, investigativ zu arbeiten. Und die Regierung scheint die Aufklärung des Mords verhindern zu wollen. Es rächt sich, dass die EU keine schnellen, wirksamen Mittel hat, Länder zu sanktionieren, die an den Grundpfeilern des Rechtsstaats rütteln. Ungarn, Polen, Rumänien, Bulgarien, jetzt Malta. Der geduldete Verrat an Grundwerten, juckt der nur noch uns alte Verfassungspatrioten?
Meine lieben Kolleginnen und Kollegen, über die ich manchmal herziehe (wie sie über mich), an diesem Punkt sind sie alle hellhörig und erfreulich eindeutig. Ähnlich wie bei Deniz Yücel oder bei Can Dündar.

Und in Deutschland verschwenden wir unsere Zeit mit einer in Panik um sich schlagenden, das Land lähmenden CSU, die das Verlieren nicht gelernt hat. Als sei das Wahlvolk schuld an einer kollektiven Majestätsbeleidigung. Als schriebe die bayerische Verfassung für alle Zeiten die absolute CSU-Herrschaft vor. So viel Panik vor ein bisschen mehr Demokratie. Die Partei stellt die unfähigsten Minister und wird dafür nicht mal kritisiert. Wo bleiben die Artikel über diesen Einparteienstaat mit öffentlich-rechtlicher Hofberichterstattung?

24.10. | Gestern Abend erzählt Jürgen von seinem Bruder: Dessen Firma, die bestens läuft und ihn, mittlerer Manager, bis zur Erschöpfung (Herz) schlaucht, macht derzeit «nur» 3 Mio. Gewinn. Jetzt verlangt die Hausbank: bittschön 20 Mio. im nächsten Jahr. Ähnlich bei Siemens. Ein hoher Manager erzählte mir, wie der Vorstand «gegrillt» wird von den Fondshaltern: Wo Gewinne sind, sind niemals genug Gewinne, also weg mit angeblich unproduktiven Sparten, die angeblich zu wenig Gewinn abwerfen. Die Zeit der unternehmerischen Entscheidungen ist vorbei. «Margenschwäche» ist tödlich. Fondsmanager und Großaktionäre bestimmen, mit welchen Firmensegmenten die höchsten Renditen zu holen sind. Wenn ihr nicht spurt, ziehen wir unsere Aktien ab. Und immer noch wird den BWL-Studenten das Märchen vom freien Markt eingetrichtert.

«Es wird knallen, wenn wir nicht endlich aufwachen!», sagte der ehemalige Daimler-Boss Reuter im Sommer und meinte die maßlosen, marktzerstörenden, asozialen Manager. Das Zitat wurde mir im September aus einem Artikel gestrichen (Neutralität im Wahlkampf, haha). Dabei wollte ich nur sagen: Die Mehrheit dieser Manager wird nicht aufwachen, und knallen wird es wohl auch nicht. Es wird der Boden bereitet für chinesische Investoren, die langfristig denken und nicht so bescheuert wie die quartalsblinden Amerikaner und Europäer.

25.10. | Auch diese Beobachtung ist nicht neu: Ein U-Bahn-Wagen voller devot gesenkter Köpfe, starrend auf die kleinen Handmaschinen. Es schießen zu viele Meinungen durch die Welt, das permanente Gerangel um Aufmerksamkeit entfernt die Leute voneinander und macht sie kirre, selbst einen alten

Hasen von 63. Jemand hat kürzlich vom permanenten «Konfrontationshagel» gesprochen, es gehe immer weniger um Debatten und immer mehr um die Abgrenzung von andern. Es gebe eine «Deregulierung des Meinungs- und Diskussionsmarktes» (Pörksen), gut gesagt.

In unserer Journalistenzunft zu viele medienservile Figuren. Bevor in der Presse, im Fernsehen von einem Ereignis halbwegs berichtet und solide recherchiert wird, beeilt man sich schon zu berichten, wie die Stimmung «im Netz» ist, was «die sozialen Medien» kommentieren. Aber niemand bedenkt, dass die, die da aktiv sind, zu viel Zeit haben oder arbeitsfaul oder Berufsmeckerer oder Trolle sind, jedenfalls in keiner Weise repräsentativ für die Gesellschaft. Das alte Lied auf neusten Algorithmen: Wer möglichst schnell und möglichst heftig (also möglichst kenntnislos, möglichst undifferenziert, möglichst dumm) reagiert, wird zitiert, wird wahrgenommen, kriegt Klicks und Werbegeld. Wer differenziert, ist sowieso ein Langweiler.
Darauf freu ich mich am meisten, wenn meine «Freistellung» beginnt: Den Streit, ob die «sozialen Medien» nicht doch die dümmsten, die «asozialen Medien» für Millionen von Rechthabern und Sofabesserwissern sind, werden andere führen. Und zu Tagungen in katholischen Akademien «Ist die vernetzte Gesellschaft eine verletzte Gesellschaft?» werd ich nicht gehen.
Habe gestern in der Redaktionskonferenz mal wieder gefragt, warum die Fixmeinungen, die über Facebook und Twitter abgesondert werden, auch unserer Zeitung so imponieren. Am Puls der Zeit bleiben, den Leuten zuhören, der Stimme des Volkes, sagt man. Aber das alles ist ja in keiner Weise repräsentativ, man pickt sich nur das Flotteste, Frechste da raus.

Früher hat man sich doch auch nicht von den Stammtischen beeindrucken lassen, hab ich gesagt. «Früher», das Wort verrät mich als Mann von gestern, Stammtisch sowieso. «Früher», so darf man gar nicht anfangen, dann ist man schon out. Gerade deshalb schreib ich es hierhin (denn Lena, da bin ich sicher, wird das in zwanzig Jahren wieder anders sehen und hoffentlich lachen über die narzisstischen Zeitverschwendungsrituale der Jugend der zehner Jahre und über die Meinungsmacht der Sesselfurzer).
Kurz: Es wächst die Sehnsucht, noch mehr zum Einzelgänger zu werden. Ein Angler an einem nicht allzu fischreichen Fluss. Nein, weg mit der Angel und den Fischern, den Flug der Vögel sollst du deuten!

Kollegin E. erzählt: Insel Santorin proppenvoll mit Chinesen, die durch die schmalen Gassen drängeln und schieben. Alles überteuert, lauter asiatische Lokale und Läden. Also nicht nur in Venedig, Rom und kleineren Städten wie Viterbo. Das Schnäppchen, der Hafen von Piräus, lohnt sich also schon, das chinesische «Tor zu Europa», wirtschaftlich sowieso, nur von den Touristenmassen hatte ich noch nichts gehört. Hab recherchiert: Jetzt 200 000, bald eine Million werden jährlich in Piräus ankommen und umsteigen.

26. 10. | Beim Umsteigen am Zoo, auf dem Heimweg, Warten auf die U9, der klare Gedanke – ja, das wäre mein Projekt: wie Europa chinesisch wird! Ein China-Album, eine Mappe anlegen, werde erst mal sammeln, wie Briefmarken die verstreuten Meldungen über chinesische Beteiligungen, Übernahmen, Besitzungen und Besetzungen, Schlüsselstellungen in Europa. Häfen, Eisenbahnen, Autobahnen, Energiekonzerne, Banken,

auch in Portugal, Italien, Spanien, Zypern und so weiter. Wo das offenbar unerschöpfliche kommunistische Kapital und die vielen tausend Superreichen sich festsetzen (2130 Menschen mit mehr als 300 Mio. Dollar, 650 Milliardäre). Wie die Seidenstraßen bis vor unsere Haustüren kommen. Was das hierzulande ändern könnte. Also auch ein Poesiealbum.

Griechenland macht beim Verweis auf die Menschenrechte in China schon nicht mehr mit, so bleibt die EU wegen der geforderten Einstimmigkeit blockiert und stumm. Piräus und Sch. sei Dank. «Die Zukunft hat schon begonnen», wieder mal.

27.10. | Wenn die Chinesen Rügen kaufen, dann denkt an mich. (Mit diesem Satz im Kopf wachte ich auf.)

Hier ein Hotel, da eine Villa, ein Waldstück, ein Anteil am Hafen Mukran, aller Anfang wird diskret sein. Oder ein Milliardär, vielleicht ein Millionär, der ein ausgefallenes Spielzeug sucht, wird auf eine der letzten Dampfeisenbahnen Europas aufmerksam, auf den beliebten «Rasenden Roland» von Rügen. Ein unwiderstehliches Objekt, weggekauft für einen Apfel und ein Ei, eine uralte Schmalspureisenbahn, mit der man von Putbus über Binz nach Göhren und zurück fahren kann, beliebt bei Touristen, Rentnern, Kindern, die Attraktion der Insel. So könnte es losgehen, der Dampfzug mit höchstens 30 km/h lockt die Menschen aus dem Land der Hochgeschwindigkeitszüge, bald wollen hunderttausend Chinesen im Jahr mit dem «Rasenden Roland» durch Wiesen und Wälder tuckern, mehr Retro geht nicht. Ein märchenhafter Einstieg.

28.10. | Vielleicht haben die «alternativen Fakten» und der Trend zur «Alternative für Deutschland» auch etwas zu tun mit der unseligen Lieblingsvokabel der M.: «alternativlos». Das musste zum Widerspruch reizen, auch bei der Rechten.
Da fehlt noch ein klitzekleiner Kommentar zum Wahlergebnis, den ich gerne schreiben würde, wenn ich dürfte: Auch für diese Vokabel ist ihre Regierung bestraft worden, jetzt hat sie die «Alternative».
Witzig auch, dass alle den Begriff «Alternative» falsch verwenden, allen voran die AfD selbst, deren Erfinder nicht mal Deutsch können: Alternative bedeutet die Entscheidung zwischen zwei Möglichkeiten, also entweder – oder und nicht: Hier geht's lang!

29.10. | Leserin Lena, falls du dich wunderst, dass hier der Name deiner Tante Susanne nur selten auftaucht: Das hat nichts zu bedeuten. Das meiste, was ich hier aufschreibe, spreche ich mit ihr durch. Auch die Alternativlosigkeit der Alternativen. Wir sind selten verschiedener Meinung. Seit sie mitbekommen hat, wie auf Druck der Wirtschaftsverbände das Gymnasium um ein Jahr verkürzt wurde, um die Schüler «besser aufs Berufsleben» vorzubereiten, stört sie sich nicht mehr an meinen radikaleren Ansichten. Wie das zu verheerender Unbildung und zu einem nutzlosen Warte- und Reisejahr der erschöpften Abiturienten geführt hat, darüber weiß sie viel zu klagen. Auch das, was sie mir sonst erzählt, die kleineren und größeren Schauergeschichten aus dem Schulalltag und von der Bürokratie, von bockigen Schulrätinnen und schluffigen Referendaren, das will ich hier nicht reinpacken. Auch nicht die kleineren Freuden und Überraschungen. Das ist nicht mein Metier.

Aber es gibt Verbindungen: wie schon die Schüler belogen und betrogen werden sollen – von den Lehrern auf Anweisung der Schulbehörde. So sollen jetzt in Berlin 50 % eines Jahrgangs «das Abitur mitnehmen». Also müssen die Noten auf Teufel komm raus hochgetrieben werden. Die Kinder sind ja nicht dumm, die wissen ungefähr, was sie können oder nicht können, sagt Susanne. Wie sollen da verantwortungsvolle, ehrliche Staatsbürger heranwachsen, wenn auch Nichtwissen «gut» ist, wenn sie an staatlich gefordertes und gefördertes Schummeln und Schmeichelei gewöhnt werden? An staatlich verordnete Hochstapelei? An Bestnoten – bei fehlenden Grundkenntnissen? Und das Gleiche bei der Lehrerausbildung? Susanne, die Referendare ausbildet, macht sich zunehmend unbeliebt, weil sie sich hin und wieder gegen den verordneten Schwindel wehrt.

30.10. | Man könnte es zuspitzen: Wenn die Chinesen Rügen kaufen, in fünfzig oder hundert Jahren – wer wird ihnen den Weg geebnet, die Voraussetzungen geschaffen, sie gewiss ohne Absicht, aber in reiner Torheit geradezu eingeladen haben? Die direkt gewählte Bundestagsabgeordnete des Wahlkreises Rügen-Vorpommern-Greifswald, gleichzeitig Bundeskanzlerin im frühen 21. Jahrhundert. Wenn die letzte europäische Insel, die Edelimmobilie Rügen, nach und nach in chinesischen Besitz kommt, wird diese Pointe wahrscheinlich vergessen sein. Deshalb beschäftigt sie mich heute.
Die arme Frau, die ohnehin schuld sein soll an allem, was schiefläuft, diese integre Frau, die Gute zwischen all den Gockeln, Autokraten, Halb- und Vierteldiktatoren, auch noch für die schleichende Sinisierung Europas mitverantwortlich zu machen, ist das nicht gemein? Schlimmer als der Vorwurf

ihrer widerlichen Feinde, sie übergebe mit der Einwanderung unser Land, ganz Europa Muslimen und Islamisten?
Ganz ruhig bleiben, hier geht es um Ökonomie. It's the economy, stupid Germans! In den Thinktanks und bei den Stiftungen sieht man bereits, was ein kleiner Journalist wie ich auch nicht mehr übersehen kann: dass in den von der Rügen-Vorpommerschen Abgeordneten geleiteten Berliner Regierungsbunkern die Signale und Weichen gestellt werden für unsere friedlichen Eroberer in ein, zwei, drei Generationen – höchstens bei den Robotern versucht man seit kurzem ein bisschen zu warnen, jetzt, wo sie verkauft sind. Je länger die vorpommersche Wahlkreischefin sich weigert, den Standpunkt der schwäbischen Hausfrau und des schwäbischen Hausherrn in Sachen Euro aufzugeben und z. B. ein paar Schritte auf Macron zuzugehen, desto früher wird uns der Euro um die Ohren fliegen, desto eher stehen die emsigen Käufer aus Asien auf der Matte.
Piräus war nicht der Anfang, aber das unwiderstehlichste Angebot aus den Folgeschäden deutscher Politik. Der Weg von Piräus nach Sassnitz oder Mukran ist nicht weit. Und wenn heute schon über hundert namhafte französische Weingüter Chinesen gehören, Edelimmobilien in Frankfurt, Berlin, München, dann werden logischerweise die Grundstücke in Binz und Göhren, die Strände und Wälder irgendwann an der Reihe sein, die schnucklige Eisenbahn mit den grünen Wagen sowieso und zuletzt, Naturschutz hin oder her, der Nationalpark Jasmund mit den Kreidefelsen und dem Königsstuhl.

Nein, das ist kein Szenario. Das war neulich nur so ein Einfall, aber ich sollte ihn weiterdenken. Spielerisch, in meinem ganz privaten Thinktank, gefördert von Thelonious Monk.

31. 10. | Reformationsausnahmefeiertag, und ich bleibe in China. Auf den Meinungsmarktplätzen frisst man sich ständig an den Flüchtlingsfragen und Islamismusfragen fest, die mit viel Bildung, guter Justiz und Polizei und ein paar vernünftigen Regeln, wie sie andere Länder längst haben, zu lösen wären. Ab und zu sollte man auch mal zwei Schritte weiterhüpfen und die Reformation Deutschlands von der mittleren Zukunft her denken: die kommende chinesische Dominanz, wie sie zu bremsen, wenn sie schon nicht aufzuhalten ist. Nicht aus Chinesen-Feindlichkeit, sondern weil die europäischen Werte besser zu uns passen, das Grundgesetz und Macron-Europa. Besser als ein stalinistischer Konfuzianismus. Wär doch ganz schön, wenn in hundert oder zweihundert Jahren unsere Geschichte und Kultur quicklebendig, Europa nicht autoritär wäre, seine Firmen nicht alle auf dem Zahnfleisch gingen und die Menschen ihre Regierung frei wählen und ihre Meinung frei äußern könnten ohne Totalüberwachung. Mit dem Gegensteuern könnte man heute schon anfangen.

Leider sind Unternehmer und Manager, die ihre Firmen Chinesen verkaufen (ohne Not, sondern weil Millionäre noch mehr Millionen wollen), offenbar so blöd, wie sie argumentieren: Es gingen ja keine Arbeitsplätze verloren – was meistens sogar stimmt, kurzfristig. Sie kapieren nicht die Strategie dahinter: Es geht um wirtschaftliche Dominanz, um Schlüsselindustrien, Banken, Umschlagplätze. Bis 2025 will das Land in allen wichtigen Branchen führend sein, in allen.
Spätestens seit dem Parteitag neulich liegt die Kampfansage auf dem Tisch: Erfolg gibt es nur mit einer «starken, geeinten», also autoritären Regierung, westliche Werte und Demokratie stören nur bei der Modernisierung der Welt. Der Westen steigt ab, weil er verdorben ist, China steigt auf zur neuen Zentral-

macht, weil hier alle Weisheit und alle Tugenden versammelt sind.
Und diese ökonomische Macht wird bekanntlich auf allen Kontinenten systematisch ausgebaut, vor unserer Tür besonders in Südosteuropa. Europa pennt, und die dummen Deutschen, die Autodeppen vor allem, sind geblendet vom Stolz, immer noch ein paar viel zu dicke Autos den Chinesen zu verkaufen.

Wer bin ich, mich mit Herrn Xi Jinping anzulegen, dem großen Steuermann von 1,4 Milliarden Chinesen?

1.11. | Auch das schreib ich für Lena auf. Wenn ihre Generation in zwanzig, dreißig Jahren die Eltern fragt: Habt ihr das nicht gewusst oder geahnt? Man hätte alles wissen können, die Lektüre eines ordentlichen Wirtschaftsteils hätte gereicht.

3.11. | Immer noch zeichnet sich keine neue Regierung ab. Alle fragen: Was macht, was will die M.? Viele merken erst jetzt, wie nackt unsere Kaiserin ist. Hat sie noch eine tragende Idee, außer die Ideen von CSU, FDP, Grünen auf einen wackligen Nenner zu bringen? Nach außen wird das nicht erkennbar. Da wirkt sie nur kraftlos, müde. Als wäre ihre Zeit vorbei, unken jetzt alle. Bei der Flüchtlingspolitik hab ich ihr angesichts von so viel Häme und Hysterie eine glückliche Hand gewünscht. Aber sie ist die Pechmarie ihres planlosen Moralismus geworden, die vermutlich vergessen hat, dass sie ein Opfer ihres eigenen Opportunismus von 2002 ist, als sie auf Druck der CSU das Einwanderungsgesetz ablehnen ließ. Ohne ihre alten Fehler einzugestehen, wird sie kaum etwas Neues

richtig machen. Aber Fehler eingestehen ist undeutsch und in der Politik nur den Mutigen gegeben.
Das wäre noch eine hübsche Pointe dieses Herbstes: Mich schickt man in die Rente, weil ich sie zu scharf kritisiert hätte. Und nun geht sie in die Rente, vielleicht noch vor mir?

Es ist richtig, dass Frau M. sehr viel Kritik, Häme, Bosheit erfährt, weil sie eine Frau ist. Es ist aber auch richtig, dass sie geschont und allzu höflich behandelt wird, weil sie eine Frau ist. Niemand spricht zum Beispiel von der Jauchekanzlerin oder vom CSU-Jaucheminister, obwohl beide nichts gegen den gigantischen Nitratüberschuss im Grundwasser tun, im Gegenteil, laufend gegen EU-Vorschriften verstoßen, weshalb Deutschland von der EU verklagt wird. Und überdies noch den Import von Gülle zulassen. Enorme Trinkwasserkosten wird es in Zukunft geben. (Bei den Rechnungen, die du in fünf, in zehn, in dreißig Jahren kriegst, Lena, wirst du vielleicht an die Jauchekanzlerin aus dem frühen 21. Jahrhundert denken.)
Wenn sie ein Mann wäre, hätte ich, vor meiner Kündigung, Artikel über den Jauchekanzler verfasst oder angeregt, den Luftverschmutzungskanzler, den Klimakiller, den Bahnverspätungskanzler, den Steuerbetrugförderungskanzler.
Sie hat also das Glück, eine Frau zu sein – bei uns liberalen Menschen. Bei den Dummköpfen und Schimpfbacken bleibt es ein Nachteil.

5.11. | In der Redaktion keine besonderen Vorkommnisse. Nach einem Monat hat man sich an meinen Status gewöhnt, die einen beneiden, die andern bedauern mich. Ich höre den Spitznamen Kassandra nicht mehr.

Freund Roon schickt mir ab und zu Links zu irgendwelchen Shows, in denen Trump karikiert wird. Es freut mich, die Amis lachen zu hören. Auch wenn man nicht immer weiß, ob das Lachen eingespielt wird.

7.11. | Die unendliche Fortsetzung des massenhaften, halblegalen Steuerschwindels, jetzt Tausende Seiten «Paradise Papers». Dazu der ehemalige Schatzkanzler der britischen Konservativen, Kenneth Clarke, der nun das ausspricht, was der Chef der italienischen Mafia-Ermittler schon lange sagt: «London ist das Weltzentrum der Geldwäsche.» Als ich das, deutlich moderater, vor zwei Jahren in unserm Blatt schrieb, gab es einen schweren Rüffel für diese «bösartige Unterstellung».

Es gäbe so viel zu tun. Aber ich werde mich in den letzten Wochen nicht verkämpfen.

Konjunktur der Hysterien. Ich merke, wie unwichtig ich bin.

8.11. | Sondierungs-Eiertänze. Immer mehr Leute bei uns im Haus kritteln nun gegen die M. – mit den Argumenten, die mich vor sechs Wochen die Stelle gekostet haben. Das Blatt wendet sich. («Die Zufrühgekommenen sind nicht gern gesehen. Aber ihre Milch trinkt man dann», Wolf Biermann.)

9.11. | Ein Mann mit grauer Jacke geht mit einer grauen Satellitenschüssel über die Straße, die Schüssel über dem Kopf wie ein Regenschirm. Tag des Mauerfalls und der Synagogenbrände.

10.11. | Immerhin konnte ich noch diese Zeilen im Blatt unterbringen, nach neuen Leaks zum alten Thema nicht gezahlter Steuern in Höhe von 300 Milliarden € weltweit. Das war dann wohl mein letzter Beitrag, deswegen kopiere ich hier die zentralen Absätze:
«Gäbe es in den USA oder in der Eurozone den politischen Willen, ließe sich das parasitäre Geschäft von heute auf morgen beenden. Die Parlamente müssten nur beschließen, dass Banken, die Geschäfte mit Firmen auf der Isle of Man, den Caiman-Inseln und anderen steuerfreien Zwergstaaten betreiben wollen, kein Konto mehr bei der EZB oder Federal Reserve bekommen, folglich also nicht mehr in Euro oder Dollar handeln könnten. Sofort würden alle internationalen Banken dieses Geschäft einstellen, und der Spuk wäre vorbei. Den Vorschlag machte Altbundeskanzler Helmut Schmidt schon vor elf Jahren. Aber diesen Willen gab es eben nie. Stattdessen sorgte sich die bisherige Bundesregierung lieber um die Privatsphäre der Superreichen. Vor allem wegen des deutschen Widerstandes gibt es darum bis heute keine Register, die EU-weit verpflichtend und ohne Ausnahme die tatsächlich wirtschaftlich Begünstigten einer jeden Unternehmung öffentlich benennen, um so dem Geschäft mit den Geheimvermögen ein Ende zu machen. Eigentlich wäre es für die künftige Bundesregierung mit dem französischen Präsidenten ein Leichtes, ein Zeichen zu setzen. Schließlich verliert mit dem Ausscheiden der Briten die zentrale Schutzmacht der Steuervermeider Sitz und Stimme.»
Gern hätt ich noch geschrieben: Nehmt das, ihr deutschen Unschuldslämmer! Und wenn ihr nicht auf mich hört, dann bittschön auf den Guru Helmut Schmidt! (Sorry, viel zu googeln, Lena.)

Seit ich neulich mit diesem Satz über die Chinesen in Rügen aufwachte, ertappe ich mich manchmal dabei, wie ich im Büro in Tagträume ausschweife: Steilküsten, Buchenwälder, weites, blaues Meer. Als müsste ich hinfahren und die Kreidefelsen verteidigen. Oder nachsehen, ob der «Rasende Roland» wieder Verluste macht und zum Verkauf steht. Der anfangs so spinnerte Satz regt ständig zu Gedankenspielen an, an denen ich mich durch die letzten Tage hangele. Ansonsten räume ich auf, mache Stichworte für diese Notizen.

12. 11. | Ein junger Uhu auf dem Balkon. Steht, schaut, fragt, bleibt. Erst nach einer Viertelstunde aufs Fensterbrett und dann weiter hinaus in die Lüfte. Seinen fragenden Blick nicht vergessen: Was machst du hier?

13. 11. | Auch das war mir neu: Man darf bei Aldi maximal 25 Stunden, in Drogeriemärkten z. B. nur 15 Stunden arbeiten. Weil denen normal Festangestellte zu teuer sind. Du wirst nur nach Bedarf «flexibel» zu bestimmten Stunden zur Arbeit gerufen. Musst trotzdem in Bereitschaft sein, natürlich unbezahlt, kannst also nichts dazuverdienen, so bleibt nur die Hoffnung auf Überstunden. Erzählt Susanne von der Tochter einer Freundin.

Bei einem Empfang sagt ein frisch pensionierter Vermögensberater: Es gibt keine sicheren Geldanlagen mehr, alles kann sich ganz rasch ändern. Ich wollte über die miesen Fakten und Tricks der Deutschen Bank, der Autoindustrie, von VW und dem Abgasbetrug reden, über die deutschen Götterdämmerungen bis hin zum DFB, er hing am Schlagwort «alternative

Fakten». Es ist ganz einfach, prahlte ich, im Alltag (inklusive Politik, Wirtschaft, Wissenschaft) ist alles, was nicht wahr ist, Lüge und in der Kunst Fiktion. Auch ihn, der sein ganzes Leben auf Börsenzahlen gestiert und auf ein phantastisches Plus gesetzt hat, faszinierte, dass der ideologische Kampfbegriff für Lüge so glatt übernommen wird.

Immer mehr Krimis, mit immer abstruseren Fall-Konstruktionen, aber diesen «Tatort» wird es niemals geben: Jeder Zweite aus dem Umfeld der NSU-Mörder war beim Verfassungsschutz (noch eine spannende Geschichte aus unserer Zeit um 2010 zum Nachlesen, Lena).
«Still ruht der See, die Vöglein schlafen.» Und die Vogeldeuter auch.

15. 11. | Es tut mir gut, nur für mich zu schreiben (und für Susanne in naher, für Lena vielleicht in ferner Zukunft), weit weg von den Multiplikations- und Meinungsmaschinen. Niemand liest das hier. Nicht mal der Chef. Keine Leser morgen oder in einem Monat. Das Auge Gottes mag sich auf Milliarden anderer Meinungen fokussieren. Auf dieser Datei kann mich keiner liken, bewerten, Ja oder Nein oder Unentschieden ankreuzen. Gedanken und Meinungen einfach kommen und gehen lassen, ohne sie gleich der Welt zum Fraß vorzulegen.

Gestern auf dem Heimweg stieg ich am Zoo nicht um, aus kindischem Trotz, und fuhr bis Olympiastadion durch, nahm mir vor, bis zu den Eingängen zu laufen, einfach so, obwohl alles geschlossen war und die Parkplätze leer. Aber dort war es mir zu dunkel, das wäre keine Ehrenrunde geworden. Zurück am Zoo, stieg ich aus, ging die paar Schritte zur Gedächtniskirche an die Seite, wo der islamistische Attentäter zwölf Menschen umgebracht hatte. Blieb dort zwei, drei Minuten, atmete tief durch und ließ mich erleichtert heimwärts zum Friedrich-Wilhelm-Platz kutschen. Der nächste Weihnachtsmarkt steht an.

Mit Steffen besprochen, im neuen Jahr wieder unsere Skatrunde zu beleben. Er berichtet: Es sind so gut wie keine Rechtsanwaltsgehilfen bzw. Auszubildende zu kriegen. Entweder sind ihnen acht Stunden Arbeit zu viel, oder sie können nicht schreiben, oder sie machen keinen Schritt, ohne ihr Handy zu fragen. Das hat unsere Gesellschaft geschafft.
Dafür gibt es den «Schlemmertopf» auch für Hunde.

16.11. | «Steueroasen bieten Schutz vor der Gier der Finanzminister», so der Ressortleiter Wirtschaft der «Welt». Merkt noch jemand, dass hier ein Staatsbetrüger spricht? Der sich für konservativ hält. Der die «Gier» der Reichen den Dienern des Gemeinwohls andichtet, damit gegen die Gesetze hetzt, gegen Steuermoral, Recht und alles, was Konservativen teuer sein müsste. Und den Chinesen in die Hände arbeitet – je weniger Kapital im Land bleibt, je weniger der betrogene Staat in die Infrastruktur investieren kann, desto leichter haben es die Einkäufer aus dem Ausland.

Tagträume: Raus aus dem Bau, am Pförtner vorbei, zum Bahnhof, ein Ticket kaufen Richtung Meer, am schnellsten geht es nach Binz, nicht nach Bari, Borkum, Biarritz, im ICE nach Rügen schaukeln, ran an die schlappe, biedere Ostsee, nein, ran an die Steilküsten und Abgründe, weiter ließ ich die Gedanken nicht schweifen. (Was will mein Unterbewusstes damit sagen? Rügen retten?)

17.11. | Der junge Kollege gestern: Biedermeier, er wolle kein Biedermeier mehr. Und bezog das auf die Lethargie der Kanzlerin. Der Wunsch kam aus tiefstem Herzen, fast gestöhnt. Ich hätte ihm vorher nicht zugetraut, dass er das Wort Biedermeier überhaupt kennt. Er ist unter 30, spezialisiert auf Afrika, Kritiker der Wünsch-dir-was-Politik der M., der wackligen Verträge mit wackligen Diktatoren, die uns die Flüchtlinge fernhalten sollen. Und einer der wenigen, die kapiert haben, was ich seit mehr als 25 Jahren zu wiederholen müde geworden bin, dass die EU-subventionierten Lebensmittel so viele Afrikaner in den Hunger und zur Flucht in Richtung EU treiben. Falls der mein Nachfolger wird, wär ich einverstanden.

Selber abserviert, verändert sich der Blick auf liegende Obdachlose. An meiner Rente wird noch gerechnet.

20.11. | Auch in Susannes Kreisen, selbst unter den gescheiteren Lehrerinnen und Lehrern, möchte niemand mit Zahlen belästigt werden. Wie oft höre ich, wenn ich mal den sogenannten Rettungsschirm oder Handelsbilanzüberschüsse erklären muss: Bitte nicht so viele Zahlen! Noch schwieriger die volkswirtschaftlichen Binsen. Warum kriegen auch gebildete Leute nicht in den Kopf, dass «der deutsche Steuerzahler» nicht das Maß aller Dinge ist? Dass die EZB keine Bank ist, sondern eine Aufsichtsbehörde mit dem Recht, Geld zu produzieren? Dass selbst bei Verlusten der EZB kein Steuerzahler, auch kein deutscher Steuerzahler «bluten muss»? Und das viele Geld auch viele Gewinner produziert? Warum wollen diese Leute nicht wissen, dass die Fachleute in aller Welt sich wundern, wie man hierzulande irrationale Angst gegen ein

geldpolitisches Instrument schürt, das in den entwickelten Nationen als bewährtes Verfahren gilt?
Als hätten sie alle die «schwäbische Hausfrau» vor Augen. Die Ökonomie erschöpft sich leider nicht in Plus und Minus. Woher die deutsche Irrationalität in volkswirtschaftlichen Fragen? Die panische Angst vor Schulden kann man psychologisch erklären. Aber nicht, warum die deutschen Sturköpfe mit ihrer Fixierung auf die «schwarze Null» sogar die sonst so hochheiligen Marktgesetze verleugnen. (Einfach gesagt, Lena: Wenn alle sparen, schrumpft alles. Sparen macht arm, nur Investieren hilft weiter.)
Warum belügen sie sich so gerne selbst, gerade die Deutschen, die so vernünftig tun? Dazu Prodi (Vorname Romano, Lena, und was immer dir Google sagt: ein hochanständiger EU-Kommissionspräsident): «Jeder weiß doch, dass Griechenland seine Schulden niemals zurückzahlen wird ... Es ist doch völlig klar, dass Schulden ohne Wachstum nicht geringer werden können. Das ist einfach ganz und gar unmöglich. Ich habe in meiner Zeit als Regierungschef die europäischen Haushaltsregeln immer respektiert, aber ich habe auch gesagt, dass sie dumm sind. Die Wirtschaft braucht einen Schub. Da ist Deutschland gefragt, das die Führungsrolle in Europa hat. Führen heißt: Verantwortung. Deutschland hat aber ein religiöses Verhältnis zu einer möglichst niedrigen Inflation. Und ich fürchte, das wird sich nicht ändern.»

Beim Aufräumen heute kam mir das Interview mit Prodi vom Februar 2015 wieder unter die Augen: 2010, erinnert er uns, als alle Finger nicht mehr auf die Banken, sondern plötzlich auf Griechenland zeigten, wären ein kluger Schuldenschnitt und einige mittel- und langfristige Maßnahmen sinnvoll gewesen, Europa hätte aufatmen können. Aber es passierte drei bis

vier Monate nichts, weil Frau M. aus Angst vor den Wählern in Nordrhein-Westfalen zögerte. Folglich stiegen die Zinsen kräftig.
Ach, wir selbstverliebten Deutschen, wie wir uns dicke tun, wir hätten aus der Geschichte gelernt. Nur nicht, wenn's ums Geld geht. Da müssen immer wieder Griechen, Italiener wie Prodi und andere kommen und uns sagen, wie weise es war, dass der Bundesrepublik 1953 auf der Londoner Schuldenkonferenz ein Großteil der Riesenschulden erlassen wurde. Deswegen waren Wachstum und Wirtschaftswunder möglich, nicht wegen Fritz Walter und Helmut Rahn.

21.11. | Gemischte Gefühle beim Wort «M.-Dämmerung», das hört man jetzt immer öfter nach dem Scheitern von «Jamaika». M. ohne Linie, ohne Energie, ohne Inhalt, nur bröselnde Macht. Auch in dieser Hinsicht folgt sie Kohl. Und sie sieht aus, als wüsste sie das bereits. Aber wenn sie ginge, bräche Panik aus, das weiß sie auch. Das ist der Unterschied zu Kohl, da lieferte die SPD nicht so ein Trauerspiel, hatte rechtzeitig ihren Schröder aufgebaut. SPD-Schulz verpasste es, sich wie ein halber oder ein Achtel-Macron als offensiver Europäer zu profilieren. Nur ein Trost: Der kleinkarierte, antieuropäische Lobbyclub FDP kommt nicht zum Zuge.

Diese Aufzeichnungen, mein Abklingbecken. Anstrengende Zeiten für Vogeldeuter.
Aber immer noch ein rundum gut funktionierendes Herz, sagt mein Arzt. So ein Pech, sag ich Susanne, da hat man sogar einen Kardiologen zum Freund, wenn auch in den USA, und dann nicht mal Herzrhythmusstörungen.

22.11. | «Nicht so viele Zahlen, bitte!» Also nur ganz wenige: 62 Leute besitzen so viel wie 3,7 Milliarden, die Hälfte der Menschheit. Ein Prozent besitzen mehr als die übrigen 99 Prozent, Tendenz eindeutig. Der größte Skandal auf dieser Erde ist zu groß und zu bekannt, um daraus mit altmodischer Empörung Funken zu schlagen. (Oder erst, wenn «Bild» mit diesen Zahlen die Trommel rührt, man stelle sich das Unmögliche vor.) Nein, solche Fakten passen nicht in die allgemeine Meinungshysterie.

In unserm schönen reichen Deutschland: Die ärmere Hälfte der Bevölkerung besitzt – nichts. Nirgends in Europa gibt es so große Vermögensungleichheit, die Hälfte der Arbeiter hat in den letzten 15 Jahren Kaufkraftverluste hinnehmen müssen. Nirgends ist es so schwer für Arme aufzusteigen. Die Ökonomen wissen: So viel Ungleichheit schadet der Wirtschaft. «Die soziale Marktwirtschaft ist tot» (Fratzscher, DIW). Vor zehn, zwanzig Jahren hatten wir eine Zweidrittelgesellschaft, heute eine Sechzig-vierzig-Gesellschaft, vierzig Prozent sind und bleiben arm und unten.

Na los, ihr Sonntagsredner!

Wie erleichtert ich bin, so etwas nun nicht mehr kommentieren zu müssen. Aber warum schreib ich das hier auf? Muss ich mir beweisen, dass ich noch nicht ganz abgebrüht bin? Oder um mir die Zahlen einzuprägen, damit sich Lena in 30 Jahren auch darüber wundert?

Die fromme Illusion eines gerechteren Kapitalismus; ich bleibe so altmodisch, sie hin und wieder mal zu benennen, als Illusion wenigstens.

«Das kapitalistische System ist entgleist», sagt der konservative Ökonom Paul Collier in «The Future of Capitalism». Das wollten die, die mich rauswarfen, auch nie kapieren: wie konservativ ich bin.

24.11. | Den rechten Kameraden in den Talkshowsesseln sollte mal jemand sagen: Keine Sorge, Europa wird nicht islamisch, denn den Islam stimuliert keine wirtschaftliche Dynamik, und der radikale Islamismus lässt sich mit Polizei und Justiz zurückdrängen, wenn man nur will. Schaut mal lieber ein paar Kilometer, ein paar Jahrzehnte weiter auf die Chinesen, wenn sie bei uns die Oberhand gewinnen, dann wird alles gut. Das Modell müsste euch doch gefallen: starke Führung, gleichzeitig nationaler und sozialistischer Kapitalismus, «politische Stabilität» statt «Parteienzwist», Medien-«Harmonie», keine Gewaltenteilung. Kein Klimawahn, kein Menschenrechtswahn, Muslime (Uiguren) unterdrückt, sehr wenige Ausländer. Und eine Partei, die sagt, wo es langgeht. Was fällt euch dazu ein, ihr Pseudopatrioten?

Jetzt berichtet auch Arte: 150 Weingüter Bordeaux in chinesischem Besitz.

Noch zwei Wochen, dann Urlaub, dann Frührente, dann Rente. Wie übersichtlich alles wird. Und die Leute auf den Fluren, in der Kantine, beim mehr oder weniger verdruckksten Verabschieden, sie beneiden mich.

26.11. | Mal was Neues: Der Innenminister lässt die Akten über den «Landshut»-Einsatz der GSG 9 von 1977 für weitere 20 Jahre sperren – bis 2037! Warum denn das? Was ist faul an diesem historischen Erfolg? Lena, frag mal nach 2038, und brüll mir ins Ohr, was da los war. Oder sag's mir auf dem Friedhof!
(GSG 9, «Landshut», 1977, viele Google-Stichworte, verzeih, auch «Deutscher Herbst»: Das war die Zeit, musst du wissen,

in der ich politisch aufgewacht bin und Journalist werden, die Wahrheit hinter den Schlagzeilen wissen wollte. Deshalb bin ich jetzt hellhörig. Und möchte noch auf dem Friedhof neugierig sein auf die geheimen Wahrheiten.)

Lügen kann man in einem Satz. Wahrheiten in einem Satz sind keine. Für sie braucht man schon zwei, drei Sätze oder mehr. Lügen kann man überall hinpinseln, in jedes Mikrophon streuen, die Wahrheit hat immer einen Standortnachteil, mindestens einen.
(Das klingt, als müsst ich bald das «Wort zum Sonntag» predigen.)
Irgendwo aufgeschnappt: «Die Wahrheit als solche kann nicht zu viele Wiederholungen vertragen.» Von wem ist der Satz? Selbst Google weiß es nicht.

Ein alter Großkäfer kriecht durchs Zimmer, langsam, lahmend, eine Ecke suchend. Totensonntag.

30.11. | Orbán, der sich als Verteidiger des christlichen Abendlands geriert, dient sich mit großem Eifer China an. Offene Tür für die Seidenstraßen-Investitionen (u.a. die Bahn Belgrad–Budapest), für chinesische Interessen in der EU – allein 2013 konnten sich 10000 Chinesen Aufenthaltsgenehmigungen für Ungarn kaufen, freien Zugang in den Schengen-Raum.

Dass bei Facebookkontakten, Twitter, Userkommentaren zumeist nicht viel mehr herauskommt als zeitfressendes Pubertätsgefasel und Stammtischgeschwätz und Klischeebestätigungsgemotze, behaupte auch ich gern – obwohl ich mich auf diesen Feldern schlecht auskenne. Beim Aufräumen fand ich jetzt einen Ausschnitt aus der FAZ, Kaube: «… gesteigerte moderne Bereitschaft zum Aberglauben … Was vor kurzem noch im Rauch über den Stammtischen sich mitauflöste, steht jetzt im Netz. Jeder Blödsinn wird inzwischen verschriftlicht und findet auf diesem Weg eine Fachgemeinschaft von Mitdummköpfen … Die Aufklärung darf sich nicht für durchgesetzt halten. Sie muss Dummheit als eine eigene Qualität der Moderne erkennen.»

Wie wohltuend, wenn man bestätigt wird. Noch schöner, wenn der Gedanke klüger weitergetrieben wird: die Dummheit als eigene Qualität der Moderne erkennen. Das sollte ich sagen, wenn man nach Zukunftsplänen fragt: Ich arbeite daran, die Dummheit als eigene Qualität der Moderne zu erkennen.

1.12. | Die Wurstlücke. Ein neues Wort, in der SZ entdeckt. Es scheint ja in jeder Branche Kartelle zu geben, illegale Absprachen über Preiserhöhungen bei Zucker, Kaffee, Bier, Tapeten, Billigwurst. Die Firmen wurden erwischt und verurteilt. Nach der Strafe, 338 Millionen, ließen die Wurst-Anwälte das Vermögen der ertappten Firmen auf andere Unternehmen überschreiben, die sie dann auflösten. Nix da mit Bußgeld, das war die Wurstlücke. Daraufhin wurde das Wettbewerbsgesetz geändert, diese Tricks nützen nichts mehr. Die Große Koalition könnte sich rühmen: Wir haben die Wurstlücke geschlossen! Der Wurstpanscher, der am meisten von der Lücke profitierte, ist natürlich immer noch der Boss von Schalke 04.

Wo Manuel Neuer groß wurde, bevor er zum Wurstboss von Bayern München ging, Nationaltorwart wurde und sein Haarriss im Fuß zur Achillesferse der Nation. So hängt wieder alles mit allem zusammen, oder?

3.12. | Roon teilt mit, er spiele mit dem Gedanken, die USA und die Uni zu verlassen und auf seine alten Tage Landarzt in Deutschland zu werden. Er war schon immer ein Romantiker – als wir 14 waren, überredete er mich, eine Radtour von Eschwege bis nach Rothenburg ob der Tauber zu machen. (Wenn ich heute daran denke: Es war lebensgefährlich, wie die Lkws an uns vorbeischrammten, meist auf der vielbefahrenen, engen Bundesstraße 27.) Das war unser 1968: deutsches Fachwerk bestaunen. Ich würde mich freuen, wenn er käme. Schlug ihm vor, nach Brandenburg oder Mecklenburg zu gehen.

China weiß, wie man Zensur übersetzt: «die Internet-Harmonie verteidigen».

5.12. | Jetzt kommt's an den Tag: Wer hätte gedacht, dass Kanzler Kohl fünfundzwanzig Jahre lang ein Steuerkrimineller war? Ein Wiederholungstäter? Nachdem er in Sachen Flick schon mit blauem Auge davongekommen war und nur dank seiner und seiner Mitarbeiter Lügen nicht zurücktreten musste, machte er einfach weiter mit den schwarzen Kassen, nur etwas vorsichtiger. Und sein erzkatholischer Rivale Barzel ließ sich mit Geld zum Schweigen bringen. Und die Merkel-Schäuble-CDU hat den alten Dreck nie aufgeklärt.
Wenn, ja wenn es nach dem Gesetz gegangen wäre, wenn, ja wenn wir ein perfekter Rechtsstaat (oder wenigstens so streng wie die USA) wären, dann hätte, ja hätte nach der Flick-Affäre die SPD regiert und die deutsche Einheit zu deichseln gehabt, während Kohl im Gefängnis gesessen hätte. Die Frage ist mehr als ein Kantinengespräch wert: Wäre Deutschland besser oder schlechter gefahren als mit dem «Kanzler der Einheit»? Was wäre Lafontaine für ein «Kanzler der Einheit» geworden?

6.12. | Pass auf, sagt Susanne, dass man nicht sagt: Der ist gegen die Chinesen! Rassist! So wie andere gegen die Ausländer, die Muslime, die Juden, die Griechen, die Deutschen sind. Alte Regel: Sei nie gegen «die». Also, liebe Lena, liebe Nachwelt: Ich bin nicht gegen chinesische Menschen und wirtschaftlichen Austausch, aber gegen Monopole und Staatsmonopolismus und diktatorische Antidemokratie und Kommunismus à la Chicago Boys und gegen stalinistischen Kapitalismus, egal ob aus Honduras, Luxemburg oder China. Bin Europa-Patriot nicht wegen der Hautfarben, sondern wegen der Grundrechte, der Aufklärung – und der dazu komplementären Dummheit, siehe oben. Und wegen der Freiheit, sich nicht normieren und uniformieren zu lassen. Wegen des Glücks, nicht nur als menschliches Effizienzmaschinchen funktionieren zu müssen.
Was für euch, Lena, normal sein wird, beobachten wir heute, 2017, gerade in der Anfangsphase: wie das «Sozialkreditsystem», die Totalüberwachung installiert wird. Auch darum bin ich so auf «die Chinesen» fixiert. Soziales, politisches, ökonomisches, privates Verhalten wird nach Punkten bewertet, von denen Einkommen, Rang und Entfaltungsmöglichkeiten abhängen. (Ich weiß, Google und Geheimdienste erarbeiten Ähnliches, nur nicht so offen.) Wir kennen das bislang nur aus dem Roman «1984», jetzt wird das digital perfektioniert: Das Auge des Staates sieht nicht nur alles, es sammelt auch alles und sortiert die Menschen in verschiedene Kasten. Ein Wohlverhaltenskontrollmodell, das autoritären Herrschern gefallen und schon jetzt und bald mehr nach Asien, Afrika, Lateinamerika exportiert wird auf den diversen Seidenstraßen.
Das einzig Komische daran: Die Datenzentrale hieß zuerst «Amt für Ehrlichkeit», das schien dann doch allzu verlogen, nun heißt sie «Amt für Kreditwürdigkeit». Bei den Berichten

darüber, wie jüngst in der «Zeit», vergeht einem das Lachen wieder. Zumal wenn man liest, wie die neue chinesische Regierung ihren Tugendstaat anpreist: «Die Vertrauenswürdigen sollen frei unter dem Himmel umherschweifen können, den Vertrauensbrechern soll kein einziger Schritt mehr möglich sein.»
Ich bin in diesem Sinn ein Vertrauensbrecher. Von Herzen und von Berufs wegen. Kein! einziger! Schritt! Also schon mausetot, wenn ich Chinese wäre? (Und mir hatte Freund Roon gesagt: Genieße jeden Schritt!)

Das dickste Lob in meinem Laden, der mich rauswirft, kam gestern vom Pförtner: Sie grüßen wenigstens richtig, ich werd Sie vermissen!

Streit mit Jürgen. Warum nennt ihr, fragte ich ihn, die Anhänger der AfD nicht deutlich: Verfassungsfeinde? Die rebellieren und agitieren gegen das Grundgesetz, «das System», gegen die meisten Grundrechte, gegen die Regeln der parlamentarischen Demokratie und so weiter. Wer «dieses politische System» weghaben will, will das Grundgesetz weghaben, oder? Und ihr schreibt recht schwammig und weich von den «Abgehängten», vom «Unmut» des «Volkes», von «besorgten Bürgern» und «Wutbürgern». Er entschuldigte seine jüngeren Kollegen der Innenpolitik und meinte, er verwende den Begriff, aber höchst selten, «Feind» sei kein leserfreundliches Wort. Das seien Gegner. Richtig, meinte ich, aber Feinde der «freiheitlich-demokratischen Grundordnung».
Wir sprachen über die Zeiten der Studentenbewegung, als man sehr fix mit dem Vorwurf war, wir kennen das beide auch nur vom Hörensagen und der Schullektüre «Schon bist du ein Verfassungsfeind» von Peter Schneider. Damals oft ein Vorwand,

die kritischen Leute abzustrafen, nicht Lehrer oder Lokführer werden zu lassen. Heute, sagte ich, wo es wirklich an die Substanz geht, scheut man sich, solche Feinde Feinde zu nennen. Jürgen: Du hast leicht reden, als radikaler Rentner!

Eine Kollegin vom «Tagesspiegel» forderte vor einiger Zeit von der Bundeszentrale für politische Bildung, die Neuankömmlinge mit dem Grundgesetz auszustatten, deutsch und arabisch, wenigstens in Auszügen. Sie bräuchten Leitfäden für Demokratie. Richtig. AfD-Anhänger aber auch, am besten gingen sie zusammen in Grundgesetzkurse der Volkshochschulen. Danach gleich in Kurse zu deutscher Kultur und Geschichte. Davon haben die AfD-Leute nämlich noch weniger Ahnung.

Swiss up your life! – Werbung einer Fitnessfirma. Übersetze: Das Leben aufdeutschen, andeutschen, entdeutschen.
Mein Start-up ab Januar sollte heißen: Schlauer deutschen!

7.12. | China-Album: Ein Chinakenner erzählt, dass selbst chinesische Millionäre in Angst leben. Einer mit einem behinderten Sohn fürchtet, dass nach seinem Tod trotz aller Verfügungen und Testamente jemand den Sohn umbringen oder sonst wie beseitigen könnte, um an das Geld zu kommen. Auch die Regierung könnte ihm von einem Tag auf den andern den Reichtum wegnehmen. Keine Rechtssicherheit, daher kein Vetrauen, zu niemandem. Dazu die totale Wohlverhaltenskontrolle. Der Millionär fragt: Sag mir, wie kann ich Deutscher werden? (Ich weiß nicht, ob der Kenner geantwortet hat: Über Malta, Ungarn und Zypern geht alles, wenn du Geld hast und erst mal Europäer werden möchtest.)

9.12. | Je mehr geschwafelt wird, je schwammiger das Vokabular, je falscher die Grammatik, desto mehr hört man neuerdings als rhetorisches Pausenzeichen zwischen den Sätzen und Halbsätzen das Wort «Genau!».

11.12. | Beim Aufräumen gedacht: Nur einmal bei Dutzenden von größeren Recherchen ist mir ein Banker begegnet, der deutlich sagte, er sei Banker geworden, um Gutes zu tun, ein Deutsch-Italiener. Er hatte bei der europäischen Entwicklungsbank gearbeitet, bis er merkte, dass auch da letztlich alles dem Kapital und nicht den Leuten nützte. Er hielt schon länger nach moralisch besserer Arbeit Ausschau. Ich konnte ihm auch nicht helfen, habe ihn aus den Augen verloren. Gestern fiel mir wieder sein vornehm beherrschter Zorn ein über die deutsche Verweigerung eines Schuldenschnitts, als der noch wenig gekostet hätte, zu Anfang der als Griechenlandkrise verkauften Bankenkrise.

China-Album: Der deutsche Geheimdienst teilt mit, dass der chinesische Geheimdienst in letzter Zeit 10 000 Deutsche als Spione für China anzuwerben versucht habe. Vor allem unter Parlamentariern, Professoren, Ministerialen und anderen Behördenmenschen, denen «fünfstellige Beträge» für «Analysen» und Reisen nach China (bei denen sie unter Druck gesetzt werden) angeboten werden.

12.12. | Wie lange werd ich das aushalten, nicht nach Abnehmern und Followern zu suchen? Ich und meine Datei, wenn das keine Meinungsfreiheit ist. Besser, als im Facebook-Irrenhaus fiktiven Freunden und Feinden nachzujagen und um hohe Zahlen zu buhlen. Oder auf Blogs die Klickzahlen zu bewerten: Ist das viel, ist das wenig?

Der Satz über Rügen als Immobilientrophäe der Chinesen neulich war nur ein kleiner Einfall, ein Spielchen zum Weiterdenken. Und wird doch fast jeden Tag plausibler durch Meldungen aus aller Welt, heute aktuelle Fakten aus Australien. China kauft dort nicht nur Rohstoffe und Ackerland auf, sondern nimmt auch mehr und mehr Einfluss auf Politik, Medien und Universitäten: «Letzten Monat dann gab es einen weiteren Paukenschlag, als der Autor und Akademiker Clive Hamilton bekannt gab, dass der renommierte Verlag Allen & Unwin die Veröffentlichung seines neuen Buches ‹Die leise Invasion – Wie China Australien in einen Marionettenstaat verwandelt› erst einmal abgesagt hatte, aus Angst vor möglichen Klagen von den genannten chinesischen Akteuren. Dabei habe es noch gar keine Drohungen Pekings gegeben, erklärte Hamilton: Die Furcht vor China, sein ‹Schatten über Australien› allein habe schon genügt. In den Augen vieler Australier belegte der Schritt des Verlages exakt das, was der Autor in seinem Buch beschreiben wollte, nämlich, wie ein mächtiger, autoritärer Staat Kritik im Ausland unterdrücken kann und so den Weg bereitet, dieses Land in seine Umlaufbahn zu ziehen.» (SZ)

13.12. | Je mehr ich mich innerlich von meiner Zunft verabschiede, desto mehr sehe ich die Lücken, die Schlaffheit unserer kritischen Kommentare. Zum Schluss wäre ich gern einmal Bahnreporter. Großes Chaos bei der Bahn, vor allem auf der neuen Prestigestrecke Berlin – München. Zu viel Elektronik, das System implodiert. Und im Angeberland Bayern haben sie am wenigsten getan zur erfreulichen Beschleunigung. Alle Zeitungen, alle Medien in routinierter, berechtigter Häme. Aber kaum jemand wagt es, die Verkehrsminister, niemand wagt es, die Kanzlerin dafür verantwortlich zu machen. Sie bestimmt schließlich seit zwölf Jahren die Richtlinien, auch bei Eisenbahnlinien. Wenn man sich immerzu lobbygestützte Autominister holt, noch dazu aus Bayern, und viel zu wenig in die Bahn investieren lässt (die Österreicher dreimal, die Schweizer sechsmal so viel wie wir pro Einwohner), müssen sich die Leut nicht wundern. Aber sie wundern sich und schimpfen über «die Bahn», und die Medien höhnen über «die Bahn», aber in diesem Kontext nie über «die M.» und «den Ramsauer», «den Dobrindt».

14.12. | Will nicht an meine Chefetage denken. Aber bin dann doch irritiert, die Meldung zu lesen, dass der Anteil von Narzissten und Psychopathen in Chefetagen sechsmal höher ist als im Bevölkerungsdurchschnitt. Nein, Sie sind nicht gemeint, Herr H.! Und nicht Sie, Herr R.! Ich meine keinen von Ihnen, das ist es ja gerade.

Roon schreibt, er sei nun entschieden, die USA zu verlassen. Nein, nicht wegen des Präsidenten. Aus einem existenziellen Grund: Er könne es plötzlich, nach nun fast dreißig Jahren, nicht mehr aushalten, von morgens bis abends Doctor Ruun oder Ruhn genannt zu werden. Das satte O, das stattliche Doppel-O in seinem Namen könne man keinem Amerikaner beibringen. Er wolle endlich wieder seinen guten alten Namen hören und Dr. Roon sein, warum nicht als Landarzt in Mecklenburg, in schöner Gegend mit Seen zum Segeln oder an der Ostsee. Ich mailte sofort zurück: Mach das, Doc!

15. 12. | Aufgeräumt, Papierberge abgeräumt, meine Zeitungszelle leer geräumt. Adieu, mein eingewohnter Drehstuhl! Ein halber Kofferraum Material, ein halber Kofferraum Bücher, drei Sticks mit Daten, mehr wird nicht von der Redaktion in mein Pensionistenarbeitszimmer transportiert. Die Weihnachtsfeier ist überstanden, die Hände sind geschüttelt, ein paar Umarmungen, hoffentlich ohne Ansteckung.
Für den letzten sogenannten Feierabend hatte Susanne Karten für «Die schöne Helena» in der Komischen Oper besorgt. Es war herrlich, ich habe einen ganzen langen Abend nicht an meine Chefs und nicht an die künftigen Chefs, die Chinesen, gedacht. Venus bleibt stärker als alle lächerlichen Mannsbilder. Kein Grund zu verzweifeln, jedenfalls nicht neben Susanne.

Jetzt Urlaub. Nein, Resturlaub heißt das, auch so ein schauerliches Angestelltentrostwort, das ich bald nicht mehr hören muss.
Große Pause: Habe mir verordnet, vier Wochen nichts zu schreiben, auch nicht in diese Datei. Mal sehn, wie lange ich das schaffe. Schönes Restwochenende, hört man auch immer öfter. Bitte, erweitern Sie die Resterampe: Schöne Restpause! Schöne Restrente!

2

14. 1. 2018 | Es stimmt, ich kann nicht nicht schreiben.

Einen Monat keinen Computer anschalten, vier Wochen keine Datei füllen, 31 Tage den Meinungsrummel nur von außen verfolgen – ich hab es geschafft, aber es kam mir vor wie ein Vierteljahr. Selbstauferlegte Pause, schlimmer als ein Marathon (den ich nie geschafft habe). War es eine Bußübung, die ich mir da auferlegt habe? Und warum? Der Vogeldeuter wollte wissen, körperlich, wie das ist, ein gesunder Vogel mit gestutzten Flügeln zu sein. Nun weiß ich besser, was ich will und worauf ich nicht verzichten kann. Eine freiwillige Handfessel, dafür bin ich nicht der Typ. Der Schmerz, wenn Hirn und Hände, Kopf und Finger nicht in den Gleichtakt, in Bewegung, in Schwung kommen dürfen. Nie wieder solch ein Experiment! Es lebe die Tastatur!

Auftrieb an Silvester: ein paar Sandsäcke abgeworfen.

Schon beim Neujahrsspaziergang durch den Schlosspark Charlottenburg, aufgeräumt wie immer und fast ohne Restedreck der Feuerwerke auf den Wegen, erklärte ich, verkatert, aber aufgeräumt, Susanne meine neue Devise: Heute beginnt nicht mein Vorruhestand, sondern ein Sabbatical, mindestens ein halbes, höchstens ein Jahr Pause. Keine Veröffentlichungen, nichts. Große Pause, und dann leg ich noch einmal los, vielleicht nicht mehr als Einzelkämpfer, vielleicht in einem Rechercheteam hier oder da, mal sehn. Es war ungewöhnlich warm und meine Gefährtin so erleichtert, keinen Jammerrentner an der Seite zu haben, dass sie mit einer Liebeserklärung antwortete, die gewöhnlichen vier Silben, dazu ihr schönstes Funkeln in den Augen.

«Heiterkeit ist ein wesentlicher Zustand, den man mindestens einmal pro Tag erreichen sollte.» Diesen Satz hatte sie mir zum Frühstück serviert, wir schenken uns zu Neujahr gern irgendwelche sinnreich-albernen Sprüche. Goldene Worte, silberne Banalitäten, bronzene Schlausätze. Diesmal bekam ich diesen, vom Theatermann Hans Neuenfels.
Ich dachte nicht, das schon nötig zu haben, eine Ermahnung zur Heiterkeit, diesen Wink mit dem Zaunpfahl. Aber sie hatte den Satz ausgesucht, bevor sie von meinem Entschluss wusste. Außerdem baut sie vor, als gute Strategin. Und sieht mir die Heiterkeit vor der Tastatur zu selten an – weil sie nebenan sitzt und stapelweise wenig erheiternde Aufsätze korrigiert.
Meine Jahresgabe für sie lieferte Goethe: «Nicht überall, wo Wasser ist, sind Frösche; aber überall, wo Frösche sind, ist Wasser.»

Sabbatical hört sich hochtrabend professoral an. Ich will mir Zeit nehmen, die Folgen der sogenannten Eurokrise besser zu verstehen, die Verleugnung der Bankendummheit und die Versündenbockung Griechenlands durch M.s Regierungen. Ich nenn es nicht nationalistisch, ich nenn es deutschistische Politik, nur an die deutschen Wähler zu denken und damit die Lähmung Europas, den Rechtspopulismus inklusive AfD, den chinesischen Einfluss in Europa entscheidend zu fördern.

An Weihnachten wieder ein Gespräch mit Lena. Natürlich nicht verraten, dass sie meine heimliche Adressatin geworden ist. Schön zu sehen, wie schnell bei ihr eine gezielte politische Wut aufsteigt. Etwa wenn ich ihr erzähle, dass es im Bundestag immer noch kein Lobbyistenregister gibt, wie es bei der EU längst üblich ist (was zwar nicht viel nützt, aber doch ein wenig). Man konnte richtig sehen, wie es in ihr wütete, als ich erklärte, warum CDU und CSU das ablehnen und die SPD es viel zu lasch befürwortet. Sie fragte hartnäckig nach. Andererseits erfreulich pragmatisch: Wenn nun schon so viele Flüchtlinge im Land sind, sollten wir doch die Gelegenheit nutzen, uns mehr auf die Welt einzulassen, vielleicht auch bescheidener zu werden, «so viele leben doch im Speck, oder?» Ich widersprach ihr nicht. In Sachen Klima wurde sie so streng und gnadenlos, dass ich ihr staunend zuhörte.

15. 1. | Ohne Musik hätte ich diese Tage und das Nichtschreiben nicht durchgehalten. Das hatte ich lange nicht mehr, zwei, drei Stunden, halbe Tage vor den Lautsprechern sitzen und die Tonfolgen widerstandslos auf die Sinne wirken lassen. Keith Jarrett, endlich mal wieder! Susanne hat mir die CD seines Venedig-Konzerts geschenkt, unser Konzert, das wir damals nicht hören konnten im Juli 2006, als wir unseren 10. Hochzeitstag törichterweise in Venedig verbrachten. Drei Tage, viel zu heiß, viel zu voll, viel zu teuer, viel zu schön, und viel zu spät bekamen wir mit: Keith Jarrett, wiederauferstanden aus den Höllenjahren der Lähmung, geht wieder auf die Bühne, spielt im Teatro La Fenice! Natürlich gab es keine Karten mehr.

Jetzt konnte ich das nachholen, rund 95 Minuten eines italienischen Abends, den ich an fast jedem Tag seit Weihnachten ein paar Stunden lang melodiebesoffen nachfeierte. Die heiteren Rhythmen ins Ungewisse, die Tonfolgen, die sich selber antreiben und mich antreiben und vorantreiben, die spröden, spielerischen Harmonien, sie lockern die Synapsen immer noch so schön wie in den Siebzigern und Achtzigern, als er mein Favorit war. Ich hatte Jarrett länger nicht gehört, er war mir eine Zeitlang verdorben, nachdem ich auf einer Party mit Kollegen mal nach meiner «Lieblingsmusik» gefragt wurde. Ich mochte die Frage schon damals nicht und hatte nach einigem Zögern «Keith Jarrett» gesagt, da schaltete sich ein hochnäsiger Literaturkritiker ein (der viel Wind macht um «Shootingstars» und Literaturbetriebsgerüchte und sich gern auch als Musikfreak geriert) und meckerte: «Keith Jarrett, das ist ja, als ob man sagt: Mozart. Wer Mozart als Lieblingsmusik nennt, versteht nichts von Musik!»
Jetzt wurde Jarrett voll rehabilitiert, strahlende, heitere Präzision von den ersten Takten an. Endlich war ich wieder frei, das Piano passte bestens zum Schwung des neuen Anfangs.

Nach so viel harmonischer Klarheit aus dem Theater von Venedig auf einmal der klare Gedanke: Wir leben in der prächinesischen Epoche.
(Ich weiß, Historiker sagen: Wir wissen nicht, in welcher Epoche wir leben. Ich weiß es ja auch nicht. Trotzdem sind Hypothesen erlaubt, mit denen man arbeiten kann.)

Ansonsten viele Spaziergänge, Fahrten durch die Stadt und auf Empfehlung von Susanne «Joseph und seine Brüder» von Thomas Mann gelesen, den ersten Band. Mir etwas zu viel Gottesfixierung, zu viel stilistische Selbstgefälligkeit, aber ich will mir keine Kritik anmaßen, hochnäsig wie der Kollege von der Literatur. Die Lektüre jedenfalls perfekt zum Ablenken und Absacken. Eine Geduldsübung, die mit Wortwitz belohnt wird. Der erste Satz haftet immer noch am besten: «Tief ist der Brunnen der Vergangenheit» – nützlich sogar für Wirtschaftsjournalisten in diesen geschichtsvergessenen Zeiten, wo schon zehn Jahre danach kaum ein Mensch über die Finanzkrise 2008 richtig Bescheid weiß.

Thomas Mann, wie kommt ein Wirtschaftsmann zu Thomas Mann? Wird eine gebildete Lena später vielleicht fragen. Kurz gesagt, ich war einmal ein Germanistikstudent, der gerne feuilletonistischer Beobachter werden wollte, aber eines schönen Tages den Fehler machte, in ein Seminar über Tucholsky, Polgar, Kracauer zu gehen. Bei Siegfried Kracauers Texten überfiel mich die bittere Erleuchtung: Das schaffst du nie, diesen menschenfreundlichen, wissenden, scharfen, luftigen Blick. Wochenlange Krise. Ich brach das Studium ab. Dann der Ausweg Journalistenschule und gleich ran an die härteren Realitäten der Wirtschaft. Du verstehst, ich habe einiges an Lektüre nachzuholen.

16. 1. | Sechs Neujahrsvorsätze für diese Aufzeichnungen: Nicht übers Wetter. Nichts zur Erwärmung des Klimas. Nicht über lokalberliner Ärgernisse und Bürokratieblüten. Nicht über den Präsidenten der USA. Möglichst wenig über die rechten Socken und Stiefel. Möglichst wenig über die maßlos Überschätzte.

Nichts fürs Fernsehen, höchstens fürs Nachtprogramm: Dank der Cum-Ex-Geschäfte ist Deutschland auf der Rangliste der korruptesten Länder kräftig aufgestiegen. Deutsche Steuerberater von Profiaktionären konnten jahrelang mit einem kleinen Trick bei der Kapitalertragssteuer und mit Hilfe angesehener deutschen Banker und Banken den Staat um viele Milliarden betrügen. Das Finanzministerium unter Herrn Sch. griff trotz mehrfacher Hinweise auf den Betrug lange nicht ein. Die Eliten, wieder mal. (Dabei bin ich nicht gegen Eliten, die sich an Gesetze und Anstand halten.)

Plötzlich die Idee, in meine Schatztruhe der Schimpfwörter zu greifen – während des Studiums bei der Lektüre des «Simplicissimus» gesammelt und neulich beim Räumen entdeckt. Man müsste die wieder in Umlauf bringen: Ihr Speivögel, ihr ausgestochnen Bösewichte, Spitzköpfe, Siebdreher vom Starnberger See! Du Wendenschimpf, du Erzvogel, du Steckenknecht, du Fehlhalde, du Schubsack, du Knollfink in deiner Taunusvilla! Ihr Schnapphähne, Schleppsäcke, ihr Scholderer und Schunderer! Ja, Schunderer, das ist es, die Mischung aus Schulden, Schuld, Schande, Schund, Schinder. Ihr Schunderer von der Commerzbank!

17.1. | Assad und Putin bomben das herrliche Syrien in Schutt und Asche, töten und vertreiben Millionen Menschen, die oberfrommen iranischen Mullahs und der Oberdemokrat Erdoğan schießen mit – während die klugen Chinesen, wie man irgendwo in fünf Zeilen liest, schon fleißig beim Wiederaufbau sind. Das Gelände für die «neue Seidenstraße» ist perfekt planiert.

Langsam gewöhne ich mich: die Werkstatt nun ganz in der Wohnung, sehr ruhige Vormittage, bis S. aus der Schule kommt.

Varoufakis-Lektüre angefangen: «Die ganze Geschichte». Nachmittags spazieren, Zeitungen, einkaufen. Der Mann, der auch bei Kälte und Regen nach draußen geht, obwohl er keinen Hund hat. Der Mann, der jetzt oft im Hausflur mit zwei Stofftaschen gesehen wird. Der Mann, der manchmal sehr laut Musik hört.

Als wir zwischen den Jahren bei Jürgen und Laura eingeladen waren (Fondue wie gewohnt), empfahl er mir auch einen dicken Schinken als Rentnerruhigstellungslektüre, was Historisches zum Weiterdenken. Aus dem Regal holte er den «Verfall und Untergang des römischen Imperiums» von Edward Gibbon in sechs Bänden, die er mir mitgeben wollte. Das Angebot hab ich abgelehnt, Thomas Mann sei mir erst mal genug. In Wirklichkeit hab ich wenig Lust auf Verfall und Untergang welcher Reiche auch immer, da hörte ich zu viele Nachtigallen trapsen. Man treibt schon genug Kult um Verfall und Untergang, an allen Ecken und Enden werden «Dystopien» und ähnliche Moden bejubelt. Der westliche Kapitalismus ist zwar entgleist, aber der chinesische blüht gerade auf. Es wäre dumm zu denken, wir wären am Ende. Wir sind, wie immer, am Anfang. (Pass auf bei solchen Banalitäten, dacht ich beim Wiederlesen, und strich den Satz trotzdem nicht.)

Laura fragte: Wofür ziehst du jetzt in den Kampf? Wofür brennst du? Ich: Das frag mal die Stürmer, die wochenlang auf der Ersatzbank sitzen: mitspielen!
Hinterher dachte ich: Schluss mit dieser Sorte Bescheidenheit!

Nennt man das «brennen»? Schlichte Fingerübungen, aus den vorbeirauschenden Wirklichkeiten das eine oder andere

Blatt, das eine oder andere Gramm Sprengstoff, das eine oder andere Lächeln festzuhalten.

Jürgen deutete übrigens an, dass man mich auch deshalb nicht fristlos rausgeworfen habe, weil mir Minister Sch. durch seinen Presseburschen ein Interview versprochen hatte, das aus Termingründen zweimal verschoben wurde. Die Chefs wollten sich das nicht entgehen lassen und hofften trotz des Regierungsbildungsdurcheinanders auf die Einhaltung der Zusage. Die Sphinx Sch. hatte natürlich anderes zu tun. Immerhin hab ich ihr meinen ehrenhaften Abgang zu verdanken – falls das Gerücht stimmt.

18.1. | Den Kopf voll mit Joseph und dem alten Ägypten, stieg ich vor ein paar Tagen in die Ringbahn, fuhr einmal die ganze Runde, Berlin und seine vielfältigen Rückseiten in 60 Minuten, und las in der SZ von einer Wissenschaftlerin, die spezialisiert ist auf das chinesische «Social Credit System». Man wird sich die Abkürzung SCS merken müssen, die staatliche Rundumkontrolle jeder Lebensregung inklusive Belohnung und Bestrafung (nicht mehr in ein Flugzeug oder einen Schnellzug steigen zu dürfen klingt uns Westlern besonders in den Ohren). Noch gibt es kein einheitliches System, es sind verschiedene in der Testphase, von acht Firmen mit unterschiedlichen Konzepten und Breitenwirkungen. Man setzt auf «Gamifizierung», es soll alles wie ein Spiel sein. Es sei kein Zwang von oben, sondern ein Druck von allen Seiten. Es fließen nicht nur Daten von Behörden, Geschäften, sozialen Medien ein, auch die Bewertung von Freunden, Nachbarn. So will man für Ehrlichkeit und gegen Korruption kämpfen. Ab 2020 wird alles auf ein System vereinheitlicht und exportreif gemacht.

Ich saß in der S-Bahn im halbrottigen, januartrüben Berlin der Gegenwart zwischen überwiegend abweisenden Gesichtern und dachte: Gamer ist doch jeder gern, wie lange wird es bei uns dauern, bis die Leute, die meisten Leute überzeugt sind, sich dank der vielen Kameras sicherer zu fühlen, das Leben durch Überwachung vereinfachen und die Ordnung von oben diktieren zu lassen? Bis sie in der elektronischen Welt ihre Geborgenheit und neue Heimat finden?
Im Kopf hatte ich noch die alten Konflikte des Wohlverhaltens vor Gott in der Josephs-Vergangenheit des Romans und in der neuen Zeitung die Wohlverhaltensdiktatur der Zukunft und fühlte mich glücklich! Da die Vergangenheit, da die Zukunft, begreife den Reichtum deiner Gegenwart, so ähnlich pathetisch blitzten die unfertigen Gedanken. Ein kleiner Moment der Erleuchtung, irgendwo zwischen Ostkreuz, Treptower Park und Neukölln. Ich sah mich um und hatte den Eindruck, der einzig glückliche Fahrgast zu sein. Richtig glücklich, dass ich, dass wir die Zwischenphase erwischt haben, eine Gesellschaft, die nicht vom Gehorsam geprägt ist. Ahnungslos drehen wir unsere S-Bahn-Runden, hecheln voran auf unserm banalen kleinen Lebenslauf und merken nicht, in welcher relativ glücklichen Epoche wir strampeln.
Die Schreiber meiner Zunft, denke ich jetzt, die Schreiber aller Sorten tun zu wenig dafür, diese Zwischenphase bewusst zu machen und die Freiheit hochzuhalten. Sie könnten zum Beispiel die Schleppsäcke und Schnapphähne, die Cum-Ex-Steuerdiebe und Staatsbankräuber bissiger und hartnäckiger anklagen, die mit ihren Tricks zur Erosion des Staates und der Demokratie beitragen und damit – hier in der Datei darf ich ungestraft übertreiben – zum Ausbau der Seidenstraßen samt SCS-Kameras bis zum Starnberger See.

19. 1. | Liebe Lena, ich weiß ja nicht, was in zwanzig oder vierzig Jahren in den Geschichtsbüchern, auf den entsprechenden Webseiten und in Suchmaschinen zu lesen ist über die «Eurokrise» und die «Griechenlandkrise» und den vielleicht gescheiterten Traum von Europa. Aber wenn daran vor allem die Griechen schuld sein sollen, dann ist das Quark. Wenn man schon von «Schuld» redet, dann sind es nicht die faulen und reformunfähigen Griechen, wie es oft heißt, wie es behauptet wird von Politikern und in die Köpfe gestampft wurde, endlos wiederholt in der Presse und auf allen Kanälen, wiederholt bis zur gnadenlosen Verachtung der südeuropäischen Völker. Man muss unterscheiden zwischen dem vermutlichen Fehler der Politik, dem Wunsch vor allem von Deutschland und Frankreich, Griechenland (trotz Trickserеien, Korruption, Missmanagement, struktureller Unterentwicklung) zum Euroland gemacht zu haben, und der danach entstandenen Eurokrise, die von den stolzen, unantastbaren europäischen Großbanken ausgelöst wurde. Auch wenn «die Griechen» nicht zu Unrecht als wenig reformfähig gelten und nicht fleißig genug nach deutschen Vorstellungen und Vorurteilen, das sind nicht die Gründe für den Staatsbankrott. (Nein, so gefällt mir das nicht, morgen fange ich anders an.)

20. 1. | Seit einem Dreivierteljahr liegt «Die ganze Geschichte» von Yanis Varoufakis auf Englisch vor, damals hab ich alles nur überflogen, überrascht, wie viel Lug und Trug hier belegt sind. Ich wollte auf die deutsche Ausgabe warten und dann alles groß aufhängen, denn ohne dieses Buch versteht man das Zerbröseln Europas nicht. Aber vor der Wahl hatte man abgewinkt, aus Rücksicht auf die CDU, nach der Wahl und meiner Entlassung hätte ich mich am liebsten von der Zeitung mit

einer ganzen Seite über «Die ganze Geschichte» verabschiedet. Doch einem Absteiger gibt man nichts Heikles mehr. Außerdem sollte das Skandalbuch des meistgehassten Griechen nicht aufgewertet werden.

Alle, fast alle Politiker und Medienleute verachten den ehemaligen griechischen Finanzminister, auch meine Chefs (ich sage immer noch meine Chefs, so schnell nabelt man sich nicht ab) verachten ihn so sehr, dass sie wie die Karikaturisten in ihm nur einen Grinseteufel und Aufschneider, einen Ledermantelhippie mit Motorradhelm sehen wollten. Einmal Bösewicht, immer Bösewicht. Obwohl er für die Fachwelt einer der klügsten Volkswirtschaftler ist, die in Europa herumlaufen, und keiner so viel Erhellendes über die «Krise» zu sagen hat wie er.

Gewiss, er wirkt eitel und politisch naiv, weil er nicht verstand, dass in der Politik Netzwerke immer mehr zählen als Argumente. Aber dass ihn alle hassen, ignorieren und verdrängen, hat er nicht verdient. Er stört. Also muss was an ihm dran sein. Da ich zur Zeit keinen Artikel vorlegen darf und nichts Besseres zu tun habe, will ich wenigstens hier etwas festhalten.

Wenn ich jetzt über Varoufakis schriebe, müsste ich mit seinem schlechten Image beginnen, das nicht völlig unbegründet ist. Was macht man mit einem selbstbewussten Professor, der plötzlich Minister wird und auf viele unverschämt, eitel, intellektuell und moralisch hochnäsig wirkt – und es teilweise wohl auch ist? Wobei dieses Bild besonders von der griechischen Presse, in Oligarchenhand und voller Hass auf alles Linke, und von den Hetzköpfen und ökonomischen Holzköpfen in deutschen Redaktionen gepflegt wird. (V. bringt einige Beispiele, wie läppische Ereignisse von der griechischen Presse so verdreht und manipuliert wurden, dass sie von der Weltpresse

begierig aufgenommen wurden fürs Niedermachen seiner Person.)
Für einen Politiker hat er wohl ein zu starkes Ego. Er hat es versäumt, Allianzen gegen die Scharfmacher zu bilden oder es zu versuchen, bevor er in die entscheidenden Brüsseler Sitzungen ging. Charakter und Stil dieses Mannes sind, wie immer sie sind, eine Sache, eine andere ist aber, was er zur Wahrheitsfindung beizutragen hat. Seine Chronik ist so materialgespickt wie nichts sonst zum Thema, eine Unmenge von wörtlichen Zitaten, Fakten und Argumenten, die gerade für uns ignorante, überhebliche, unverschämte Deutsche schwer zu verdauen sind. Wer sich nur auf die Personality eines Motorradfahrers einlässt, drückt sich davor, das Verbrechen an Griechenland zur Kenntnis zu nehmen. Ein Verbrechen, das nun weitgehend aufgeklärt ist.

Neben seinen sonstigen Frechheiten hat er noch die Frechheit besessen, während seiner Sitzungen und Besprechungen als Minister die Gespräche mit dem Handy aufzunehmen, die geheimen und vertraulichen und streng vertraulichen Verhandlungen mit Ministern, Kanzlern, Präsidenten, Unterhändlern, Finanzexperten und einigen griechischen Kollegen. Alles mitgeschnitten und abgeschrieben, Wort für Wort, aus Athen, Brüssel, Berlin, Paris und so fort, und alles in sein Buch gepackt. Jetzt muss man nicht mehr auf Leaks warten, auf die ehrliche Haut eines Helden oder einer Heldin, die es nicht mehr aushält, dass Wahrheiten auf geheimen Festplatten verschlüsselt verschimmeln, hier liefert der Insider gleich selbst.
Wir erfahren also zum ersten Mal, was ein Herr Sch., ein Herr Draghi, eine Frau Lagarde, ein Herr Dijsselbloem und die EU-Kommissare hinter verschlossenen Türen wirklich

gesagt haben. Unseriös! schreit man zu Recht. Denn auch seine Geschichte, weil subjektiv, ist nicht die «ganze Geschichte», man weiß nicht, welche Mitschnitte er weggelassen hat. Aber was er an Fakten, Manövern, Erpressungen und Aussagen auf den Tisch legt, liefert so reichhaltiges Material, dass alle erstarren und schweigen, fast alle. So gut wie niemand mag darauf eingehen, niemand ihm widersprechen. Unseriös! rufen besonders einige, die in Sachen Griechenland nie seriös gearbeitet haben. In Wahrheit wollen sie nicht verstehen, warum der Euro für so viel Verstörung sorgt und warum Deutschland sich überall so unbeliebt gemacht hat.

Die vielen Politiker, die in «Die ganze Geschichte» endlich mal im Klartext zu erleben sind, rächen sich an Varoufakis, indem sie das Buch einfach nicht beachten und das, was sie 2015 zu ihm gesagt haben und was nun publiziert ist, nicht dementieren. Weil sie es nicht dementieren können, Wortlaut ist Wortlaut. Die Zitierten schweigen, sie gönnen ihm keinen Skandal, das ist verständlich.

Aber ist es verständlich, dass so viele der führenden Wirtschaftsjournalisten die Thesen, Dokumente und Originalzitate, die Varoufakis bietet, mit so auffälligem Schweigen ignorieren, höchstens als Jammergeschwätz eines Verlierers abtun? Außer in der linken Presse nur eine Rezension im ganzen deutschen Land, die sachlich-fachlich auf das Buch eingeht. Was sagt uns das, wenn sich meine lieben Kollegen in fast allen Blättern vor dem Skandalpotential dieser 650 Seiten drücken?

Stichworte, Fragen, Aufzeichnungen zum eigenen Gebrauch, auch das geschieht nicht selbstlos. Achtung, der Höhenmesser für Eitelkeit vibriert auch hier.

21.1. | Tief ist der Brunnen der Vergangenheit, aber reinschauen muss man schon selber: In seinem früheren Buch «Das Euro-Paradox» erzählt Varoufakis von einem Frankfurter Banker, mit dem er auf einem Transatlantikflug ins Gespräch kam. Einer von denen, die im Ausland Kredite verkauften. Und der nach und nach berichtet, wie er bis 1998 die Kreditwürdigkeit von Staaten, großen Unternehmen, Versorgungseinrichtungen, Baufirmen, lokalen Banken aufs Sorgfältigste geprüft hat, bevor er seiner Großbank empfahl, das Geld zu verleihen. Mit dem Euro änderte sich alles. Schon bevor die neue Währung eingeführt wurde, hatten die Bankchefs begriffen, welche Renditen sie hier holen konnten. Da diktierte ihm der Vorstand: «Geld verleihen, was das Zeug hält!» Besonders aktiv war er in Spanien, Portugal, Irland, Griechenland, Malta. Bald schrieb man ihm vor, pro Woche eine bestimmte Zahl von Krediten zu vergeben – an wen auch immer, die Kreditwürdigkeit war kein Kriterium mehr. Wenn er vor den Risiken warnte, wurden seine Warnungen jedes Mal weggewischt, dafür habe man jetzt ein Risikomanagement (wo man die berühmten Derivate bastelte). Jahr für Jahr musste er mehr Kredite verhökern, es wurde sinnlose Akkordarbeit.

Die Folgen sind bekannt, ein Euro Eigenkapital der Banken bei 30 oder 40 Euro Leihgeld, Finanzkrise, Bankenkrise. Allein deswegen, weil die Bankchefs sehr früh begriffen hatten: Mit dem Euro kann man nach Herzenslust wuchern, da es keine Regeln für den Austritt gibt (dies an die Adresse der Herren Kohl und Waigel), keine Auf- und Abwertungen zwischen den reicheren und den ärmeren Ländern trotz unterschiedlicher Handelsbilanzen. So wurden fröhlich Kredite in die Defizitländer gepumpt und die Schulden dank der unterschiedlichen Zinssätze in den Euroländern zu Goldgruben verwandelt. (Nachhilfestunden für Bundestagsabgeordnete, Infos der Bun-

deszentrale für politische Bildung zur «Eurokrise» sollten mit diesem Beispiel beginnen.)
Natürlich waren auch die Kreditnehmer töricht, die staatlichen wie die privaten, aber der schwarze Peter geht, wie in den USA, eindeutig an die maßlosen, aufdringlichen, bonusgeilen Kreditgeber.

Aber ich wollte mich an meine Nase fassen: ich Idiot! Als ich vor zwei Jahren zum ersten Mal Varoufakis' «Das Euro-Paradox» las – viel zu flüchtig, wie meistens in der Redaktion –, hätte ich wittern und losrennen müssen, um diesen enttäuschten Kreditverkäufer für ein Interview zu kriegen. Den oder einen andern, denn von denen wird es mehr als ein Dutzend gegeben haben in Frankfurt. Kurz, hier war ein Kronzeuge aus dem Reich der Täter, der Schleppsäcke und Schnapphähne, und ich Trottel hab 2016 nicht zugegriffen!

Roon überrascht mich immer mehr, er plant, im Juni zu kommen und sich im Umkreis von Greifswald, Stralsund und auf Rügen nach einem ärztlichen Landsitz umzusehen.
Ich ging zum Regal und holte die Autokarte Mecklenburg-Vorpommern, fuhr mit dem Finger über Orte mit klingenden Namen oder Orte, die ich mal gestreift hatte seit dem Fall der Mauer, und versuchte mir vorzustellen: Dr. med. Roon in Grimmen, in Templin, in Bad Sülze, in Marlow, Tribsees, Demmin, Züssow, Jarmen, Kölzow, in Wittenhagen, Steinhagen oder Wilmshagen, in Ungnade oder Wüsteney, Treuen oder Muuks, so viele, viele Möglichkeiten, und da war noch nicht einmal die Insel Rügen dabei.
Hatte die Idee, zusammen mit ihm auf die Suche zu gehen. Aber es ist klar, dass eine Praxisübernahme ganz anders laufen würde, über Angebote der Ärztekammer in diesem oder jenem

Ort. Also fragte ich in meiner Antwort nur, ob er immer noch so ein Fan der Kanzlerin sei und deswegen ihren Wahlkreis ausgesucht habe.

22.1. | Diese Szene aus «Die ganze Geschichte» gehört ins Geschichtsbuch: Da sagt die Chefin des IWF zu Varoufakis über das Sparprogramm, das die EU-Finanzminister und die Troika (der Eurogruppe, bitte googeln, Lena) Griechenland aufgezwungen haben: «Du hast natürlich recht, Yanis. Die Ziele, auf denen sie beharren, können nicht funktionieren. Aber du musst verstehen, dass sie schon zu viel in dieses Programm investiert haben. Sie können nicht mehr zurück.»
(Sorry, Lena, dass dies nur ein mageres Tagebuch ist. Im Geschichtsbuch müsstest du nicht IWF, Eurogruppe, Troika in die Suchmaschine geben.)

So weit bin ich schon, dass ich nachdenke: Was würde ich tun, wenn ich Finanzminister eines bankrotten Landes wäre und verhandeln müsste mit Leuten, die einen Plan haben, dies Land zu retten, der, wie sie genau wissen, nicht nur nicht funktioniert, sondern alles noch schlimmer macht? Was würde ich tun, wenn sie mich trotzdem dazu zwingen wollten, diesem Unsinn zuzustimmen, nur weil sie es einmal, vor meiner Zeit und vor meiner Regierung, mit einer korrupten sozialistischen Regierung und einer noch korrupteren konservativen Regierung so beschlossen haben? Weil sie, die Vertreter der EU und des Währungsfonds, das Gesicht nicht verlieren wollen, versuchen sie mich zu erpressen, wollen mich nötigen, mein Gesicht zu verlieren und meine Pläne zu vergessen, die eine Milderung des großen Bankrotts und eine allmähliche Befreiung von den Schuldenlasten ermöglichen, auch nach

Meinung der besten unabhängigen Experten – was tue ich in solch einer Situation?
Was tue ich, wenn ich der klügsten, charmantesten und mächtigsten Dame der anderen Seite gegenübersitze, wenn ich ihr noch einmal ausführlich, deutlich und gelassen meine Argumente ausbreite, in der Hoffnung, sie zu überzeugen? Wenn sie dann lächelt und sagt: «Du hast natürlich recht. Aber du musst verstehen»? Was hätte ich getan? Den Raum verlassen? Der Dame meine Verachtung ins Gesicht geschleudert? Nein, ich wäre höflich geblieben, ich hatte sie ja überzeugt, falls sie nicht schon vorher überzeugt war, ihren Kopf und ihre Institution für ein falsches Konzept hinzuhalten. Einerseits Verbündete, andererseits Gegnerin. Wahrscheinlich hätte ich sie gebeten, ihre Sätze noch einmal zu wiederholen. Und wenn ich diese Aussagen auch von den anderen Beteiligten der anderen Seite immer wieder gehört hätte, was hätte ich getan?
Varoufakis hat darauf als gebildeter Mensch mit Shakespeare geantwortet: So seid ihr Gefangene eurer eigenen Machenschaften und dazu verdammt wie Macbeth, Irrtum auf Irrtum zu häufen. Ich hätte wohl ihre Sätze in die Welt posaunt. Als Finanzminister aber wäre das mein Ende gewesen. Der Grieche wusste das und versuchte dennoch ein halbes Jahr, das irgend Mögliche an Schuldenerleichterungen für sein Land herauszuholen, die immer noch billiger gewesen wären für alle Beteiligten als der laufende Murks.

Für eins muss man China dankbar sein: dass wir mal wieder über unsern Schrott und Müll nachdenken – weil die Chinesen ihn nicht mehr wollen.

23.1. | Roon antwortete rascher als sonst: Nicht nur der M. wegen bevorzuge er die Gegend, du weißt doch, meine Urgroßeltern saßen bei Greifswald, genauer gesagt bei Pasewalk, aber das klingt nicht so toll.
Er will zu den Ahnen zurück, ich finde das in Ordnung, auch wenn er «saßen» schrieb und nicht «wohnten». Ich antwortete: Freu mich auf dich, Alter, Deutschland braucht den letzten M.-Fan, selbst wenn er aus Baltimore einfliegt.

Leider kommt Randy Newman aus California nicht geflogen, wir hatten Karten für sein Konzert. Er hat die Europatournee abgesagt wegen Knieproblemen. Ein singender Pianist mit lahmen Knien, das wäre schon wieder Stoff für einen neuen Song.

Immer noch keine Regierung, nur die geschäftsführende. Das erregt viel kabarettistisches Wohlgefallen. An dem ich mich nicht recht erfreuen kann, denn es scheint absehbar, dass von den möglichen Regierenden niemand mehr für Europa kämpft. Sie kämpfen nur noch für sich oder ihre Partei(flügel). Deutsche Parteiegoisten aller Spielarten, nur gut, dass ich das nicht mehr kommentieren muss (aber offenbar immer noch will, wie diese Einträge zeigen). Abklingbecken.

Vor ein paar Tagen, was haben Susanne und ich gelacht über den bayrischen Besserwisser, der es bis zum Verkehrsminister gebracht, als Autolobbyminister gewirkt und nichts als Pfusch hinterlassen hat, nun zum obersten Parteischreihals aufgestiegen ist und die «konservative Revolution» gegen «die 68er» ausruft, 50 Jahre zu spät. Ein Kollege hat clever geantwortet: Dann soll er doch gleich anfangen mit dem Bewahren und dem Respekt vor der Schöpfung. Bei der Familie die Arbeitszeiten

für junge Eltern reduzieren, dafür im Alter verlängern, bei der Umwelt die Menschen von der Luftverpestung erlösen und viel mehr Verkehr von der Straße auf die Bahn bringen, die dörflichen Strukturen erhalten statt Landinvestoren zu fördern und so fort. Uns fiel noch viel mehr ein, zuerst mal eine konsequente Bahn-Förderung, die der «konservative» Schreihals stets verweigert hat. Die Politik fast aller Ministerien, vor allem die der CDU und CSU, müsste sich ändern bei einer «konservativen Revolution». Dass die Grünen substanziell viel konservativer sind als er, der PR-Revoluzzer, hat er offenbar immer noch nicht gemerkt. Wo doch die bayrischen Abiturienten angeblich so gebildet sind.
Die meisten schreibenden Kommentatoren aber, statt den Wichtigtuer mit solchen Realien und Fragen zu konfrontieren, gehen ihm auf den Leim und wägen seine Ansichten ab, ergehen sich in Meinungen, Gegenmeinungen und Meinungsmeinungen.

Skatrunde wiederbelebt. Achim, früher Sachbuchredakteur, sein Freund Steffen, Anwalt, Jürgen und ich. Jürgen gewann. Ich reizte zweimal zu hoch. Ein Merksatz blieb hängen, er soll von einer Russin stammen, deren Namen Steffen vergessen hat: Nationalismus ist die höchste Form des Egoismus.

24.1. | Neben dem Computer das dicke Buch, voll mit Zetteln und Anstreichungen, ich blättere, bleibe hier und da hängen und überlege: Der großen Mehrheit der Deutschen ist noch nicht mal bekannt, wie die Kanzlerin und Präsident Sarkozy die französischen und deutschen, die europäischen Großbanken gerettet haben, die sich an der Wall Street und an allen schwacheuropäischen Staatspapieren überfressen und mit fahrlässigen Krediten belastet hatten. Gerettet mit der Lüge: Die Griechen sind schuld. Man will nicht wahrhaben, dass unsere Banken viel tiefer in die Schuldenkisten gegriffen haben als die bösen Boys von der Wall Street. Wie kriegt man es in deutsche Sparerköpfe, dass 2008 französische, deutsche, britische, niederländische Banken mit 30 Billionen Dollar (dreimal so viel wie das Sozialprodukt der vier Länder zusammen) im Risiko standen? Für jeden Dollar, jedes Pfund, jeden Euro, den man besitzt, 30 bis 40 verleihen, das heißt doch was. Und sie hätten fleißig so weitergemacht, wenn sie nicht nach dem Kollaps der Wall Street ihre riesigen Löcher in den USA hätten stopfen müssen.

Wie sag ich's meinem Kinde oder dem gläubigen Sparer oder den westfälischen Bundestagsabgeordneten: Selbst wenn nur 10 Prozent dieser Wetten und Kredite schiefgegangen wären, hätte es 2,25 Billionen Dollar gebraucht, damit die Banken flüssig blieben – aber wie hätte das gehen sollen bei der allgemeinen Kreditklemme nach dem Lehman-Schock? Die europäischen Banken brauchten Cash – und bekamen die milden Gaben und Sicherheiten der Staaten von ca. einer Billion Euro (Zahlen, die meine lieben Kollegen doch öfter mal in ihre Zeilen werfen könnten, Frankreich 562 Milliarden, Deutschland 406).

Es kam die erste Bankenrettung. Aber diese Billion reichte natürlich nicht. Mehr wollten die Steuerzahler und ihre Parlamente nicht hergeben, mehr Aufregung über die Bankenfütterung durfte nicht sein. Eine zweite Rettungsaktion musste her, doch die erste hatte die Leute schon genug aufgeregt. Es hätte andere Lösungen gegeben, aber man wählte die simpelste: Aus Angst vor der großen Bankenpanik in Frankreich und Deutschland nannten Präsident und Kanzlerin die Bankenkrise Eurokrise und ließen die Programme fertigen zur Sozialisierung der Verluste durch die Griechen, die übliche Geschichte, man prügelt den Kleinsten und Schwächsten.

Ich schreibe das hier so hin, wie ich es manchmal gesprächsweise erkläre. Varoufakis provoziert mich zu reagieren, und das heißt für mich schriftlich reagieren. Habe nichts Besseres als diese Aufzeichnungen und möchte mir einbilden, dass man irgendwann einmal fragen wird: Wo ist der Punkt, von dem an so vieles falsch lief in Europa? Der Griechenlandbetrug ist der Schlüssel. Aber wegen welcher Details? Die Fragen werden immer wieder mal aufkommen, spätestens im Altersheimsessel kurz vorm Übergang zur Demenz in zwanzig, fünfzehn, sieben oder wer weiß wie vielen Jahren.

Und dann brauch ich nur den Ausdruck dieser Aufzeichnungen zu lesen und werde froh sein, nicht die 650 Seiten Varoufakis aus dem Regal heben zu müssen, wo das Buch wahrscheinlich gar nicht mehr steht, und mich vielleicht, vielleicht erinnern, was der französische Präsident und die deutsche Kanzlerin aus Angst vor der großen Bankenpanik taten. Sie «mussten einen Weg finden, die Banken ein zweites Mal zu retten, ohne ihren Parlamenten zu sagen, dass sie genau das taten», schreibt Varoufakis. «Die zweite Rettungsaktion musste als Akt der Solidarität mit den verschwenderischen und faulen Griechen hingestellt werden, die zwar unwürdig und unerträglich waren, aber trotz allem Mitglieder der europäischen Familie, weshalb man sie retten musste.» Obwohl das Land nicht weniger nah am Bankrott als die Banken war und die weltweite Kreditklemme nichts mit Griechenland zu tun hatte. Hunderte von Milliarden hatten die Großbanken ins Land geschüttet, plötzlich hieß es: Kommando zurück, Geld sofort zurück, keine Kredite mehr, nicht einmal, um die

Schulden zu prolongieren. (Prolongieren, verschone mich mit solchen Vokabeln, höre ich Susanne sagen.)

Hier hat die gesamte deutsche Presse versagt. Mea culpa, dito. Danach ist dieses Manöver zwar ab und zu andeutungsweise beschrieben worden, auch von mir, aber die Wahrheit ist nach Ansicht der meisten Politiker und Presseleute den Deutschen nicht zumutbar, schon gar nicht das Betrügerische daran. Wie wir gemeinsam die Bankenkrise in eine Eurokrise umgelogen haben – und die Ärmsten bluten ließen für die 23-Prozent-Renditehybris eines Herrn Ackermann, um nur einen Namen zu nennen.
Dass die Wahrheit den Menschen zumutbar sei, ist ja auch nur ein Feuilletongerücht. Wie viel Wahrheit wäre den relativ gebildeten Lesern unseres Blattes zumutbar gewesen? Für die ich nun nicht mehr schreibe. Ich hab im Moment keine Abnehmer und frage mich trotzdem: Wie sag ich's meinem Kinde, dass alles, wie Varoufakis belegt, noch viel schlimmer war, als wir ahnten? Mit der Pathoströte gesagt: das erste große Völkerverbrechen nach dem Zweiten Weltkrieg, an dem die Deutschen mitschuldig sind? Nachdem sie schon im Zweiten Weltkrieg das Land verheert haben.

Egal, welche Vokabeln man auffährt, wir können, das ist mir bei der Varoufakis-Lektüre klar geworden, unsere Zeit nicht verstehen, das Unbehagen an Europa nicht verstehen, wenn wir die Vergewaltigung Griechenlands nicht verstehen – und hier wird sie ausführlich beschrieben, in allen ekelhaften Details, der ganze obszöne, sadistische Brutalneoliberalismus, der Dijsselbloem-Porno, die Erpressungspolitik, die exekutierende Rolle des edlen Herrn Bundesfinanzministers. Wir können auch unsere Kanzlerin, unsere deutsche Politik nicht verstehen, wenn wir ihre Mittäterschaft bei dieser Vergewaltigung nicht zur Kenntnis nehmen. Ein politisches WeToo, könnten die Griechen sagen.

Wer es 2008 und 2010 nicht verstanden hat, könnte es heute spätestens anhand des Buches verstehen – aber von einem, den man einst zum Buhmann gemacht hat, möchten sich die braven Deutschen auch nachträglich nicht belehren und im Weltbild irritieren lassen. An dem Schurken mit den ollen Kamellen möchte sich niemand von meinen Kollegen die flinken Tippfinger schmutzig machen.

MeToo, das war längst fällig. WeToo ist es auch, die politisch-ökonomische Vergewaltigung.

Sollte ich wirklich so auf die Pauke hauen? Selbst wenn ich es könnte? Jetzt, im Vorruhestand, die Zeitungskollegen der Bravheit, Feigheit und kriecherischen Regierungstreue bezichtigen beim Griechenlandschwindel, das wäre auch nicht die feine Art. Jetzt, wo Kassandra in aller Ruhe in die Rente segelt, plustert er sich noch mal dicke auf, der Moralonkel von gestern! Auch nicht gut, dachte ich einen Moment lang, in dem ich vergessen hatte, dass ich derzeit gar nicht publizieren darf, höchstens unter Pseudonym irgendwo.

25.1. | Fast hätte es mich erwischt! Ein viel zu warmer Wintertag, ich schlenderte auf dem breiten Gehsteig der Handjerystraße vor mich hin, die Blicke mal auf die gefälligen Häuser, mal auf Passanten werfend, hin und wieder trifft man ein bekanntes Gesicht. An diesem Nachmittag fühlte ich mich besonders heiter gestimmt, es lag ein Hauch von Frühling, ein leichter Schwung von Zukunft in der Luft, ich kam an dem griechischen Ecklokal «Medusa» vorbei und drehte nach rechts, um auf die Speisekarte zu schauen, ohne die

Absicht einzukehren, wir waren hier seit längerem nicht mehr gewesen.
Ein Schlag gegen das Bein, ein Vorderrad rammte das Knie, dann erst realisierte ich das Quietschen einer Bremse, das Reiben von Reifen auf Steinplatten, ich knickte zur Seite, taumelte, sah mich hilflos auf den Rücken fallen, tief und tiefer, lag am Boden, neben mir das mehr bissige als besorgte Gesicht eines behelmten Radfahrers. Er richtete sich auf, stellte zuerst sein robustes Rad hin, dann half er mir aufzustehen, ich sagte: «Danke, Idiot!» Eine Sekunde lang musterten wir uns, dicht an dicht der Helmkopf und mein ungeschützter Schädel, er Zidane, ich Materazzi, dachte ich später, obwohl er der Angreifer war und immer noch angriffslustig schien, als hätte ich ihm was angetan. Er stand sehr nah, ich sah in die Augen eines Gegners. Der fragte: «Geht's, alles in Ordnung?» Und ich nur: «Ja, du Idiot!», und suchte nach besseren Worten für mein Erstaunen, am Leben zu sein, und für die aufsteigende Wut über den Radfahrer, der auf dem ihm verbotenen Bürgersteig auch noch rücksichtslos gerast war und sich nicht entschuldigte. Der Helmmann drehte sich weg, griff zu seinem Gefährt, und als er zwei Meter entfernt war, raunzte er: «Selber Idiot!», und fuhr davon, nun auf der Straße, Richtung S-Bahn.
Es schoss mir tatsächlich das Wort Mörder in den Kopf, aber es wäre lächerlich gewesen, ihm das hinterherzurufen, er hätte es nicht mehr gehört. Aber so sah ich ihn: Der hätte dich umgebracht. Ich atmete durch, schickte dem Kerl noch ein paar Flüche hinterher und humpelte zurück nach Hause, Susanne war auf einer Konferenz.
Als ich auf dem Sofa lag, kam der Schreck, ich hätte jetzt auch im Krankenwagen liegen können, hätte nur mit dem Hinterkopf auf die Steine knallen müssen, wie schnell kann es da zu einer Hirnblutung kommen und zum raschen Tod, eine

Unfallärztin hat mir das mal erzählt und dringend zum Fahrradhelm geraten. Muss ich jetzt als Fußgänger einen Helm aufsetzen, nur weil die Raser mich auf dem Bürgersteig umnieten könnten? Auch wenn das juristisch kein Mord ist, fahrlässige Tötung macht die Sache nicht besser für den, der da liegt.
Nur zwei Schürfwunden, ich konnte die Beine, die Arme bald wie gewohnt bewegen und den Kopf recken, der Taumel des Fallens hatte mich tief hinuntergezogen, ich wollte es mit diesem Trauma nicht übertreiben und wunderte mich doch, nicht in einem Krankenwagen oder auf einer Intensivstation zu liegen. Es blieb die Idee: Das wird deine Todesart werden, umgenietet von einem Radraser mitten in Berlin.

Erst am Abend, nachdem alles besprochen war, dachte ich: Werd nun bitte nicht zum Rentnermiesepeter, der sich an Bürgersteigssündern aufreibt! Jetzt konnte ich über die Ironie eines solchen Unfalls lachen. Drei Wochen Vorruhestand, schon kommt der Sensenmann mit dem Mountainbike. Das passt doch ausgezeichnet, mein Kinderglück hing am Fahrrad, in der Jugend die Touren mit Fritz Roon, ich sage nur Rothenburg und Hoher Meißner, warum sollten mir die Götter der Ironie nicht zum Abschied das Altersunglück mit dem Fahrrad bescheren? Wahrscheinlich ist es sogar ein Glück, besser als hundert andere Todesarten.
(Auch hier gleich recherchiert: Bei Verkehrsunfällen in Berlin kommen mehr Fußgänger zu Tode als Radfahrer, mehr sogar als Autofahrer.)

26.1. | Gestern das Fallen vor «Medusa», ich habe wirklich Glück gehabt. Heute wieder abwärts, wieder beim Griechen, noch viel tiefer in den Brunnen der «ganzen Geschichte»

gestiegen. Varoufakis raubt mir die letzten Illusionen über die Meistüberschätzte und ihren Finanzchef. Mit welcher Überheblichkeit der deutsche Minister bei der Begrüßung des neuen griechischen Ministers, der ihm die Hand hinstreckt, den Handschlag verweigert. Einer, der sonst als unbestechlicher, kluger, ja weiser Gentleman und Kerndemokrat gilt, wird zum Rüpel, wenn ihm jemand begegnet, der protokollarisch mit ihm auf einer Stufe steht und noch dazu ökonomisch viel versierter ist, aber andere Meinungen zu begründen wagt.
Und das in Görings altem Palast in der Wilhelmstraße, wo wahrscheinlich schon die Bombardierung Griechenlands befohlen wurde. Ein Vertreter des einzigen Landes, mit dem Deutschland immer noch keinen Friedensvertrag geschlossen hat und das seit langem hofft, für die dreieinhalbjährige Besatzung durch die Wehrmacht, für Tausende niedergebrannter Dörfer, Hunderttausende zerstörter Häuser und getöteter Zivilisten eine Art Entschädigung zu bekommen in vielen Milliarden Euro. Auch wenn diese Erwartung juristisch aussichtslos ist nach Meinung der deutschen Regierung, auch wenn die alte Sache nicht direkt mit der neuen zu tun hat, müsste ein Minister, wenn ihm schon kein Mitgefühl erlaubt ist, dann nicht wenigstens Anstand zeigen?

Wie eiskalt sie den abfertigen, der ein paar Schritte weiter denkt als sie. Sie wissen, dass sie sich und die Welt getäuscht haben. Sie wissen, dass die Troika-Programme nichts taugen. Sie müssten ahnen, dass sie die Totengräber Europas sind, sie haben Pressesprecher, die das Gegenteil in schönen Worten zu behaupten wissen. Und wollen den Griechen zwingen zu unterschreiben, was er für falsch hält und was sie für falsch halten. Ein Glück, dass er sich geweigert hat.
Dem deutschen Zuchtmeister wird das Motto zugeschrieben:

«Ich bin für die deutschen Wähler da, egal wie die Motive und Argumente der anderen sein mögen.» Aber erst bei diesem Buch ist mir klar geworden: Es ging Herrn Sch., der allein auf mehr als 60 Seiten vorkommt, und Frau M. beim Ringen mit Athen nie ums Geld, um möglichst hohe Rückzahlungen der Kredite, nie um den deutschen Steuerzahler. Sondern um Demütigung, ums Rechthaben, ums Exempel. Sch. wollte die Griechen aus dem Euro raushaben (und ihnen den Rauswurf mit Milliarden abpolstern), damit vor allem den Franzosen mit Härte drohen und eine kleinere, diszipliniertere Eurozone anstreben.
Was lässt sich unsere brave Wirtschaftspresse da alles entgehen! Wie er seine Ministerkollegen in der Eurogruppe und die verhängnisvolle Troika dirigierte, das ist von meisterlicher Intriganz. Er sabotierte alles, was die Europäische Kommission als Kompromiss vorschlug. Er putzte EU-Kommissare runter. Ein Stellvertreterkrieg in Griechenland, auf Kosten des ärmsten Landes und der ärmsten Leute. Der Herrscher Europas im Rollstuhl, da war doch mal was mit «Dr. Seltsam oder wie ich lernte, die Bombe zu lieben» (googeln bitte, Lena).
Da ist es erstaunlich, wie klug Varoufakis Herrn Sch. in seinen Widersprüchen beschreibt, der sehr wohl weiß, dass die Eurozone falsch konstruiert ist, und sie dennoch dominiert. «Den enttäuschten Mann, der scheinbar mächtiger war als alle anderen in Europa und sich dennoch absolut ohnmächtig fühlte, weil er nicht tun konnte, was er für richtig hielt», Frankreich zu kujonieren. Der mit seiner Kanzlerin, deren Europolitik er für schlecht hält, die konkreten, vernünftigen griechischen Vorschläge rundheraus und ohne Prüfung ablehnt, die auch im deutschen Sinn politisch und ökonomisch rational gewesen wären. Die Füchse M. und Sch., auch hier haben sie sich an den einmal gefassten falschen Plan gehalten, aus Prinzip

gehandelt und uns Deutsche wieder mal blamiert als wenig empathisch, unklug, gnadenlos, dumm – in politischer wie in finanzieller Hinsicht. Als Gläubiger aber, schrieb schon Jeffrey Sachs, musst du weise sein – und weise heißt nicht weich, sondern großzügig. Mit Deutschland war man 1953 sehr großzügig, mit Griechenland 2010 hart und dumm.

Gegen Ende, V. und Sch. respektierten sich in gewisser Weise als Gegner, fragte der Grieche einmal: «Eine ehrliche Antwort, Wolfgang, bitte, wenn du an meiner Stelle wärst, würdest du das unterschreiben?» Der antwortete: «Als Patriot nein, es ist schlecht für dein Volk.»

27.1. | Nieder mit den neoliberalen Radfahrern!
(Sag ich als eifriger Radfahrer, Fußgänger, Autofahrer, Bahnfahrer.)
Über den Verlust von Regeln, Zivilität und Anstand sollen andere ihre Kolumnen schreiben. Dazu braucht es nicht diese ungelesene Datei.

Vielleicht ist das die passende Idee, mich nützlich zu machen: kleines Handbuch zur Ökonomie, zum Euro, zur «Krise». Das Komplizierte oder gar nicht so Komplizierte verständlich darlegen für interessierte Normalverbraucher. Und Bundestagsabgeordnete.

Wieder ein Blick nach vorn: China hat den größten Devisenschatz der Welt, ist der größte Gläubiger der USA, hält Fremdwährungsreserven von 3 Billionen Dollar, davon etwa ein Drittel in Dollar-Papieren. China finanziert zu einem erheblichen Teil das Leben auf Pump der US-Amerikaner.

Und in Afrika werden in den nächsten drei Jahren 60 Milliarden Dollar investiert. Außer den bekannten Häfen, Straßen, Bahnlinien baut man Regierungsgebäude, Stadien, Kasernen, Raffinerien, Militärstützpunkte, Parteihochschulen, Fernsehsender, Museen, in Angola und Südafrika ganze Städte. Alles gegen Rohstoffe und fragwürdige Kredite. China bildet politische Eliten und Journalisten aus, lädt immer mehr Studenten an seine Universitäten. Aber es läuft nicht alles rund. In Angola leben 300 000 chinesische Arbeiter und Ingenieure. Etliche Straßen und Anlagen, allzu flott gebaut, sind schon wieder kaputt. Es darf noch gewettet werden beim Wettstreit der Systeme.

Sogar die allerfrömmsten katholischen Unternehmer (Familie C&A) sehen ihren Heiland, der sie beim Verkauf der Firma mit den meisten Milliarden segnet, in China.

Nach einer Woche Varoufakis-Arbeit die nicht besonders schlaue Erkenntnis: Wer das Pech hat, meistens recht zu haben, ist auch eine tragische Figur. Beispiel V., der nun gern als Rechthabepolitiker der Linken auftritt.

Seine einfachen Wahrheiten sind sicher zu einfach, aber nahe an den Wahrheiten (behauptet ein Simpel wie ich): «Wir stecken in einer Systemkrise, weil unser politisches Establishment Wert darauf legt, das Problem der Handelsbilanzüberschüsse nicht zu verstehen.» Und das seit über zehn Jahren. Und alle täuschen vor, mit dieser Krise des Systems fertig zu werden. Die Folge: «Europa wird zerstört von zentrifugalen Kräften, die es zerreißen. Es wachsen Fremdenfeindlichkeit, Nationalismus, Rassismus und der Verlust des Glaubens an die EU. Europa kann nicht funktionieren, solange wir zwar eine gemeinsame Währung haben, aber keine gemeinsame Regierung, die sie steuert.»

Viele Leute, auch wir Zeitungsmenschen, beklagen gern, dass Politiker nicht die Wahrheit sagen, sei es aus Unkenntnis, betrügerischer Absicht oder Rücksicht auf die Wähler. Und dass niemand den Leuten das große Umdenken und Blut, Schweiß und Tränen abverlangt wie einst der große Churchill. Und entsprechend handelt. Eine Ruck-Rede, die wirkt. Aber wenn dann mal so einer auftaucht wie Varoufakis, erntet er Hohn und Spott – oder verächtliche Ignoranz. Mit Stuart Holland und James K. Galbraith hat er auf 60 Seiten einen «Bescheidenen Vorschlag zur Lösung der Eurokrise» vorgelegt. Mir scheint das volkswirtschaftlich solide durchdacht, konstruktiv die Möglichkeiten der bestehenden europäischen Institutionen nutzend, ohne jede Umstürzlerei, sogar ohne Schweiß und Tränen. Wahrscheinlich der einzige Weg, Europa zu retten. Aber bei seinem Namen, einmal verteufelt, hört man sofort weg. Ich möchte wetten, dass keine drei Staatssekretäre aus den Euro-Staaten das Büchlein aufgeschlagen haben.

28.1. | Um den Radrempler, der mir manchmal noch durch den Kopf rempelt, zu vergessen, müsste ich mein Rad rausholen und selber durch die Straßen kurven. Aber das Wetter ist mir noch zu garstig. Stattdessen beruhige ich mich mit der Neuköllner Erleuchtung aus der S-Bahn neulich: zwischen den Epochen einigermaßen glücklich leben, weder unter der Fuchtel eines allessehenden alttestamentarischen Gottes noch unter der Fuchtel einer allessehenden chinesischen Datenbank. (Und an die amerikanischen und geheimdienstlichen Datensammler will ich heute nicht denken.)

Während Susanne Zeugnisse schreibt, ist mein Sonntagsvergnügen die Beschäftigung mit der rätselhaften Kanzlerin. Wie geht das, vor den Kameras in Davos die «nationalen Egoismen» in Europa zu beklagen und recht überzeugend die überzeugte Europäerin zu mimen und gleichzeitig nicht verstehen zu wollen, dass die Deutschen de facto die größten Egoisten sind? Die Frau ist ja klug und clever gebrieft, aber es scheint keinen in ihrer Nähe zu geben, der ihr darlegt, dass ihre Regierungen mit borniertem nationalen Egoismus Europa destabilisieren und die Eurokrisen verschärfen, in bester Absicht, allein durch den Leistungsbilanzüberschuss. Oder streikt auch ihr Kopf, wenn das spröde Vokabular der Wirtschaft anklingt? Braucht es therapeutisch geschulte Ökonomen, ihr beizubringen, welche Folgen es hat, wenn deutsche Unternehmen mehr Waren und Dienstleistungen ins Ausland exportieren, als ausländische Waren ins Land kommen? Dass dies keine weltmeisterliche Stärke ist, sondern eine folgenreiche Schwäche, die unter anderm unseren viel zu knausrigen Löhnen und viel zu mageren Investitionen zu verdanken ist.
Jedem halbwegs intelligenten Nichtökonomen könnte es einleuchten, dass unser Überschuss von acht Prozent für die anderen Länder im Durchschnitt ein Defizit von acht Prozent bedeutet und sie zu unsern Schuldnern macht (allein 2017 waren das 230 Milliarden Euro). Hat ihr niemand erklärt, dass die schwächeren Länder vor der Einführung des Euro ihre Währung abwerten konnten, was bekanntlich nicht mehr geht und heute zu hohem Kreditbedarf, also zu Schulden führt? Das steht inzwischen sogar im «Handelsblatt»: Die ansteigende Verschuldung des Auslands gegenüber Germany «ist eine Zeitbombe für die Europäische Währungsunion». Natürlich findet man das dort auch nur versteckt in der Mitte eines Artikels und nicht in der Schlagzeile, aber immerhin. Eine Zeitbombe,

die Frau M.s Wirtschaftsleute nicht nur nicht entschärfen, sondern weiter schärfen, indem sie die Schwellen für Verstöße gegen die Stabilitätsregeln bei Überschuss (auf 6 %) und Defizit (auf 3 %) zugunsten der Deutschen verändern – und sich trotzdem nicht daran halten. Klar, überfordert sind alle, aber die Frage bleibt, ob die überforderte Meistüberschätzte den Euro und die EU nicht stabilisieren will oder nicht kann? Warum will sie nicht wissen, was fast alle rundherum begriffen haben: wie Europa ruiniert wird, weil die deutsche Regierung sich weigert, die staatlichen Investitionen hochzufahren und beispielsweise den Mindestlohn auf französisches Niveau zu heben?

Hat sie nicht einen Berater, der ihr empfiehlt, den Vorschlag Macrons eines eigenen Budgets für die Eurozone unter europäisch-parlamentarischer Kontrolle aufzugreifen, gründlich zu prüfen und wenigstens zu diskutieren? Allerdings hat die «Bild»-Zeitung, die Speerspitze der Regierung, dies schon abgelehnt, folglich hat auch der geschäftsführende Finanzminister, ohne nachzudenken (oder nachdenken zu lassen), eine Institution verteufelt, die den Ausgleich bei den explosiven Leistungsbilanzunterschieden ermöglichen würde. Auch dieser Minister blockiert wie sein Vorgänger die seit sechs Jahren verhandelte Bankenunion, mit der durch eine gemeinsame Einlagensicherung die Zitterpartien der Bankenrettungen beendet werden könnten.

Noch trauriger die Ausblendung ökonomischer Realien bei den Sozialdemokraten, die gerade in die Regierung hineinstolpern oder -humpeln. Obwohl ihr Chef solide Europa-Erfahrung mitbringt, regt sich in dieser Partei nichts oder fast nichts gegen die fortlaufende christdemokratische Brüskierung des französischen Präsidenten und der Euroreformer. Wenn es denn eine Koalition wird, ihr größter Fehler steht schon heute fest: die gute Konjunktur nicht genutzt zu haben, um die Konstruktionsfehler des Euro zu reformieren. Nur eins ist sicher bei dieser Koalition: Die nächste Krise kommt bestimmt. Und ich meine hier nur die Banken- und Eurokrise.

Sonntagsfazit: Bei allem Respekt vor Madame M. – falls man die Widersprüche überhaupt personalisieren darf –, sie hat wie niemand sonst die Risse in Europa vertieft: mit der (falschen, aber geschickten) Europolitik den Riss zwischen Nord und Süd, mit der (richtigen, aber ungeschickten) Flüchtlingspolitik den Riss zwischen West und Ost.

29.1. | Alles redet vom Hass. Hat der Radraser mich gehasst? Weil ich leicht nach rechts abgebogen bin? Weil ich nicht in meinen Fußgängeraußenspiegel geschaut und mich umgedreht habe, eh' ich die Kurve machte? Weil ich es wagte, den Bürgersteig der Handjerystraße zu betreten? Nein, er hat mich erst gehasst, als ich ihn daran erinnert habe, dass er alles falsch gemacht hat, er war schließlich hinter mir, ist zu schnell und nicht auf der Straße gefahren, hat zuerst sein Rad aufgestellt und dann mich. Ich dachte vorhin an die Augen des Helmmannes, als wir über den Hass als Geschäftsmodell sprachen, Susanne und ich. Sie lernt gerade von ihren Schülern: Je verbohrter du hasst, je asozialer du dich verhältst in den sozialen Netzwerken, desto mehr Anhänger, desto mehr Werbegelder kriegst du. Und das vor allem bei den angeblichen Verteidigern des christlichen Abendlandes.
Das hätten wir, als wir in der Journalistenschule anfingen, auch nicht gedacht, wir braven Vogeldeuter. Was ändert sich, wenn jetzt auch Maschinen solchen Hass verbreiten und multiplizieren?

Wenn du dies liest, Lena, wird es vielleicht, oder soll ich sagen: hoffentlich, keine solche «Bild»-Zeitung mehr geben. Ein Blatt, das wie kein zweites Medium zu deutschen Verblödungen und Verdrossenheiten beigetragen hat. Eine bunte, populäre Tageszeitung mit vielen Fotos und wenig Text, wo trotzdem sehr viel und nachweislich gelogen und sehr viel verschwiegen wird. Die größte Leistung dieser Zeitung aber ist es, dass sie für ihre Lügen, Verdrehungen, Verfälschungen, Beschimpfungen viel zu selten verantwortlich gemacht wird. Wer über ihre Falschheiten klagt, und das sind viele, Politiker, Sportler, sogenannte Prominente, spricht nur von «den Medien» – aus Angst, die «Bild» beim Namen zu nennen und von ihr noch mehr abgewatscht zu werden. So hat sich eingebürgert, auf «die Medien» zu schimpfen, wenn «Bild» gemeint ist.
Bei der Lektüre über den Griechenlandcoup wurde die Erinnerung wieder wach, wie die «Bild»-Lügen über die faulen Griechen die Kanzlerin und ihre Abgeordneten und ihren Finanzchef auf Linie gepeitscht haben. (Oder war es umgekehrt? Das müsste mal untersucht werden.) Wie dann fast alle Kollegen aus den Wirtschaftsressorts mitgelogen haben, weil sie einfach nicht ordentlich recherchiert haben (ich schließe mich da teilweise ein) und im Sinn der deutschen Regierung schrieben. Auch die Erinnerung an den «Spiegel»-Titel: ein tanzender, fauler Grieche, der, genau wie der Jude von einst, dem braven Deutschen das Geld abluchste im «Stürmer»-Stil – in welch finstere Zeiten haben uns die Kreditverschleuderer katapultiert.

Ein Beispiel: Varoufakis und seine Putzfrauen. Ich erinnere mich, wie die vom Fernsehreporter auf den Minister gelenkte Empörung auch bei mir wirkte und den Hohn über jenen Angebertypen weckte, dass er die widerspenstigen 300 Reinigungskräfte des Ministeriums wieder eingestellt hatte, 300 Putzfrauen für ein Ministerium! Welche Verschwendung! Erst in «Die ganze Geschichte» fand ich die ganze Wahrheit: Die Presse ereiferte sich über die Wiedereinstellung der 300 Reinigungskräfte – die mit ihren 400 Euro im Monat ihre Familien ernährt haben und überdies auch in anderen Ministerien geputzt haben. Aber kein Wort in der Presse, dass der Minister die Trupps von eingeflogenen Nullachtfünfzehn-Consultants, die für ein paar Tage verhängnisvoller oder bestenfalls nutzloser Beratungstätigkeit Millionenbeträge erhielten, abgeschafft hat – und gespart. Auch kein Wort, dass der Minister die zwei gepanzerten BMW-Limousinen für 750000 Euro, die sein konservativer Vorgänger angeschafft hatte, verkaufen ließ und sich mit zwei einfachen Autos begnügte – gespart. Kein Wort darüber in den Zeitungen. Nur der Stempel Reformfeind und Verschwender blieb, weil er die Putzfrauen arbeiten und nicht verhungern ließ.

Gute Nachrichten vom Zeitungshändler: Vor fünfzehn Jahren verkaufte er zehnmal mehr «Bild» und «BZ» als heute – bei den Qualitätszeitungen sind die Zahlen ungefähr gleich geblieben.

30.1. | Wie würde ich als junger Reporter, malte ich mir gestern Abend aus, über die Eurorüpel von der Troika recherchieren und über die Szene der Scheuklappen-Berater und überwiegend windigen Consultants, die im Auftrag von wem auch immer das Elend fördern, siehe Putzfrauen. Aber schnell beruhigte ich die Hirnzellen mit Klavier, mit Jarretts «Multitude of Angels». Vier italienische Auftritte hatte er im Oktober 1996, Modena, Ferrara, Turin, Genua, kurz vor seinem Absturz in

die Krankheit, totale Erschöpfung plus Rücken. Gleich beim ersten Halbstundenstück spürte ich die ansteckende Heiterkeit seiner Töne, die schöne Durchsichtigkeit, ging mit beim Tänzeln der Finger auf den Tasten. Keine Musik für Rüpel, so viel Zartheit, Kraft, Präzision, Ekstase, Witz. Der Rüpel-Rap hat mehr Anhänger, sei's drum. Mögen andere (wie jener Literaturmensch) das zu weich, zu melodisch, zu gefällig, zu wenig verstörend finden, ich lausche hier auf synkopische Herztöne, meine eigenen Herztöne, und Susannes gleich mit, als sie beim Ferrara-Konzert dazukam und sich neben mich setzte.
Zum ersten Mal begriff ich: Seine Kunst besteht darin, sich nicht zu wiederholen. Und niemand wird das nachspielen, nicht mal er selbst. Eine endlose Reihe einmaliger, kostbarer Momente. Die Augenblicke verweilen doch – auf der CD. (Jetzt wird er komisch, der Alte, stimmt's, Lena?)

Volontäre hab ich nicht mehr, aber Lust auf absurde Übungen für Volontäre:
Wie formulieren Sie in einem Absatz, dass auf Druck der deutschen Regierung (lassen wir die in diesem Punkt ähnliche französische Regierung mal beiseite) der größte Kredit aller Zeiten dem bankrottesten Land der Welt aufgezwungen wurde?
Wie würdigen Sie möglichst sachlich, dass sich diese Spitzenleistung ökonomischer Narrheit (finden Sie neutralere Formulierungen) allein dem Wunsch verdankt, die mitteleuropäischen Banken zu retten, was ja ein begreiflicher Wunsch ist (vielleicht sogar eine Notwendigkeit)?
Wie groß ist Ihren Recherchen (und Ihrer Ansicht) nach die Einfallslosigkeit oder Feigheit der Politik vor der Macht der Banken?
Wie weit gehen Sie mit Ihrer antrainierten journalistischen Sorgfaltspflicht, wenn Ihre Regierung und die meisten Abge-

ordneten aus Angst vor den Wählern es nicht wagen, die angesehenen Bankchefs, die, ohne Geld zu haben, Geld verleihen, Gauner o. ä. zu nennen und die Bankenkrise Bankenkrise und die Bankenrettung Bankenrettung?

Wenn die Regierung und die ihr nahen Medien stattdessen plötzlich von einer Eurokrise und Griechenlandrettung zu reden beginnen?

Wie recherchieren Sie, wer auf den Trick kam, nun einzelne Staaten und nicht mehr die Banken an den Pranger zu stellen?

Wie ließe sich beschreiben, wie die Täter der Banken plötzlich von der Bühne verschwanden oder zu Opfern wurden und wie neben den anderen Südländern die faulen, verschwenderischen Griechen als Haupttäter immer mehr ins Blickfeld gerückt wurden?

Wann fing die Negativdarstellung (oder würden Sie es Hetze nennen?) der «Bild»-Zeitung gegen «die Griechen» an?

Welche Politiker wurden dort wann immer häufiger zitiert?

Was trugen die «Bild»-Zeitung und frei- und christdemokratische Politiker zu diesem Prangerwechsel bei, was die anderen Zeitungen und die anderen Parteien, und wann fing man in den Fernsehsendern an, hier munter nachzutreten?

Dürfen Sie in Ihrem Blatt deutlich werden und schreiben, dass bis heute nur von der Rettung Griechenlands gesprochen wird, während fast 100 % der ausgegebenen Notkredite nur dazu dienten, das Finanzsystem der Eurozone zu stabilisieren?

Dürften und würden Sie dann, falls Sie das alles ordentlich belegt dargestellt haben, von der dicksten Lüge sprechen (nicht von der dicksten Lüge aller Zeiten, so weit sollten Sie schon Ihrer Unbildung wegen nicht gehen), vom folgenreichsten deutschen Etikettenschwindel des noch jungen und schon von so viel Schwindel geprägten 21. Jahrhunderts?

Bedauern Sie es, so viele Politiker, Minister und die Kanzlerin in diesem Fall als Täuscher und ökonomische Toren bezeichnen zu müssen? Leidet die demokratische Kultur, wenn diese Leute mit so negativen Stempeln versehen werden?
Wie ausführlich und wie häufig dürfen Sie über den von den Gläubigern erzwungenen Sturz in die Armut der meisten Griechen berichten?
Sollte der Gerechtigkeitssinn bemüht werden für die Bewertung des Faktums, dass anstelle der Banker, die nicht rechnen konnten, die Leute in Griechenland bestraft wurden, die an der Krise unschuldig waren und mit jedem halben Euro rechnen mussten und müssen? Und dass nebenbei auch die künftigen deutschen Steuerzahler bestraft werden, nämlich Sie selbst?

31.1. | Nach einem Traum, in dem ein älterer Mann im Rollstuhl immer im Kreis fuhr, viel zu schnell um verängstigte Kinder herum, dass er fast kippte, ist mir beim Aufwachen heute wieder eingefallen, was der Ex-EU-Kommissar Verheugen mir mal «off the record» sagte: Es war ein Meisterstück an Demagogie, wie Kanzlerin und Finanzminister die Presse und den Bundestag manipuliert haben, um aus der Bankenkrise eine Griechenlandkrise zu machen.

Über Drogenhandel liest man ständig was, über Jugendliche als Drogenopfer, aber nie etwas über die wohlhabenden Konsumenten. Nur wenn ein Grünen-Politiker erwischt wird, jubelt «Bild». Wer sind denn all die Endabnehmer, die dieser Branche die anhaltend blühende Konjunktur verschaffen? Und damit Sponsoren der Mafia werden, dieser oder jener? Wer spricht über die Banker und Köche, die koksen, Politiker, Geschäftsleute und Medienmenschen, die Crystal Meth

nehmen – die Eliten, die ohne solch ständiges Doping keine Eliten mehr wären? Und den Mafiosi wie kleinen Dealern den Umsatz bescheren? Wann kommt die «Bild»-Story, in der wer weiß wie viele Redakteurinnen und Redakteure in ihrem Blättchen gestehen: «Auch ich habe gekokst», «Auch ich auf CM»?
Wo sind sie, die Endverbraucher? Versteckt, im Scheinwerferlicht.

Ich weiß, auch als Tomatenesser bin ich ein Förderer der Mafia, dieser oder jener, jedenfalls wenn die Tomaten von jenseits der Alpen heranrollen.

Eine Regierung kommt langsam zustande, aber man sieht schon, wie die neue alte Koalition sich selbst handlungsunfähig macht durch viel zu viele Voraus-Detail-Vereinbarungen, die dann auch noch vor der Presse und in den Sprechshows hin und her diskutiert werden. Die Ideologie des Nachbesserns und die Ideologie einer Standfestigkeit in Nebensachen ersetzen die Politik. Sie verkommt zur Abhakaktion mittelprächtiger, mitternächtlicher Vorsätze.

1.2. | Pünktlich das reduzierte Gehalt für den ersten Monat Schweigen.
Ja, sie haben mich gekauft – immerhin ist ihnen mein Schweigen ein bisschen was wert. Aber ich sollte mir nichts darauf einbilden, gar nichts, diese Kosten werden abgeschrieben. (Wollte mich neulich mal vergleichen mit den aufstrebenden Fußballern, die von Hoeneß, Berlusconi oder den Londoner Oligarchen für ihre Vereine gekauft werden, nur damit die Konkurrenz sie nicht kauft, und dann an Zweitligamann-

schaften oder ins Ausland verliehen und bald vergessen werden. Irrtum! Bin ein Auslaufmodell und werde nicht mehr verliehen.)

Einen Monat kaltgestellt, «freigestellt», habe mich keine Stunde gelangweilt.
Was tun Sie so den ganzen Tag?
Frühes Frühstück mit S., Cappuccino, Käsebrot, Marmeladenbrot. Sie geht meistens um 7.15 Uhr aus dem Haus. Gegen 8 fang ich an, ca. eine Stunde Onlinenachrichten, meine Zeitung immer als erste. Ab 9 etwa diese Aufzeichnungen und China-Notizen, seit kurzem auch Stichworte für ein Erklärbuch «Wirtschaft – ganz einfach» (oder so ähnlich), etwa drei Stunden. Dann Vorbereitung Mittagessen, einfache Dinge oder Suppen nach dem Buch von Sonja Riker, zweimal in der Woche ist S. schon zum Essen zu Hause. Danach Spaziergang Richtung Volkspark (bin noch nicht zum Schaut-mal-her-wie-tüchtig-ich-bin-Altersjogger mutiert). Im Café ein, zwei Stunden Lektüre der vier, fünf üblichen Zeitungen, vornehmlich Wirtschaft, dann Politik und Sport. Manchmal treff ich dort Bekannte, meist intellektuelle Rentnerinnen und Rentner, manchmal entwickeln sich Gespräche, mit denen, die noch nicht zur Jammerfraktion gehören. Gegen 5 auf dem Heimweg die Einkäufe. Abends kocht meistens S., öfters gehen wir irgendwo um die Ecke essen.
Im Januar waren wir zweimal eingeladen (bei Jürgen und bei einer Kollegin von S.), waren zweimal in der Kneipe mit Freunden oder Kollegen, hatten einmal Freunde hier. Einmal im Monat geht S. zu ihrem Deutschlehrer-Stammtisch, alle zwei Wochen wieder meine Skatrunde mit Jürgen, Peter und Stefan. Zweimal im Kino (nichts Nennenswertes), einmal bei einer Ausstellung (Juden, Christen, Muslime im Gropius-Bau), kein-

mal Theater. Die restlichen Abende Lesen, Arbeiten, Bildung am Bildschirm, selten Fernsehen. (Wie oft Geschlechtsverkehr, wird nicht gezählt, jedenfalls mehr als befriedigend, damit auch das klar ist.) Streit hatten wir in diesen Wochen nicht. S. plagt der übliche Schulärger, den ich mir anhöre, kommentiere, aber nicht aufschreibe. Unsere Köpfe sind zu voll mit Politik und den dazugehörigen Erregungen inklusive Spott und Witz. Keine nennenswerten Arzttermine, demnächst wird der Zahnarzt einiges runderneuern müssen. «Es geht mir gut», kann ich sagen, ohne zu lügen. Nur weiß ich immer noch nicht, welches Buchprojekt ich anpacken möchte. Ob ich überhaupt eins anpacken und damit auffallen möchte. So weit mein Leben im Frieden von Friedenau, kurz gefasst.

2.2. | Unsere Köpfe zu voll mit Politik, sagte ich. Die Gespräche viel zu sehr dominiert von Mr. T., den neuen Rechten und Islamisten. Dazu reichen eigentlich Sätze und Argumente wie diese: «Vielleicht sind sich die selbsternannten Abendlandverteidiger und die selbsternannten Abendlandvernichter in genau diesem Sinne näher, als sie glauben. Beide suchen verzweifelt das geschlossene Weltbild, vollendet und klar, ohne Nuancen, Ambivalenzen und Zweifel. Das soll gelingen durch die Heiligsprechung des eigenen Gefühls ... Beide erheben Anspruch auf ein absolutes Gefühl, das nicht hinterfragt werden darf und darum nicht erklärt werden muss. Das Motto scheint zu sein: Wer nicht denken will, muss fühlen. Selbstzufrieden in der gefühlten Wahrheit des Unverstandenseins. In der Ausübung des Grundrechts, beleidigt zu sein ... In beiden Lagern fühlt man sich rund um die Uhr drangsaliert, diskriminiert und diffamiert ... Der entscheidende Punkt ist die grenzenlose Humorlosigkeit, die Unfähigkeit, sich selbst in Frage

zu stellen und der eigenen Lächerlichkeit inne zu werden. An diesem Punkt berühren sich Pegida-Sympathisanten und Terror-Islamisten. Sie sind vormodern und voraufklärerisch, weil sie die Dialektik der Selbstkritik nicht zulassen können. Nur wo Abstand zu sich selbst gelingt, wird Humor möglich.»
Mehr muss man über die Lieblinge der Talk- und Schwatzshows nicht sagen, sich vielleicht den Autor dieser Zeilen merken, Florian Schroeder.

Rüganer, aufgepasst! Der Siemens-Chef stellt sich schon locker darauf ein: «Die Welt spielt bald nach chinesischen Regeln», meldet die FAZ. Auch die WTO, die Handelsorganisation, werde bald von der Seidenstraßen-Organisation (mit Investitionen von 4 Billionen Dollar in 70 Ländern) abgelöst, mit eigenen Seidenstraßen-Gerichten und Seidenstraßen-Banken. Entwicklungshilfe für die unterentwickelten Teile Asiens, Europas, Afrikas, Lateinamerikas. Da hat ein Chef mal recht: Der ökonomische Schwerpunkt der Welt wandert von Westen nach Osten, und wir dürfen sagen, wir sind dabei gewesen.

3.2. | Wie auf Kommando sagen und schreiben seit ein paar Tagen fast alle Medienleute nur noch «GroKo» statt «Große Koalition». Die Abkürzung wurde vor rund zwei Jahren von Satirikern erfunden, wenn ich mich richtig erinnere, abfällig gemeint, ohne Witz. Was immer man von dem Gezerre um das neue Vorhaben hält, die mediale Vorverurteilung, die negative Suggestion steht bereits fest: etwas unsympathisch Krokodilhaftes, Täppisches, Missratenes. Meine Vorverurteilung gilt den schreibenden Papageien, den Sprachopportunisten, die nicht mit Argumenten, sondern genüsslich mit einem Halbschimpfwort operieren. Zugegeben, es sind für die Überschriftenmacher neun Buchstaben weniger. Trotzdem, gedruckt wie gesprochen klingt der Zweisilber abwertend, besserwisserisch und opportunistisch zugleich.

Wie geht es dem Fuß der Nation? Wie man hört, nennt Herr Neuer seine Krücken seine «zwei Freunde». Das kann die Kanzlerin von ihren zwei Krücken nicht sagen.

4.2. | Die Hände frei zu haben, war mal die größte Errungenschaft bei der Menschwerdung des Affen: Aufrechter Gang, damit tausendfache neue Möglichkeiten, so entwickelte sich das Gehirn. Beim Bier nach dem Skat, als wir kein Blatt mehr in der Hand hielten, sagte Peter: Heute haben die Jüngeren die Hände wieder voll mit Kaffeebechern, Bierflaschen, Handys. Fortschritte bei der Affenwerdung des Menschen. (Ich provoziere, Lena, damit du protestierst.)

Will versuchen, die Welt mehr aus der Sicht der Evolution zu betrachten. Vielleicht sind wir ja an einem Scheitelpunkt der Entwicklungsgeschichte angekommen, siehe Künstliche Intelligenz, der Mensch-Roboter-Zwitter steht schon neben uns. Und die Frage ist, ob wir (sagen wir die Mehrheit der Aktiven) weiter an der Menschwerdung des Affen entlangarbeiten oder eher in Richtung Affenwerdung des Menschen drängen.
Bei der Menschwerdung helfen: Verantwortung für die Gemeinschaft, Regeln, Vernunft, geordnetes Nebeneinander, Pluralität, Bildung, Differenzierung, demokratische Strukturen, Geduld, Humor, Gelassenheit – mit den «alten» Zielen Freiheit, Gleichheit, Brüderlichkeit, in summa Demokratie.
Bei der Affenwerdung: das Recht des Stärkeren, der Mächtigsten, des Geldes, die Vereinfachung, die Eindeutigkeit, der

Sofortismus, autoritäre Strukturen, Ungeduld, Schwachbildung – mit den neualten Zielen Unfreiheit, Ungleichheit, Prügelei, in summa Autokratie.
Ach, wenn es so einfach wäre!

Pointe zur Frage Menschwerdung oder Affenwerdung: Erst jetzt, da Laborversuche mit Affen im Dieselgift bekannt werden, jaulen Boulevardpresse und Meinungsopportunisten auf, «Einhelligkeit an wutlodernder Empörung», stand irgendwo. Bei Millionen Menschen, die täglich den schädlichen, fleißig vertuschten und (für jährlich 400 000 Menschen in Europa) tödlichen Auspuffgasen ausgesetzt sind, und bei den ersten Berichten über die Schummeleien der Autofirmen gab es kein Facebookgetöse und keine Empörung in der Presse, nur bei den üblichen kleinen Minderheiten.

5.2. | China-Album: Auch auf den deutschen Immobilienmarkt drängen mehr und mehr Chinesen, in Frankfurt und Berlin gibt es schon spezialisierte Makler für diese Kundschaft. In China darf jeder nur eine Wohnung haben, in Europa, speziell in Deutschland, ist alles ideal: spottbillig und sicher angelegt.
Die reichen Deutschen zieht es in steuerniedriges Ausland, die reichen Chinesen ins freie Deutschland. Vielleicht erlebe ich ihn doch noch, den ersten Kauf auf Rügen. Monopoly in Binz oder gleich der Hafen von Mukran?

Ebenfalls heute (ich kann nichts dafür, ich sammle ja nur) ein Bericht «China schleicht sich an die Arktis heran». Obwohl kein Anrainerstaat, stellen Chinesen Ansprüche auf die Bodenschätze, schicken Forscher und liefern Infrastruktur, planen eine «polare Seidenstraße» durch die eisfreie Nordwestpassage, sind bereits die größten Investoren in Island und Grönland. Das alles gehört, so die «Welt», zu «Pekings weltumspannender Infrastrukturoffensive». Die Arktis schmilzt – gleichzeitig Eiszeit gegenüber Dissidenten, immer schärfere Verfolgung, selbst wenn sie inzwischen EU-Bürger sind.

Warum so viel China, was hast du mit China, das du nicht kennst? Da ist zuerst ein persönlicher Grund: Ich möchte nicht umerzogen werden, mir vom Staat nicht das Maul verbieten lassen, ganz einfach. Und wünsche das auch der übernächsten Generation nicht.

6.2. | Varoufakis erst mal zur Seite gelegt – geblieben ist unter anderem die Frage, warum das menschliche Normalgehirn die einfachsten wirtschaftlichen Begriffe und Zusammenhänge nicht annehmen, nicht wahrnehmen will. Ein Abstoßungsreflex, Schutz des eigenen Immunsystems wie bei einer Organverpflanzung, wenn die Spenderniere dann doch nicht zum «neuen» Körper passt? Oder wie in der Schule die tiefsitzende Abwehr gegen Zahlen, Formeln, Abstraktes? Sind Mathemuffel auch Wirtschaftsmuffel?
Warum schalten die meisten Leute ab bei einem Wort wie Leistungsbilanzdefizit? Oder Handelsbilanzdefizit? Selbst Susanne, die zu der großen Mehrheit gehört, die Mathe nicht mag. Dabei sind Handelsbilanzüberschuss und Handelsbilanzdefizit doch schöne, präzise Wörter. Warum lösen sie so viel Ekel aus, dass keiner sie hören und lesen will? Da schließen sich die Ohren. Da winken die meisten Leserinnen und Leser ab und schweifen zum nächsten Kommentar und erholen sich bei der Glosse nebenan. Oder man scrollt weiter oder rennt aus dem Saal. Es

ist ja nicht verwunderlich, dass man solche Wörter von Frau M. oder Herrn Sch. nicht hört. Habe nie den Eindruck gehabt, sie hätten deren Brisanz kapiert. Dabei ist Europa ohne diese Wörter überhaupt nicht zu verstehen.

Oder ist es nur das uralte Ding von der menschlichen Trägheit: dass man das Unangenehme nicht hören, nicht wahrhaben will. Niemand will genauer wissen, zum Beispiel, was die Treuhand (sehr spannende Geschichte, Lena) in den Köpfen heutiger AfD-Wähler angerichtet hat. Niemand will genauer wissen, zum Beispiel, dass Erfurt auch die deutsche Hauptstadt der Mafia ist. Dass sich die Ganoven der organisierten Kriminalität besonders gern in unscheinbaren deutschen Landen aufhalten, weil sie hier immer noch die größten Freiräume haben.

Ich schweife ab, ich wollte beim Beispiel Varoufakis bleiben: Niemand wollte ihm zuhören. Immer wieder hat er den Politikern und Beamten, die ihm das Konzept der Troika als das einzig richtige aufzuzwingen versuchten, nicht nur sein Konzept entgegengehalten, er hat auch versucht zu erklären, dass die einzigen Griechen, die von den Maßnahmen der Troika profitierten und Gewinn aus dem Elend schlugen, die korruptesten waren und sind, Oligarchen, Steuerbetrüger, Banker und Medienbesitzer. Er konnte als Finanzminister gegen diese Leute nicht vorgehen, weil deren Geschäfte den Griechen entzogen und direkt der Troika unterstellt waren. Um diesen Skandal und die Tricks dieser Gauner zu erklären, brauchte er halt ein paar Minuten. Niemand wollte sich dafür Zeit nehmen, niemand zuhören. Die Einzige in dem halben Jahr seiner Amtszeit, die sich das erklären ließ, war die kluge Frau Lagarde vom IWF. Sie tat nichts dagegen, konnte es wohl nicht. Sie erschrak immerhin.

7.2. | Ist es ein Unterschied, ob Chinesen sich so fleißig einkaufen in Europa und vielleicht auf Rügen oder Russen, Araber, Amerikaner, Inder, Briten? Bitte mal ausführen!

Es kann natürlich alles auch ganz anders kommen. Wegen der hohen Verschuldung seiner Unternehmen sei China der Topkandidat als Auslöser für die nächste Finanzkrise, meint Harvard-Professor Kenneth Rogoff.

Auch für die eigenen Gemeinplätze gilt: alle vier Wochen zum TÜV.

Alle paar Tage neue Aufgeregtheit über die weltweiten Falschmeldungsindustrien. Gern wird vergessen, dass unsere ehrenwehrten Kreise in Brüssel und Berlin auch in dieser Beziehung keine Waisenkinder sind. Varoufakis liefert Beispiele, wie seine Gegner in der Eurogruppe kurz vor oder nach wichtigen Verhandlungen Falschmeldungen und Gerüchte in die Welt gesetzt haben gegen ihn. Oder welchen Rufmord die griechischen Zeitungen, im Besitz der alten, korrupten Eliten, mit ihrem Hass auf den populärsten Korruptionsbekämpfer verbreiteten – und die liberaleren, freien Blätter Europas mitspielten.

8.2. | Mehr als 80 Prozent der Leute stören sich daran, dass im reichsten Land Europas keine Vermögenssteuer erhoben wird und die reichen Erben steuerlich fast nirgends sonst so gehätschelt werden. Aber wenn du über diese Mehrheitsmeinung schreibst, giltst du in Wirtschaftskreisen als linksradikal.

Das «Köln Concert» hatte ich erst mal nicht angerührt in diesen Wochen der wiedererwachten Jarrett-Neugier, weil ich es früher vielleicht zu oft gehört habe. Jetzt gleich dreimal hintereinander, der Rausch ist sofort wieder da, immer noch ansteckend, und es ist mir völlig wurscht, dass der Meister selbst die Aufnahme so gar nicht mehr mag oder dass sie einst so ein Hit war. Während er über die Tasten schwebte und ich mit ihm über die Kaskaden der Terzen oder Quinten sprang, dachte ich wieder daran: Den Abend hat eine Achtzehnjährige organisiert, anno 1975, der Flügel war keiner, nur ein armseliger, halbkaputter Stutzflügel, vom Klavierstimmer halbwegs in Gang gebracht, Jarrett weigerte sich aufzutreten, gerade in einem R4 aus Lausanne gekommen, völlig übernächtigt, bis die Achtzehnjährige ihn anherrschte und er nachgab: «But never forget: Just for you.» Die widrigsten Umstände und die zartesten wilden Rhythmen. Schweig still, hör hin!

10.2. | Neue Regierung, für Personalia ist jede Menge Platz, viele Seiten und Sendungen. Für «Deutschland als Steueroase», immer wieder aktuelles Thema, das alle angeht, selten mal ein paar Zeilen. Der neue Bundestagspräsident hält respektable Reden zur Demokratie, nun mag man sich noch weniger anlegen mit dem Mann, der als Finanzminister bei der Abwehr der Steuerflucht (nach der Entdeckung der Panama Papers) die ohnehin dürftigen Maßnahmen der EU bremsen, Beschlüsse nur unvollständig umsetzen, die Richtlinie gegen Geldwäsche verwässern, ein transparentes Transparenzregister und die Kontenprüfung von verdächtigen Entwicklungsländern ablehnen ließ. Deutschland bleibt eine Oase zum Geldverstecken. Es ist dein Geld, Lena.

Da ich ihn gerade würdige, den Ex-Minister, durch falsches Tun hat er auch anderweitig die Geldwäsche gefördert – mit seiner dilettantischen, zumindest übereilten Entscheidung, die Fahndungsarbeit vom Zoll machen zu lassen und nicht mehr wie zuvor vom Bundeskriminalamt. Folge: Keine brauchbare Software, viel zu wenig Personal, nur 4000 von 29 000 Verdachtsmeldungen bearbeitet. «Ausgerechnet das Land mit dem größten Schwarzgeldmarkt Europas leistet sich Chaos in der Bekämpfung von Geldwäsche und Terrorfinanzierung», detailliert schreibt die SZ über das Desaster und die massiv verschlechterte Zusammenarbeit der Behörden.

12.2. | Wie ergiebig «Die ganze Geschichte» ist: perfekte Westernszenen, wenn Varoufakis den Showdown mit dem Chef der Eurogruppe, Dijsselbloem, erlebt oder den Frankenstein-Grusel mit Mario Draghi, noch besser die Schurkenkomödie mit Dr. Seltsam aus Deutschland. Wie der Grieche an die Wand gestellt, erpresst, gelockt, belogen, getäuscht, verachtet wird, das müsste man eigentlich in einem Dreistundenfilm zur besten Sendezeit im Fernsehen zeigen. Ran, ihr hungrigen Drehbuchleute, die «ganze Geschichte» ließe sich für ganze Serien ausschlachten, «nach einer wahren Geschichte», ha!, ihr braucht nur abzuschreiben! Doku-Fiction! Und für die Bühne das gute alte Dokumentartheater, man nehme nur die erste Sitzung der Eurogruppe mit dem Neuling aus Griechenland, die Komik der Diskussionsverweigerung, der Kompromisslosigkeit und das Schwarze-Peter-Spiel der Herrscher Europas.

Oder eine «Tatort»-Szene: ein Raum im Finanzministerium an der Berliner Wilhelmstraße, in dem sich zwei europäische

Finanzminister mit je zwei schweigenden Männern aus ihrem Stab in einem abhörsicheren Raum treffen und vertraulich die verfahrene Lage ihrer Finanzbeziehungen besprechen. Die Spannung der Zwietracht würde steigen, wenn der arme, machtlose Minister den reichen und mächtigen fragt: «Würdest du dies Memorandum unterschreiben, wenn du an meiner Stelle wärst?» Und der andere schaut aus dem Fenster, überlegt einen Moment und antwortet, ohne zu wissen, dass der Klügere, aber Ärmere, der Gewitztere, aber Machtlose seinen Vorteil, nicht nur Teilnehmer dieser Sitzung, sondern Zeuge zu sein, erkennt und sein Telefongerät als Aufnahmegerät benutzt: «Als Patriot, nein. Es ist schlecht für dein Volk.» Es wäre nur noch eine Frage der Regie, ob der Erpresser dabei lächelt mit schiefem Mund.
Titel: Der nicht geschossene Schuss in der Wilhelmstraße.

Im Volkspark eine Mittfünfzigerin mit Hund: «Komm, mein Männchen!» Immer wieder hört man ähnliche Rufe. Wie viel Frauenpower verschwendet in Hundeliebe!

13.2. | Über den neuen «Heimatminister»: «Da er auch das Ressort Bau hat, keimt in mir die Hoffnung, dass sich daraus eventuell sesshaftigkeitsfördernde Maßnahmen ergeben: Mietwucherbekämpfung, Anti-Gentrifizierung, sozialer Wohnungsbau … Eine Heimat haben oder finden kann nur der behauste Mensch» (Katja Lange-Müller). Da ließe sich viel ergänzen. Heimatminister, eine unendliche Aufgabe, wenn man Heimat nur ordentlich definiert.

14.2. | «Unsere Geschäfte gehören der Partei», sagt der Chef des chinesischen Firmen-Konglomerats, das acht Prozent der Deutschen Bank hält, «der Partei, den Menschen und der Menschheit.»

Im Oktober, November dachte ich noch, mein locker hingeworfener Satz über Rügen und die Chinesen werde, wenn überhaupt, frühestens in hundert oder zweihundert Jahren wahr werden. Bei den wöchentlich neuen Meldungen denk ich: Na, vielleicht doch in fünfzig oder noch weniger Jahren. Und jetzt – sind sie schon fast da: «China will sich ins ostdeutsche Stromnetz einkaufen.» Die Firma SGCC versorgt bereits Portugal mit Strom, jetzt lockt auch unser Energiemarkt, die Folgen der Privatisierung der Netze. Mal sehn, ob sich jemand wehrt oder wehren kann.
Wenn es nur um «die Wirtschaft» ginge, nur Investitionen in Infrastruktur- und Versorgungsunternehmen in Europas Süden und Osten, wäre das «der Markt», nichts weiter. Aber es sind immer auch politische Hebel, sagen uns Experten. Es geht um den «chinesischen Weg» als Antwort auf die liberale Demokratie, und Peking spricht die Ziele offen aus: die Demokratien schwächen, Europa spalten. Außerdem «ein positives Bild des chinesischen Systems als politisches und ökonomisches Erfolgsmodell und Alternative zur liberalen Demokratie sicherstellen, auch um die Legitimität des Regimes im eigenen Land zu stärken» (Benner/Shi-Kupfer). Thinktanks in Europa, Konfuzius-Institute sollen «gute China-Geschichten erzählen», Journalisten vor allem aus Ost- und Südeuropa werden gefördert, aus Afrika und Asien sowieso. Peking hat verstanden, dass man sich in Europa «fast alles kaufen kann», hat «Steigbügelhalter in Lobby- und PR-Firmen sowie Anwaltskanzleien und Banken», sagen Experten. «Mehr autoritärer chinesischer

Einfluss in der Welt ist schlecht für die liberale Demokratie», das wäre eine Lehre aus Australien.

Es darf gelacht werden. Die neoliberale Ideologie, der Staat müsse seine Versorgungs- und Infrastrukturbetriebe bis hin zu Wohnungsgesellschaften, Bahn und Stromtrassen verkaufen, hat sich fast überall als teurer Irrwitz erwiesen. Der größte Gewinner der Entstaatlichung wird – der chinesische Staat sein (sowie die Firmen, die unter seiner Fuchtel stehen). Diesen Witz, sage ich als Altliberaler, haben die neoliberalen und ordoliberalen Kollegen immer noch nicht verstanden.

15.2. | Acht Wochen lang nicht mehr meinen Spitznamen gehört, den ich nie mochte. Alles wird besser.

Das dachte ich gestern, im Supermarkt. Heute steht in der Zeitung: «Die Welt ist besser als ihr Ruf.» Nach Zahlen und Fakten jedenfalls. Bekanntlich hält unsere Aufmerksamkeit sich länger mit Katastrophen, Unglücksfällen, Niederlagen, negativen Eigenschaften auf als mit Angenehmem. Wer auf Gefahren achtet, überlebt besser, so haben wir das im Lauf der Evolution gelernt. Den Empörungsprofis ins Stammbuch: «Je sicherer und friedlicher eine Gesellschaft wird, desto größer ist die Empörung, die eine einzelne Tat erzeugt.»

Es gibt keine Migranten: «In Palermo gibt es keine Migranten, denn wer in unserer Stadt lebt, ist ein Palermitano, ein Bürger.» Die Unterscheidung zwischen Einheimischen und «Bürgern, die später angekommen sind», sei sinnlos: Es seien alles Menschen. «Palermo ist gastfreundlich zu den Flüchtlingen, und Palermo ist sicher» – hat die geringste Kriminalitätsrate der italienischen Städte, so der Bürgermeister Orlando. Wann lesen wir diese Breaking News in der «Bild»?

16.2. | Neulich die Idee mit dem Varoufakis-Dokumentartheater. Zu brav gedacht. Auf Rügen gibt es im Sommer die Störtebeker-Festspiele, dieses Jahr «Ruf der Freiheit». Bessere Idee: als Vorspiel solch eine Theaterszene oder gleich das abendfüllende Stück einer Eurogruppen-Sitzung in Brüssel, wie Varoufakis sie protokolliert hat. Räuberei, Erpressung, Piraterie von heute, mindestens so lustig, spannend, so dramatisch wie die Seeräuber-Schinken. Ja, erst wenn so etwas auf einer deutschen Freilichtbühne möglich wäre, wenn die Leute dahin strömten wie zu Störtebeker oder zu den Nibelungen- oder Bad Hersfelder Festspielen, dann, erst dann könnten wir sagen, wir sind ein aufgeklärtes Land. (Und wenn jeder Jude mit Kippa ohne Angst jederzeit auf jede Straße gehen kann.)

17.2. | Fast täglich News aus und über China. Ich sollte die Sammelei beenden und nur noch den Satz festhalten: «China steht nicht bloß vor den Toren Europas – es ist bereits mittendrin» – das sagen die Experten vom Mercator und vom Global Public Policy Institute über den «Vormarsch des Autoritären». Über die Zensur, der sich internationale Wissenschaftsverlage ebenso gebeugt haben wie Londoner Theater und Daimler. Über den Wettbewerb der Systeme, auch gegen Europa – «Chinas aufgeklärte Demokratie stellt den Westen in den Schatten, während die westliche liberale Demokratie in Krise und Chaos untergeht», so die staatliche Nachrichtenagentur. Man spricht offen über die Mittel, den Wettkampf zu gewinnen. Ein führender Ökonom: «Wir kaufen uns unsern Einfluss einfach. Geld haben wir genug. Schauen Sie, wer uns jetzt schon nach dem Mund redet. Und in Zukunft sind wir noch reicher.»

Gestern hätte Randy Newman im Admiralspalast singen sollen, sein Knie wollte nicht mitspielen. Wir hörten vor ein paar Tagen seine neuste CD «Dark Matter». Die alte Klasse, bitterböse mit süßlich durchtriebenen Melodien, widerborstige Musik, niemand schafft das, einen Politiker wie Putin in tückische hüpfende Verse und Töne zu bannen, andere Ganoven nicht minder mit lässiger Heiterkeit und ohne Wut in Liedern festzunageln. Ein großer Zweifler vor dem Herrn, ein Irritierer mit Piano und Rhythmusgruppe. Dazwischen Songs von Liebe und Sehnsucht, hauchzart gebrochen. Auch er mag sich nicht ein so einfaches Ziel wie T. vornehmen.
So ähnlich schwärmte ich in einer Mail an Roon. Heute schon die Antwort. Mein halbamerikanischer Arzt kennt diesen uramerikanischen Sänger offenbar nicht. Er hat es mit dem Segeln, nicht mit der Musik. Wird Zeit, dass du nach Germany kommst, schrieb ich eben nach Baltimore.

19.2. | Wäre es dir denn lieber, fragte Susanne gestern Abend, wenn die Russen oder die Amis Rügen kauften statt der Chinesen?
– Natürlich nicht.
– Sei ehrlich! Und Bulgaren oder irgendwelche Scheichs?
– Auch nicht.
– Oder deutsche Mafiabosse und andere Finsterlinge?
– Schon klar, was du meinst, aber unsere Sympathien und Vorurteile brauchen wir hier gar nicht zu mobilisieren. Wir

beide haben nichts zu verkaufen, wir werden sowieso nicht gefragt, erstens. Und zweitens ist das hübsche Zukunftsbild einer chinesisch werdenden Insel Rügen nur ein Spiel, ein Scherz, ein Phantom, ein Vexierbild, mit dem ich die Gegenwart ein bisschen besser begreife. Eine Option, mehr nicht.

Susanne, in der Schule empfindlich geworden für die kleinsten Nuancen von Rassismus und übereifrigen Rassismusvorwürfen, möchte sichergehen, dass ich in dieser Hinsicht sauber bleibe. Wenn schon so eine Phantasie von Chinesen auf Rügen, dann bitte ohne heimlichen oder offenen Rassismus. Ich versuch ja schon, allgemeine Ansichten über «die Amis», «die Deutschen», «die Russen» zu vermeiden, bei «den Chinesen» geht das nicht so leicht.

– It's the economy. Da müssen wir nicht den Moralmotor anwerfen, da geht es nicht um die Gesichter.

– Gut, gut. Aber was ist der Unterschied für dich zwischen amerikanischen Oligarchen, russischen Oligarchen, arabischen, indischen oder chinesischen Oligarchen, die sich eines Tages, vielleicht in hundert Jahren, auf die Filetstücke von Binz und Sellin und Putbus stürzen werden?

– Der Unterschied ist, dass China als einzige Nation eine Mission hat und einen ziemlich skrupellosen Expansionsdrang …

– Aber wenn du die Wahl hättest, für wen wärst du?

Da musste ich nachdenken.

– Am liebsten wären mir Amerikaner. Aber die werden nicht von Long Island herübersegeln.

– Warum die?

– Weil die schon länger Oligarchen sind, also ist bei denen der Prozentsatz von Leuten, die nicht mehr so widerlich neureich und reaktionär sind, sondern eher diskret und spendabel, etwas höher als bei den andern. Aber noch mal zurück. Der

Unterschied ist, wollte ich eben sagen, dass China eine Mission, eine ökonomische Strategie hat, Weltmacht Nummer 1 zu werden, und dabei so geschickt vorgeht, dass das schon so gut wie erreicht ist oder die Voraussetzungen dafür die besten sind. Als Nebenwirkung produzieren sie Zehntausende von Millionären und an die tausend Milliardäre, die mehr oder weniger am Gängelband der Partei hängen. Die müssen irgendwohin mit ihrem Geld. Französische Weingüter und italienische Landsitze sind bald nicht mehr zu haben, Venedig ist schon halb, Rom teilweise in chinesischen Händen – ein bisschen übertrieben, aber die Tendenz ist klar. An den anderen schönsten Ecken, Stränden und Inseln der Welt ist schon alles zugepflastert, da sitzen zu viele andere Reiche, da ist kein Platz mehr für die Neureichen aus dem Fernen Osten. In Griechenland ist noch Musik, ein paar nette Inseln, aber da wird es zu heiß. Wie auch immer, die Sieger der Globalisierung wollen ihre Millionen nicht unbedingt zu Hause bunkern, wo sie ständig überwacht werden und rund um die Uhr brav und still sein müssen und auf staatliche Gnade angewiesen sind.

– Ja, meinte Susanne, das stimmt: Wie viel Überwachung werden sich wie viele Überwachte gefallen lassen?

– Es heißt ja, 80 Prozent fänden das Sozialkreditsystem gut, weil «Vertrauenswürdigkeit» nach konfuzianischer Lehre ganz wichtig ist und weil sich die Leute Ordnung und Wohlstand und Ehrlichkeit versprechen oder das Vorgesprochene gern nachsprechen oder nachsprechen müssen. Auch wenn die Reichen für die Diktatur der Partei sind, wollen sie auch mal raus aus der Diktatur, auf Deutsch gesagt, und wenn man sie rauslässt, können sie sich in Malta, Zypern oder Ungarn EU-Pässe kaufen, dann geht alles leichter. Nach Südeuropa wird Mitteleuropa attraktiv, nicht nur wegen des Klimawandels. Erst kommen die deutschen Weingüter dran, dann die Rheinburgen, vielleicht München, und dann wird sich auch bei chinesischen Millionären, beraten von Schweizer Vermögensverwaltern, herumsprechen, dass die meisten Sonnenstunden in Deutschland auf Rügen zu haben sind. Den Rest kannst du dir ausmalen.

Susanne seufzte, wahrscheinlich mit der Parole «Nach uns die Sintflut» im Kopf. Natürlich sind wir beide dafür, dass Rügen mehr oder weniger so bleiben soll, wie es ist. Aber es gibt nun mal die Vielzureichen, die Superausbeuter und Meistgewinner, die die Welt verändern. Und die werden in absehbarer Zeit auch auf die einigermaßen naturbelassene Insel in der Ostsee verfallen und mit den Millionen winken. Chinesen haben den strategischen Vorteil gegenüber Arabern, Amerikanern, Russen, dass sie in Europa wirtschaftlich fester verankert sind als die andern. Sie sind auch so klug, beiderseitige Vorteile herauszustreichen und weniger egoistisch und arrogant zu erscheinen. Wenn sie Geschäfte in Piräus machen, wo es zu heiß ist, oder in Duisburg, wo es zu grau ist, oder in Budapest, wo es kein Meer gibt, was liegt dann näher als – Rügen?

Wir lachten und sprachen weiter über die Frage, ob und wie sie, wenn sie in Europa und nah bei den Kreidefelsen ihre Zweitwohnsitze beziehen, auch mehr oder weniger im Dienste ihres Staates tätig sein werden, ob es einen zweiten Sprung zur Sinisierung Europas geben wird, ob auch bei uns die Kameras näherrücken und die Meinungsfreiheit ferner. Das wird davon abhängen, meinte ich, wie effektiv die neuen Seidenstraßen sind und ob sie nicht nur Einbahnstraßen werden, wie weit die Infrastrukturen die politischen Strukturen verändern werden hin zum Autoritären. Da fängt die Spekulation an, aber wir haben Glück, wir brauchen nicht zu spekulieren. Es reicht, etwas genauer nach Australien und Neuseeland zu schauen.

Wie schnell das gehen kann mit dem »Marionettenstaat«, siehe oben. Das müsste den Pennern und Macron-Gegnern bei uns zu denken geben.

20.2. | Gestern sind wir weit vorgeprescht. Ich muss aufpassen, nicht zum besinnungslosen Sammler von China-News und -Nippes zu werden, zum albernen Propheten, zum Verrückten oder Dummkopf, der, auf eine Sache fixiert, andere, wichtigere Erscheinungen völlig übersieht. Also erst mal, für den Hausgebrauch, eine Klarstellung:

1. Ich bin nicht gegen die Globalisierung und internationale Zusammenarbeit von Firmen, ich habe nichts gegen den Handel, auf welchen Handels- und Seidenstraßen auch immer, die sollen nur keine Einbahnstraßen sein. Ich will auch nicht missverstanden werden als kleiner Oswald Spengler, der sich am Untergang des Abendlandes berauscht. Nichts gegen friedlichen Wettstreit zwischen chinesischer und europäischer Kultur, Wirtschaft etc.

2. Ich meine nur, dass unsere Regierung zwei entscheidende Dinge nicht tut: Sie eint Europa nicht, im Gegenteil. Sie verteilt die Globalisierungsgewinne nicht, im Gegenteil.
(Unsere europäischen Verbündeten und die EU-Kommission sind in dieser Hinsicht kaum besser, aber als Deutscher hab ich zuerst die von uns Gewählten im Blick.)
Dieses Nichtstun oder Vielzuwenigtun wird ungute Folgen haben, für die Demokratie, für die Wirtschaft, für Europa.

3. Wenn schon spekulieren, dann so: Wenn es trotz der wachsenden inneren Aggressionen bei uns friedlich bleibt, was wir hoffen, werden andere unsere wirtschaftlichen Schwächen nutzen. Es werden die sein, die auf Expansionskurs sind, eine Mission haben und still und leise überall auf der Welt Fakten

schaffen, chinesische Firmen, der chinesische Staat und die reiselustigen, vielleicht freiheitsdurstigen Milliardäre und Millionäre. Chinesen sehen Europa jetzt schon als Chaoshaufen, Ruinenlandschaft, eine kuriose, aber hübsche Gegend, die dazu einlädt, sie zu besichtigen und zu besitzen.
4. Die Kanzlerin und einige ihrer Minister ahnen das vielleicht, aber ihre Politik ist ganz und gar nicht darauf eingestellt, im Gegenteil, sie wirkt, langfristig, wie eine Einladung. Also ist der Gedanke erlaubt: Frau M. trägt, gewiss nicht mit Absicht, aber de facto fleißig dazu bei, Chinesen unter anderem Richtung Rügen zu locken. Die von Sch. gescheuchte Eurogruppen-Troika als Trojanisches Pferd ... (Übertreib mal nicht! Der Chinese Odysseus, das geht zu weit.)

21.2. | Heute mit dem Satz aufgewacht: Wer in einem Einparteienstaat und Polizeistaat Milliardär oder Millionär geworden ist, soll mir, soll Europa genauso fernbleiben wie die Leute, die einen Gottesstaat wollen. (Susanne fragte beim Frühstück: Was guckst du so ernst?)

Es kann natürlich alles anders kommen. Wenn es nach Hannah Arendt geht, zum Beispiel: Der technische Fortschritt ersetzt Sklaverei und schafft Wohlstand, erst Wohlstand drängt Richtung Demokratie – ein Indiz wären die vielen Millionäre und Milliardäre, die es zu den Weingütern des Westens zieht. Der neue Mittelstand müsste laut Arendt irgendwann nach Demokratie, Massendemokratie, Freiheit des Einzelnen, Gewaltenteilung dürsten. Aber der Massenwohlstand, bei derzeit 1,4 Milliarden Menschen? In einer digitalen Diktatur, die sich aufgeklärte Demokratie nennt? Es gibt keine Garantie, dass die große Arendt immer recht behält.

Geschichte wiederholt sich nicht, vielleicht retten die Chinesen ja wirklich die Welt, worauf sie heute schon trainiert werden und wie es ihre Filme vorführen.

Alle Widersprüche in einer Formel: konfuzianisch-kommunistischer, digital-diktatorischer Kapitalismus. Dazu der Glaube, die führende Rasse, die führende Macht zu sein und die Welt retten zu müssen.
Die größten Schwächen der Chinesen: dass sie sich für die besten halten und keine Fehler eingestehen, immer das Gesicht wahren wollen. Und bei ihren Seidenstraßen-Vorstößen keine Rücksicht auf andere Kulturen nehmen, ganz auf die Brutalität des Geldes, der Korruption und Kredite setzen.
Schluss mit den Propheten-Trompeten! Du wirst schlauer sein, Lena, und in zwanzig Jahren wissen, wer am wenigsten übertrieben hat.

Gestern fragte S.: Was ist dir wichtiger, die China-Zukunft oder die Griechenland-Vergangenheit? Ich wollte schon sagen: Beides, gehört ja zusammen, und sagte dann: Die China-Gegenwart und die Griechenland-Gegenwart. Und später zu mir selbst: Und deine Gegenwart, du kleiner Weltenrichter?

Roon wünscht sich, dass wir wieder wie früher Radtouren machen, wenn er im Juni kommt, durch die Umgebung von Greifswald und Stralsund. Herr Dr. meint, ich hätte nichts zu tun.

23.2. | Der Ex-Finanzminister auf einem Berg, vielleicht der Königsstuhl auf Rügen, gestand seine Missetaten gegenüber den Griechen und seine Trickserei gegen Varoufakis: Ich gestehe, ich habe euch belogen, sagte er zu den Wanderern und holte so richtig aus. Ich brauchte ihm nicht zu soufflieren. Es wollte seiner Beichte aber niemand zuhören, die Leute beachteten ihn kaum und liefen weiter. Trotzdem beim Aufwachen schönes Gefühl der Erleichterung: Er hat's mal gesagt!

24.2. | Man könnte das auch so verstehen: Egal, wer was sagt, egal, wo es gesagt wird, auf dem Königsstuhl, am Kasseler Herkules, auf der Loreley oder der Wartburg, im Bundestag, in der Zeitung oder auf Twitter, man wird sowieso nicht gehört. Es sei denn, man hat eine Prominentennase. Der Mann im Traum war ohne Rollstuhl und wurde deshalb nicht erkannt. Eine schöne Rede, in den Wind geschrieben.

Dass die Chinesen (früher oder später) bis Rügen kommen werden, ist keine Strafe dafür, dass wir mit der verlogenen «Rettung» Griechenlands Europa geschwächt und zerstört haben, es ist nur die Folge.

26.2. | Jeder vierte Betrieb beschäftigt Flüchtlinge. Und immer noch fehlen massenhaft Fachkräfte. Letzte Rettung für den Mittelstand: die Einwanderer.

Im Oktober auf Malta, jetzt in der Slowakei der zweite Mord an Journalisten im freien Europa. Weil er die Verbindung zwischen den slowakischen Machthabern und der organisierten Kriminalität aufdeckte, starb Ján Kuciak.
Wer gut recherchiert, muss um sein Leben fürchten.
Es juckt mich, wieder was Gescheites zu tun, vielleicht in ein Rechercheteam einzusteigen. Später. Ich wollte erst mal ein

Sabbatical feiern. Außerdem provozieren mich die Chinesen, vielleicht ließe sich da doch was Lesbares verfertigen. Außerdem muss ich mich um den Einwanderer, den USA-Flüchtling Roon kümmern.

27.2. | Städte, die an einem tibetischen Gedenktag die Flagge Tibets hissen, werden nicht nur von Chinas Botschaften oder Konsulaten unter Druck gesetzt, auch das CSU-Innenministerium gibt den Druck aus China kuschend an Städte wie Bamberg weiter.

Die Kinderärzte warnen – und keiner hört hin, außer Susanne und ein paar Menschen aus ihrer Zunft: 75 Prozent der Kinder zwischen zwei und vier Jahren spielen täglich bis zu 30 Minuten unbeaufsichtigt mit einem Smartphone. Vom 7. Lebensjahr an gibt es eindeutige Zusammenhänge zwischen Lese- und Rechtschreibschwäche, Aufmerksamkeitsstörungen und längerer Nutzung von Bildschirmmedien. 60 % der Neun- bis Zehnjährigen schaffen es nicht, sich länger als 30 Minuten ohne digitale Medien und Bildschirm zu beschäftigen. Die Folgen sind gestörte Sprachentwicklung und Schlafstörungen.
Wenn Susanne mit diesen Sachen kommt, fällt mir auch nichts Besseres ein als: «Wir sind auf einem guten Weg, müssen aber noch weitere Anstrengungen unternehmen», wie die Kanzlerin bei jedem Problem, jedem Konflikt zu sagen pflegt.

28.2. | Nach der Grundsatzdebatte neulich hab ich zwei Reclambände Konfuzius erstanden, «Gespräche», «Maß und Mitte». Altersvorsorge.

In Sydney, erzählte Jürgen, gab es eine Schar Delphine, perfekt dressiert für die üblichen Shows, große Attraktion der Stadt, bis diese Tiere eines Tages ausbrachen und verschwanden. Dann tauchten sie 1000 Kilometer weiter nördlich wieder auf und führten an der Küste dort ihre Kunststücke vor, pünktlich wie in Sydney um 12, um 16 Uhr und abends, Tag für Tag das einmal gelernte Programm, nur freiwillig.

1.3. | «Man sollte nie so viel zu tun haben, dass man zum Nachdenken keine Zeit mehr hat», meinte Lichtenberg. Ich habe Zeit und denke trotzdem zu wenig nach. Zum Beispiel darüber, dass die Dinosaurier 150 Millionen Jahre die Herrscher auf Erden waren (Vorruhestandsablenkungsprogramm Naturkundemuseum). Menschen haben vier Millionen Jahre gebraucht, um den aufrechten Gang halbwegs zu lernen, und erst seit 200 000 bis 100 000 Jahren ziehen wir von Afrika als Hänschen klein in die weite Welt hinein. Sind also höchstens seit 100 000 Jahren die Beherrscher. Ob wir überhaupt noch mal 100 000 Jahre schaffen? Da muss man nicht Kassandra fragen. 1000 : 1 für die Saurier.

2.3. | Hysterikerland, jetzt wieder beim Diesel. Erst lassen die Meistüberschätzte und der unfähigste ihrer Minister, ein Bayer namens Dobrindt, den Lobbyisten freie Bahn, dann verhindern sie jede vernünftige Regelung zur Begrenzung der Schadstoffbelastung, und jetzt, wo sie handeln müssten: Geschimpfe in alle Richtungen. Sogar seriöse Journalisten schimpfen auf «den Staat» und «die Politik», aber trauen sich nicht, den Verantwortlichen und die Verantwortliche beim Namen zu nennen. Beim Auto setzen der deutsche Verstand und die Courage aus, anderswo weiß man das Dreckproblem lässiger und vernünftig zu regeln.

3.3. | Vor hundert Jahren, im Ersten Weltkrieg, schrieben Hunderttausende Tagebuch, und wie gierig wir uns heute darauf stürzen! Was ist in hundert Jahren, wenn die Blogs und Tweets wahrscheinlich nicht mehr lesbar sind? Dann haben deine Enkel, Lena, falls du so freundlich bist, den Ausdruck dieser Aufzeichnungen, den du irgendwann kriegen sollst, aufzuheben und zu vererben, dann haben deine Enkel wenigstens ein paar magere Notizen von ihrem Urgroßonkel aus der prächinesischen Epoche. Und dürfen sich kaputtlachen über dessen Naivität. Das sind doch Aussichten, oder?

Aus der Einparteiendiktatur China soll eine Einmanndiktatur werden. Eine gute Idee, findet dieser eine Mann, Präsident der mächtigsten «aufgeklärten Demokratie», und lässt sich einstimmig wählen. Das Politbüro als Gipfel der Aufklärung, der Präsident als Oberpriester im Tempel der Vernunft.

Wenn in der Skatrunde der neuste Tratsch aus der Redaktion aufkommt, höre ich, zugegeben, immer noch gern hin. Nichts, was das Aufschreiben lohnt.
Aber das, was mir schmeichelt, weil Komplimente lebenswichtig sind: Gestern, gegen Ende, als ich ausnahmsweise mal gewonnen hatte, pries mich Jürgen, unser Mann für die Antike, ich hätte die drei großen griechischen Ideale erreicht: die sokratische Skepsis, alles selbst zu prüfen und zu befragen, die moderate Sinnenfreude des Epikur, die Festigkeit der Stoa. (Bin ich schon so schwach, dass ich das hier festhalten muss?) Ein Anlass zum Blödeln, obwohl Jürgen das irgendwie

ernst meinte. Er denkt immer noch, mich trösten zu müssen, fühlt sich ein wenig mitschuldig, weil wir einst in der Kantine gemeinsam die Dantesche Hölle für Kohl und seine Nachfolgerin durchgespielt haben und er verschont wurde. Nun muss er alle drei Tage über die neue alte Koalition schreiben und beneidet mich.

Das Rad aus dem Keller geholt, geputzt, geschmiert, getestet. Ein altliberaler Radbürger mehr unterwegs, wir werden von Woche zu Woche mehr, werden bald die Radwege bevölkern, dass für die neoliberalen Radrüpel kein Platz mehr bleibt. Jetzt wieder, wenn dir dein Leben lieb ist, alle Aufmerksamkeit den nicht genug Abstand haltenden, nicht in die Spiegel schauenden Autorüpeln.

5.3. | Dem wollte ich eigentlich kein Argument mehr abkaufen nach seinem Käse vom «Ende der Geschichte». Aber jetzt sagt Herr Fukuyama in der NZZ: «Wenn alles zu schnell geht, reagieren viele Menschen nach dem gleichen Muster: Sie mauern sich in ihrer Identität ein, um ihr Leben zu vereinfachen. Nationalismus und politischer Islam offerieren eine glasklare Antwort auf die Frage: Wer bin ich eigentlich? ... Noch problematischer scheint mir, dass die Vertreter der Identitätspolitik stets entlang von fixen Charaktereigenschaften argumentieren: Rasse, Ethnie, Gender, Religion. Statt Leute aus ihren Gemeinschaften zu befreien, führt diese Politik dazu, sie auf ihre Zugehörigkeit festzulegen. Das ist das Gegenteil von Selbstbestimmung. Alle unsere Demokratien sind de facto multikulturell. Wenn sich alle gegeneinander durch irgendwelche Gruppenzugehörigkeit abgrenzen, kann keine gemeinsame politische Aktion mehr zustande kommen. Der

Kollektivismus der Besonderheiten führt zu einer Blockade kollektiven Handelns.»

Ja, der Identitätskitsch. Die besonders bei harten Rechten und soften Linken beliebte Festlegung auf eine formelhafte Identität ignoriert nicht nur, dass jeder Mensch ein Vielfaches an Identitäten hat. Sie entspringt dem Wunsch nach Widerspruchslosigkeit, negiert die Vielfalt des Einzelnen und führt zu Ideologie und Rassismus. (Mal ausführen!)

7.3. | Büromöbelbranche: So machtlos kann ein Unternehmer sein, dass er sich gegen den Verkauf seiner renommierten Firma an einen chinesischen Konzern mit einem Brief wehrt, einem offenen Brief an die CDU-Wirtschaftsministerin von Baden-Württemberg.

8.3. | Ich muss nicht originell sein. Nur widerborstig. Heiter widerborstig.

Den Moralisten ins Stammbuch: Die Mafia-Kids sind deshalb Mafia-Kids, weil sie ganz schnell an Geld kommen wollen. Wer 5000 € in Kokain investiert, hat in einem Jahr das Zehnfache. Das schafft keine Aktie, nicht mal Apple, sagt Roberto Saviano. Effektiver als Hedgefonds und «Private Equity» sind Mafia-Investments.

9.3. | Nun endgültig die Idee verabschiedet, anhand der Varoufakis-Geschichten eine Art Krimi zu basteln. Susanne sähe mich gern damit beschäftigt, das ist ihr lieber als die undurchsichtigen chinesischen Angelegenheiten. Gestern, beim Essen (anlässlich des Frauentages, jawohl) noch mal alles durchgesprochen. Vier Gründe, hauptsächlich:

Ich kann das nicht. Auch wenn jeder Feuilletonhüpfer meint, er könne einen Roman oder gar eine Autobiographie schreiben, müssen wir Wirtschaftsredakteure uns nicht auch noch dicke tun und die Welt mit Wirtschaftskriminalromanen fluten.

Costa-Gavras plant bereits den Film «Die ganze Geschichte». Bloß nicht hinterherhoppeln.

Es sträubt sich alles in mir gegen die beliebte Methode, einen politischen Stoff in Gut-Böse-Schemata zu pressen, hübsch zu versimpeln und mit ein paar ausgetüftelten Widersprüchen, viel Action um Mord und Totschlag und einer Prise Liebesgeplänkel zu garnieren. Da man mit den Namen der Regierungschefs und ihrer Berater nicht operieren kann, wäre es eine Verniedlichung, politische Konflikte und Widersprüche Mördern und Ermittlern zu überlassen und damit die Abgründe von Verrat an ökonomischer und politischer Vernunft mit schludriger Fiktionalisierung zu übertünchen. Die beliebte Dreifaltigkeit Mörder, Opfer, Ermittler taugt nicht bei großen politischen und wirtschaftlichen Konflikten und kapitalen Verbrechen, weil es bei dieser Sorte gemeinster Gewalt keine Mörder gibt und keine Morde, obwohl Menschen gequält, geistig erdrosselt und moralisch massakriert werden. Außerdem kommen weder hartnäckige Ermittler ins Spiel noch richtige Aufklärung und krönende Festnahmen. Die Tatorte der kriminellen Nichtmörder sind nur Sitzungsräume, Schreibtische und Limousinen. Kurz, bei dem deutsch-französischen Gemeinschaftswerk der Vergewaltigung Griechenlands kann man nicht mit so etwas Selbstgestricktem und Gemütlichem wie Kriminalromanen antworten, und ich sowieso nicht.

Das Argument, mit einem Krimi könne man das große Publikum erreichen, ist nichts als ein blöder Wunsch. Wer weiß schon, was «das» Publikum will, das so krimiselig die schaurige Welt und die eigenen Probleme und Problemchen in ausgedachten Tätern und Opfern gespiegelt sehen und gleichzeitig von sich fernhalten möchte. Der Markt ist bereits verstopft, da passt kein Grieche dazwischen. Auf den Fall, auf den Inhalt kommt es letztlich sowieso nicht an, Hauptsache, es werden massenhaft Leichen auf die Bildschirme und in die Bücher geschaufelt und die Hirne gewöhnt ans selbstverständliche, in jedem und hinter jedem Haus mögliche Mordgeschäft mit Tatütata und allem Drum und Dran. Wem das alles nicht reicht, der findet in Venedig, in Triest, in der Bretagne, in Schweden Paradeorte für den Hunger auf Leichenteile, leidende Täter, halbschuldige Opfer und strauchelnde Polizisten. Wer es noch gemütlicher haben will, greift zu den Mordgeschichten mit dem Stempel des Regionalen, in jeder besseren deutschen Landschaft, jeder Region, in jedem Städtchen bastelt irgendjemand einen Lokalkrimi nach dem andern zusammen. Endlich ist das Böse in der Heimat angekommen, zwischen Fachwerk, Wiesen, Zwiebeltürmen und Grillstuben. Landauf, landab werden neben der Weinkönigin, der Spargelkönigin und dem Schützenkönig nun die Krimikönige und noch lieber Königinnen gekürt, kein Dorf mehr ohne Krimi, ein Ende ist nicht abzusehen.
Deutschland hat den Krimi-Knall.

10.3. | Wo immer man etwas genauer hinschaut, wird es «spannend». Kein Grund, ausgerechnet den steinzeitlichen Brauch des Mordens noch im 21. Jahrhundert als Kult und den Höhepunkt aller Unterhaltung und der Spannung zu umjubeln wie die Quotenfaulpelze in den Sendern. Viel spannender als die immer gleichen Mordgeschichten finde ich die Situationen, in denen jemand es schafft, die Schritte zum Mord nicht zu tun, den Rachegelüsten oder anderen finsteren Trieben gerade nicht nachzugeben. Wenn einer zur Machete, zum Gift oder zur Pistole greift, wird es schnell öde. Der Schießkrimi, total überschätzt. (Es reicht. Ruhig Blut, Junge!)

14.3. | Der China-Alleinherrscher verkündet «den chinesischen Traum». Ein chinesischer Dissident wird gefragt, ob er auch einen habe. «Nein, was soll das sein? Lass doch das große, hohle Gerede. Lass dein Volk einfach gut essen, gut trinken, frei sprechen, frei seine eigenen Führer wählen, ohne Angst leben.» Diese fünf Ziele, viel mehr brauchte eine moderne liberallinke Politik vielleicht gar nicht.

Die Firma, die auf das ostdeutsche Stromnetz scharf ist, hat bereits Beteiligungen an den Netzen in Griechenland, Portugal, Italien und in Asien und Australien.
Ist das nicht erst zehn Jahre her, dass die deutschen Stromnetze an ausländische Investoren verhökert wurden? Und weder das CSU-Wirtschaftsministerium noch die Kanzlerin sich rührten? Hieß der CDU-Slogan damals nicht «Aus Liebe zu Deutschland»?

Gesetzte Zeitgeist-Feuilletonisten beklagen neuerdings gern ihre Heimatlosigkeit (zwischen Eigentumswohnung und Landsitz). Wer jetzt so krampfhaft nach «Heimat» sucht, hat durchaus feste Wurzeln – in einer tiefen Humorlosigkeit.
Die Frontlinien laufen nicht mehr zwischen «rechts» und «links», sondern zwischen humorlosen Leuten und denen,

die ihre eigene Position auch in Frage stellen und belachen können.
Humorlosigkeit, der erste Schritt zur Verfassungsfeindschaft.

15. 3. | Neulich im Naturkundemuseum vor den Saurierskeletten. Natürlich dachte ich auch an Neuers Mittelfußknochen, wie wichtig er ist für die gesellschaftliche Mitte. Der Menschenfuß hat 26 Knochen, und der Mittelfußknochen ist sehr dünn. Bei chronischer Überbelastung: Stressfraktur. Die Saurier mussten noch nicht zweimal in der Woche in die Arena und an den übrigen Tagen sklavisch ihre Trainingseinheiten absolvieren.

Noch nie eine Zeit, in der sich so viel geändert hat und täglich ändert. (Sagt man derzeit oft, wahrscheinlich höchst naiv.) Es sind die Despoten und Autokraten, die mit der Stabilisierung ihrer Macht die Lage so instabil machen oder erscheinen lassen. Gerade deshalb: nicht hysterisch werden.

Der Kilimandscharo war auch schon mal «deutsch», 1889, «Kaiser-Wilhelm-Gipfel». Im Museum darf gelacht werden.

16. 3. | Noch mal zum Krimi-Knall. Diese Zahlen hatte ich mal notiert: Allein das ZDF hat im Jahr 2016 etwa 440 Krimis gesendet, ein Drittel zur Hauptsendezeit, mit fast 4500 Leichen. Die ARD produziert jährlich fast 50 Folgen «Tatort» und «Polizeiruf». Es werden immer mehr, und der Witz ist, dass es in Deutschland immer weniger Mordfälle gibt, nicht mal 300 im Jahr, und die Gewalttaten deutlich abnehmen. Krimis wer-

den also immer weniger «realistisch». Wie die Kriege im Weltraum sind auch die Krimis nichts als Märchen.

Manchmal denk ich: Unsere Väter und Großväter haben in sechseinhalb Jahren 60 Millionen Tote hinterlassen, kommt vielleicht daher die Krimi-Besoffenheit? Müssen deshalb so viele Leichen auf den Bildschirmen herumliegen? Warum sonst die Rund-um-die-Uhr-Versorgung mit «Tatort» und dergleichen? An Feier- und Werktagen muss den halben Tag und die halbe Nacht geschossen, gewürgt, gestochen, gefoltert, gemetzelt, vergiftet, gekreuzigt werden, an sieben Tagen mindestens hundert Krimis auf allen Kanälen mit tausend Leichen und tausend Mördern und bekanntlich nicht nur heilsamen Wirkungen auf die Zuschauer, alles unter dem Vorwand Unterhaltung und Bildungsauftrag. Und dann von Jahr zu Jahr mehr Leichen, Blut, in die Länge gezogene Schießereien pro Sendeminute? (Vergleiche mit anderen Ländern, bitte.)
Du übertreibst wieder, würde Susanne jetzt sagen.

Selten wagt es mal ein Kollege, sich mit Angriffen auf das Tatort-Tabu unbeliebt zu machen, zum Beispiel Schümer in der «Welt» über den «öffentlich-rechtlichen Schlachthof zwischen Vorabend und Nachtprogramm, unsere flächendeckende Krimibibliothek». Wir lebten in «unserer ‹befriedeten› Gesellschaft ... Wo es keine wirklichen Taten mehr gibt, lechzt alles nach dem Täter».

Die Taten gibt es, könnte man antworten, aber oft ohne Leichen, darum passt das nicht in das infantile Krimi-Denken und leichenlüsterne Fernsehen. Es wagen sich nur wenige an die wirklichen Taten, weil sie oft Machtfragen berühren. Jede Menge «wirkliche Taten» zum Beispiel bei Varoufakis, aber da warten wir mal auf Costa-Gavras. Wenn der Film gelingt, ein Wirtschaftskrimi größeren Kalibers mit den Manövern der Regierenden, und bei den Fernsehredakteuren auf dem Tisch liegt, dann hör ich schon die klagenden Argumente: Großartig, aber das wolle das Publikum nicht, da gebe es keinen Bedarf, die Leute wollten Eifersuchtsbagatellen aus der Eifel oder Alkoholikerdramen auf der Almhütte, Krimis müssten Fiktion sein oder Dokufiction, aber bitte mit Actionsahne. Europapolitik, Wirtschaft sei viel zu spröde für das Unterhaltungsprogramm, allein schon das Wort Handelsbilanzüberschuss, da würden die Fernbedienungen zappeln, absoluter Quotenkiller, leider, das gehöre nicht auf die unschuldigen Bildschirme im unschuldigen Deutschland. Wetten?

17.3. | Der neue Trend: Waldbaden, eine Mode aus Japan. Die Botenstoffe der Bäume sollen Krankheitserreger abwehren. Schon sind wir wieder bei Gerhard Polt: Fresh-Air-Snapping für Wellness-People.

In einer düsteren Bar serviert man mir keinen Cocktail, obwohl ich einen bestellt hatte, sondern ein Bier. Ich probiere und sage: So richtige Würze hat das Bier nicht. Der Barmann sieht aus wie Minister Sch., er scheint beleidigt, wird böse. Ich stürze davon, komme ins Freie, es müsste die Wilhelmshöher Allee in Kassel sein, und höre den Satz «Kamera läuft!», immer wieder «läuft, läuft, läuft», bis ich vom lauter werdenden Nachhall erwache und mir einfällt, dass der Mann, der mir drohte, seit einem halben Jahr nicht mehr Finanzminister ist.

18. 3. | Auf der Wilhelmshöhe, oben auf der Plattform beim Herkules stehend, mit dem weiten Schwung der Blicke hinab auf die Kaskaden, die schnurgrade Wilhelmshöher Allee und die Stadt in der Senke des Fuldatales. Da hatte ich, mit acht ungefähr, zum ersten Mal das erhebende Gefühl, die wohlige Illusion der Freiheit: die Übersicht zu haben, die Vorfreuden des Fliegens in den Gliedern zu spüren, oben zu sein. Mit dem Vater aus Eschwege in die Großstadt gekommen, erst im Kaufhaus die Rolltreppe, dann der Herkules. Die Keule interessierte mich nicht.
Warum komme ich da drauf? Herkules, den Stall ausmisten? Ich sehe immer noch den Ex-Minister bei seinem Geständnis auf einer anderen deutschen Höhe, auf dem Königsstuhl.

Zygmunt Bauman: Retropie. Angst vor der modernen, technischen Welt, Zeitalter der Nostalgie, Rückkehr zum Stammesfeuer, zum Mutterleib. Neue rechte Utopie: zurück ins Gestern.
Die Utopie einer endgültigen Versöhnung von Freiheit und Sicherheit ist nicht zu erfüllen, da gibt es immer Konflikte, Reibungen, da muss es immer Kompromisse geben.
Die kopernikanische Wende seit Margaret Thatcher: Es geht nicht mehr um die Verbesserung der Gesellschaft, sondern um die Verbesserung der eigenen Stellung. (Ego first, Gemeinschaft shit, das ging dann vom Kanzler der Einheit, der sein Ehren-Ego über das Gesetz stellte, bis zum Steuerdieb von heute.)
Je mehr wir Objekte der Wirtschaft, Politik sind, je weniger Solidarität wir erfahren, desto mehr Sehnsucht nach der Welt von gestern.

Derzeit 68 Millionen auf der Flucht, bis 2050 könnten es 140 Millionen Menschen sein, vor allem aus Südasien, Lateinamerika und Afrika, die allein aus Klimagründen ihre Heimat verlassen, schätzt die Weltbank. (Sorry, Lena.)

20.3. | Die langfristige Orientierung, der soziale Zusammenhalt, die meisten Manager interessieren sich für Philosophie und Moral und kulturelle Wurzeln – das bewundert der Chef der weltgrößten Unternehmensberatungsfirma an China am meisten. Also das, was die großen, oft jüdischen Unternehmer und Pioniere des späten 19., frühen 20. Jahrhunderts mitbrachten. Was noch ein Hermann Josef Abs verkörperte. Was mit der neoliberalen Ideologie wegradiert wurde. Es käme noch die größte Stärkung hinzu, das I Ging, das Buch der Wandlungen und die Lehren des Konfuzius, so Herr Bouée. Daraus lerne man: die Gruppe sei wichtiger als das Individuum, Agilität wichtiger als Stabilität, der Wandel als Prinzip.

Weit in die Zukunft gesponnen: gute Aussichten, alles in allem für Bayern bis Rügen. Konfuzius-Doping, ganz legal und nachhaltig und ohne Nebenwirkungen. Auf dem Umweg über Peking wird aus dem «Land der Dichter und Denker» irgendwann (wieder) ein Land der Denker. Werden die Waldwege, nach ordentlichem Waldbaden, wieder zu Philosophenwegen.

Susanne wird wütend, wenn ich so spotte. Wir könnten jetzt schon so viele Schüler mit Dichtern und Philosophen aktivieren, motivieren, stabilisieren. Was könnten wir aus Kant, Hannah Arendt, Goethe, Humboldt, Sophie Scholl und Enzensberger herausholen zur Stärkung der jungen Persönlichkeiten! Wenn uns die Wirtschaft nicht die verkürzte Schulzeit aufgedrückt hätte, und die Kultuspolitiker Lehrpläne ohne Kultur, Musik, Theater, Kunst, Selberdenkschulung! Lieber Effizienzmenschen produzieren. Müssen wir auf die Chinesen warten, bis wir wieder Philosophie unterrichten dürfen?

Der Kellner im Stammcafé, Ende dreißig, sieht, dass ich den langen Artikel über die Erfolgsphilosophie der Chinesen lese.
Wie viel Milliarden sind es denn jetzt?, fragt er.
1 Komma 4, sage ich.
Er: Die meisten sind doch Männer, oder? Bald kaufen sie bei uns Frauen auf.

Eine neue CD von Jarrett wird in der Presse gefeiert, «After The Fall», und ich gleich in den Laden. Der erste Auftritt nach der Krankheit, November 1998. Er traut sich noch nicht wieder als Solist auf die Bühne, nimmt den Freund am Bass und den Freund am Schlagzeug dazu, stützt sich auf klassische Jazzstücke. Ein Schritt zurück, ein Schritt nach vorn. Enjoy!, empfiehlt er, and so I did.
Dabei kommt wieder mal der Gedanke hoch: Auch ich sollte nicht als Solist auftreten, wenn ich wieder neu anfange und das erzwungene Sabbatical beende.

22. 3. | Jetzt steht endlich eine neue Regierung, und plötzlich findet die Meistüberschätzte selbstkritische Worte. Wie immer zu spät. Und in viel Vorsichtsfolie gepackt. Bin gespannt, ob sie in ihren Memoiren den Satz fertigbringt: Ich habe Fehler gemacht. Und sie konkret benennt, angefangen mit dem eifrigen Ja zum Irakkrieg, nur um vor Herrn Bush zu dienern, dem großen Mitverursacher der aktuellen Fluchtbewegungen.

Der neue Finanzminister, kaum ein paar Stunden im Amt, verkündet, er werde ganz auf der Linie seines Vorgängers bleiben und weiter die schwarze Null heiligen. Oh, SPD. Den Zuchtmeister Europas spielen und nichts anpacken, nichts verbessern. Gegen Europa und gegen das Investieren, damit den nächsten Generationen und den Miteuropäern unverbesserlich schadend. Ohne Sachverstand, noch nicht mal ein paar Tage sich gönnend, die Dinge ein bisschen zu durchdenken und den Beratern Zeit zum Beraten zu geben.

23.3. | Zu früh geunkt. Aus dem Einstieg des chinesischen Konzerns ins nordostdeutsche Stromnetz wird nichts. Offenbar hat die deutsche Regierung im Hintergrund geschaltet. Man lässt nicht mehr jeden chinesischen Schritt zu. Das Licht auf Rügen wird belgisch gedimmt.

Eine Asiatin, so um die fünfzig, begegnet mir des Öfteren im Park, langsam gehend oder sitzend, stets in ein Buch vertieft, ich sehe die Schriftzeichen-Seiten. So intensiv liest man nur Philosophisches, Konfuzius!, denkt der europäische Idiot. Vielleicht nur Murakami.

3

3.4. | Eine Woche nicht weit von der Küste in einem schönen Haus bei Alicante, Sonne für meine Lehrerin. Für mich im Schatten fast der ganze Don Quixote in neuer Übersetzung, zum ersten Mal richtig gelesen, wortbesoffen und mit Abenteuerlust bis zum Ende. Die schönste Unterhaltung. Abends beim Essen die Kapitel des Tages schlecht und recht nacherzählt für Susanne.

Was wir von Spanien sahen: Straßen, Schienen, Bahnhöfe, Flughäfen, alles wie fabrikneu, sogar die Leitplanken an der Autobahn und die aufwendigen Steinschichtungen an Kreisverkehren. Feriensiedlungen zum Abgewöhnen. Selbst in der Provinz, wurde uns erzählt, weitab der Küsten sieht es ähnlich aus: Der von den Kreditfuzzis der europäischen Großbanken hergepumpte Geldregen funkelt an jeder Ecke, aber er hat keine leidenschaftlichen Europäer gedeihen lassen.

An einem Punkt sind die Spanier schon weiter: Auf den Bahnhöfen werden vor dem Betreten der Hochgeschwindigkeitszüge die Koffer durchleuchtet und die Tickets geprüft.

Gestern, Ostermontag, Familientreffen, es kam die Rede auf die betrogenen Sparer, die Nullkommanullzinsen, den bösen

Feind Draghi und die EZB. Eine Verschwörung gegen die kleinen Leute, die deutschen Sparer, das übliche Geheul von Stammtischen und Stammtischpolitikern, bei Schwager N. besonders grob. Ich hatte keine Lust zu streiten, warf dann aber ein, ohne Draghis Eurorettung säßen wir viel ärmer hier, mit wesentlich dünneren Sparkonten und kleineren Ostereiern. (An diesem Punkt wurde Lena aufmerksam.) Für die niedrigen Zinsen seien vor allem die Unternehmen und der Staat verantwortlich, weil sie viel zu wenig investierten, weit weniger als noch vor wenigen Jahren. Es sei zu viel Geld in der Welt, ja. Aber nicht der böse Italiener ließe den Zins sinken, sondern die Investionsfaulheit und die selbstzerstörerische, für die nächste Generation furchtbare Schwarze-Null-Politik. Weil es an wirtschaftlicher Dynamik fehle, drohe Deflation … Spätestens bei diesem Wort, ehe ich es erklären konnte, hörten alle weg, auch Lena. Ach, die lieben Sparer, sie wollen nur wissen, wie hoch der Zins ist, und nicht, dass die Investitionen und damit auch die Zinsen gar nicht steigen können, solange alle Euro-Staaten gleichzeitig ihre Ausgaben kürzen und den Wettlauf um sinkende Löhne fortsetzen.
Ich hatte keine Gelegenheit mehr, das Argument vorzubringen, wie viele hundert Milliarden Deutschland «gespart» hat dank der Niedrigzinspolitik, an die 360 Milliarden in zehn Jahren. Jemand hat das mal auf die Bevölkerung umgerechnet, pro Nase 3500 Euro, damit hätte ich triumphieren können: Jeder von euch, Kinder und Rentner inklusive, hat 3500 Euro Steuern gespart dank des bösen Herrn Draghi.

Lena steckt im Abitur, wirkte abwesend. Ich fragte sie, ob es Prüfungen gebe, auf die sich freut. Sie überraschte mich: analytische Geometrie und Geschichte.

Eins der Kinder, ein Anton von drei oder vier Jahren, stand plötzlich vor dem Fernseher und wollte mit seiner Hand das Bild der Nachrichtensprecherin wegwischen. Er versuchte es mehrmals, immer ungeduldiger, mit dem Daumen, mit dem Zeigefinger, mit der ganzen Hand. Er verstand die Welt nicht mehr. Generation Wisch & Weg.
Die Ostertorte zwischen den Ostertatorten auf allen Kanälen, all you can eat.

4.4. | Die neue Regierung beginnt zu arbeiten. Und Manuel Neuers Mittelfußknochen ist so weit geheilt, dass der Mann mit beiden Füßen wieder langsam ins Training einsteigen kann.

Jetzt wäre die Gelegenheit für Regierung und Presse, den Bürgern etwas reineren Wein einzuschenken. Dass das Rezept Sparpolitik gar nicht funktionieren kann, wenn es in allen Eurostaaten gleichzeitig angewandt wird. Die deutsche Exportstärke, müsste die Kanzlerin sagen, treibt andere Euroländer in Schulden und sprengt den Euro, falls wir nicht zum Ausgleich im Sinn von Macron (und seinen klügeren Ökonomen) bereit sind. Aber es wird nicht einmal diskutiert darüber, alle Minister scheinen verbockt, die schwächeren Partner in der Eurozone zum Sparen, also zu noch mehr Schwäche zu zwingen und den Euro und die Gemeinschaft zu sprengen.
Die Franzosen werden mit Recht sauer. Man düpiert sie, weil sie zwanzig Jahre weiter zu denken versuchen, die Deutschen höchstens zwanzig Monate.

Auch der neue Finanzminister Sch. wird nichts für Europa, für Frankreich, für Griechenland ändern, wird wie der alte Herr

Sch. Reformen der Währungsunion, Besteuerung von Niedrigststeuer-Unternehmen, die Bankenunion, die Finanztransaktionssteuern, den europäischen Finanzminister verschleppen oder stoppen. Keine heiklen Entscheidungen bitte, schon gar nicht, wenn sie französisch inspiriert sind. In der CDU ist man zufrieden, in China, schätze ich, noch mehr.

Seit dem 1. April in China kein freier Zugang zum Internet mehr. Google, Facebook usw. nicht erreichbar, auch nicht mehr über private Nebennetzwerke. Man hat sowieso die eigenen Suchmaschinen und sozialen Netze, viel größer als die amerikanischen. Keine Lücken mehr bei der Zensur.

5.4. | Noch zu Spanien: Trotz all der aus Lateinamerika gerafften Goldmassen und sonstigen Schätze ging der spanische Staat dreimal zwischen 1620 und 1690 bankrott, entnahm ich einem Reiseführer. Schon früher konnten die Reichen nicht mit Geld umgehen.

7.4. | Die letzten Tage Osterferien. Wir machten einen theologischen Ausflug an die Oder. Nach Neuzelle in die barockeste Barockkirche, vor der selbst die meisten bayerischen verblassen: Stuck, Marmor, Puttenflügel, Engelsbacken als letzte Waffe gegen die bösen Protestanten. Nach Frankfurt in die gotische Marienkirche mit dem einmaligen Antichrist-Fenster. Ein guter Fremdenführer, dem wir lange zuhörten. In keiner anderen Kirche auf der Welt wurde und wird dem Teufel so viel Raum zugestanden, ein smarter Jüngling mit einem Heiligenschein, den ein T in der Mitte ziert, das für Teufel oder Tier steht. Er tut Wunder wie Jesus, aber als Betrüger und Blender.

Auf dem zwölf Meter hohen Fenster ein gotischer Comic des Bösen in 36 Bildern. Eine Stunde von Berlin, und keiner kennt es. Einmalig in der Welt: eine Teufelskirche, und der Frankfurter Tourismus schläft vor sich hin. Auch wir hatten die Fenster bei früheren Fahrten an die Oder nicht registriert, 1945 kamen sie in die Sowjetunion, seit 2007 sind sie zurück.
Wäre noch eine Berufsperspektive: Teufelsfenstererklärer.

Schwache Witze über ein Gipfeltreffen der Präsidenten Russlands und der USA vor diesen Frankfurter Fenstern wollten wir uns nicht verkneifen. Das große T auf dem Heiligenschein des Antichrist, aus dem Jahr dreizehnhundertsoundsoviel, es passt zum Logo der Marke Trump.

9.4. | Gestern im Hausflur die berlinische Italienerin, die im Musikinstrumentenmuseum arbeitet, gerade aus den Ferien in ihrem heimatlichen Ligurien zurück. Auf meine simple Frage, wie es war, folgte ein langer Seufzer. Wir hatten ab und zu im Treppenhaus über die fürchterlichen Regierungen in Italien gesprochen, ich war auf alles gefasst. Schön, sagte sie, aber sie wisse nicht, wie lange sie das noch mache, ihr altes Städtchen im Kern zerstört, die Eltern nun auch schon zwei Jahre begraben. Und fing an zu klagen, aber nicht, wie ich erwartet hatte, über die italienische Regierung, sondern über die Chinesen. An der ligurischen Küste und auch schon in abgelegenen Nestern kämen Chinesen mit dicken Geldbündeln vorbei und böten den Barbesitzern ganz unverblümt an, ihre Bar zu kaufen. Die meisten ließen sich früher oder später auf das Geschäft ein. Obwohl sie wüssten, dass das Drecksgeld ist.
Da läuft ein Ausverkauf, alle, fast alle wüssten das, sie habe auch mit einem Vetter aus der Wirtschaft darüber gesprochen,

aber das hätte ihn nicht gestört, doch der sei sowieso nicht zurechnungsfähig, früher Berlusconi-Mann, heute Salvini-Anhänger.

Bin also nicht allein mit meinem Chinesenfimmel. Die Geschichte ließ mich nicht los, hab gleich weiter recherchiert: Chinas Notenbank oder andere Chinesen haben Anteile beim größten Versicherer Italiens, bei Energiekonzernen, Fiat und dem weltgrößten Kabelhersteller, Häfen, Schlüsselbranchen, auch in der Modeindustrie. In Mailand, Venedig, Rom mehr Einfluss und Erfolg, als den Italienern lieb ist. In Rom der Markt mit den Billigsouvenirs und auffällig leere Läden, von denen viele, wie die Polizei weiß, der Geldwäsche dienen. Da wird hin und wieder jemand erwischt (die Chinesisch-Versteher bei der Finanzpolizei sind nicht sehr zahlreich), und wenn der ausnahmsweise in Gewahrsam kommt, ist kurz danach ein anderer Besitzer mit ähnlichem Namen wieder da.
Bei Saviano hatte ich von Containerhäfen in Süditalien gelesen, wo Mafia und Chinesen leichtes Spiel haben, den Zoll austricksen oder bestechen. Vor zwei, drei Jahren gab es mal eine Reportage über die Stadt Prato, wo Zehntausende von Chinesen als Sklaven – von Chinesen! – Textilien «Made in Italy» produzieren, unter kriminellen Bedingungen in Fabriken, die hin und wieder von der Polizei geschlossen und bald danach unter neuen Namen weiterbetrieben werden. Nein, ich kann nicht auch noch observieren, wie dieser Acker umgepflügt wird.

10.4. | Immer öfter das Vergnügen, das Winterquartier in Friedenau zu verlassen, den Konfuzius in die Jackentasche zu stecken und mit dem Rad auszurücken in die Aprilwärme, den Aktionsradius zu vergrößern, den Nachmittagsespresso am Viktoria-Luise-Platz zu trinken, beispielsweise. Dort die Zeitungen, danach zwei, drei Seiten aus der «Schule der Gelehrten». Die Weisheiten des alten Chinesen sind mir altem Oberflächenradler meist zu banal – oder verlangen zu viel Unterwerfung. Keine brauchbaren Reclamweisheiten. Ein Hierarchie-Priester, auf den ersten Blick.

Auf dem Rad der erhebende Gedanke: Mein soziales Netzwerk ist der Wind. Ich brauche keine Follower!

11.4. | Roon wird nun am 1. Juni einfliegen. Hat mich gebeten, ein Zimmer in einer Pension für einen Monat zu reservieren. Als hätte er nie von Airbnb gehört! Kann ja verstehen, dass er nicht die ganze Zeit in einem schmalen Hotelzimmerchen versauern möchte. Oder in fremdem Familiengeruch. Das ist es nicht allein, er ist ein Konservativer, ein Romantiker, stellt sich solche Pensionen wie in den zwanziger oder in den fünfziger Jahren vor, wie man sie aus Büchern und Filmen kennt. Also Charlottenburg.

12.4. | Die Italienerin aus unserem Haus, mir hat sie imponiert, als wir irgendwann beim Smalltalk auf der Treppe darauf kamen, wie schlecht und schäbig die Menschen in Deutschland sich anziehen, gerade in Berlin, und sie sagte: «Die Deutschen lieben sich nicht.» Für diesen Satz hätte ich mich fast in sie verliebt. Allein für den Mut, das zu sagen.

Man kann es noch paradoxer fassen: Die deutschen Egomanen, sie lieben sich nicht.

Das chinesische Sozialkreditsystem, SCS, ergo Menschenüberwachungsprogramm, wird weiter perfektioniert. Führend ist, auch hier mit Unterstützung der Partei, die Firma Sensetime (sie erfinden auch gleich so geniale Namen: Sensetime, das muss man sich auf der Zunge zergehen lassen).
2016 gab es 176 Millionen Überwachungskameras, 2020 sollen es 600 Millionen werden. Bereits jetzt hat die Firma (über Ministerien und Verwaltungen) Zugang zu Datenbanken von 500 Millionen Gesichtern.
80 % der Chinesen finden das gut, heißt es, man denke weniger an Überwachung, mehr an Stärkung der Moral, der Ehrlichkeit, der Lebensqualität, des Weiterkommens.
Zur Probe werden eben mal Schüler im Unterricht mit Kamera und Gesichtserkennungssoftware gemessen: ob sie aufmerksam, glücklich, traurig, verägert, verängstigt, überrascht, neutral sind. So könnten Lehrer die einzelnen Schüler besser «managen».
Es gibt bereits einen Algorithmus, der vorhersagen kann, wo sich in drei Stunden eine Menschenansammlung, eine kritische Masse bilden wird.
Der wackere Sascha Lobo mahnt: Das ist kein chinesisches Problem, sondern ein digitales, also unseres. Der freiheitsberaubende Digitalkapitalismus wachse und wuchere auch bei uns, in autoritären Staaten funktioniere er nur besser.

Kleiner Witz der aktuellen Weltgeschichte: In China werden die Menschen mit allen Mitteln zu Mehrheiten geformt, normiert, während bei uns immer mehr Menschen einer Minderheit angehören wollen, möglichst einer benachteiligten, vernachlässigten Minderheit. Vor lauter Minderheiten kommt es nicht mehr zu Mehrheiten, jeder will es gemütlich haben auf seiner kleinen Identitätsinsel. So viel zur Entpolitisierung.

Minderheiten gibt es wie Sand am Meer, schrieb ich gerade und löschte das wieder. Das Bild ist falsch im Jahr 2018. Der Sand wird immer knapper und teurer, in den hiesigen Sandgruben ebenso wie auf dem Weltmarkt. Selbst aus Afrika wird Sand weggerafft oder verkauft, Senegalesen stehlen sogar den Sand ihrer Küste, schaffen ihn auf den Schwarzmarkt, alles für den gigantischen Bauboom in Arabien und China.

13.4. | Der Park am Gleisdreieck. Alles ziemlich neu und überraschend gut gelungen, das zivile Gewusel von jungen Sportmenschen, Ruhebänklern, Müttern, Kindern, Vätern. Viele Beach-Volleyball-Felder. Eine bunte Großstadtmischung, Alt- und Neuberliner – ja, es geht doch. Nachdem man zehn Jahre heftig gestritten hat, wer in diesem Park bevorzugt werden sollte. Niemand fiel mir unangenehm auf. Keine Ahnung, warum das Wort Renn-Rentner in den Kopf flog.

Susanne über ihre Kollegen und ihre Schüler. Es werde zu viel geklagt und gemeckert. Langes Gespräch über die strukturelle Unzufriedenheit überall, am Ende holte sie ihre Mappe mit Zeitungsausschnitten zu dem Thema. Zwei passten hierher, vielleicht mal mit Lena diskutieren:
«Vor 40 Jahren waren noch 90 % einer Schulklasse mit ihrem Aussehen zufrieden, heute sind es nur noch 50 %. Sich kränken und gekränkt werden nimmt rapide zu, je intensiver die Bildschirme uns eine heile Welt voll schöner Menschen vorgaukeln.» (Schmidbauer)
«Die sozialen Plattformen haben noch einen fatalen Nebeneffekt. Sie erziehen Jugendliche zur Unzufriedenheit. Es geht nur um das beste Urlaubsfoto, das coolste Selfie. Bloß, immer hat jemand das geilere Urlaubsfoto, die coolere Jacke, den

knackigeren Hintern. Man wird nie satt, je mehr man sich auch müht. Im Gegenteil: Je mehr du dich auf den Wettbewerb ständiger Selbstoptimierung einlässt, desto tiefer sinkt die Zufriedenheit mit der eigenen Person. Der Selbstoptimierungswahn führt dazu, dass die Menschen sich nur noch über Äußerlichkeiten definieren.» (Schätzing)

Sommerurlaub entschieden. Nun doch Griechenland, in das Haus einer Kollegin von Susanne am Meer. Wir zögerten eine Weile, nicht wild auf einen Solidaritätsurlaub mit Solidaritäts-Ouzo und Solidaritäts-Gyros. Aber das Haus liegt in einer unscheinbaren Gegend mit wenig Tourismus, tief im Süden des Peloponnes, zwischen Monemvasia und Sparta.
Vorher Piräus, mal sehen, wie viel man da sieht: mittlerweile der am schnellsten wachsende Containerhafen der Welt. Für die Herren aus China nicht nur das «Tor nach Europa», sondern «der Kopf des Drachen».

14.4. | Jeden Tag was Neues fürs Album: Europäische und US-Unternehmer wundern sich (nach außen hin) immer noch, welchen Beschränkungen sie in China unterworfen sind. Als hätten sie noch nicht begriffen: Liberalisierung der Märkte gibt es erst dann, wenn China sie im Griff hat oder beherrscht.

Die chinesische Vormacht auf den Meeren rund um Asien wird systematisch und strategisch ausgebaut, einschließlich Indien, von Sri Lanka bis Arabien, Pakistan ist schon Vasall. Machtpolitik, im besten Fall zur Sicherung der eigenen Versorgung, im schlechteren Fall bei jedem militärischen Konflikt ein unschätzbarer Vorteil.

Der Mann mit dem T auf der Stirn arbeitet fleißig für die, die er für seine Feinde hält. Bei Sanktionen der USA gegen Iran müssen die europäischen Ölkonzerne raus aus dem Land. Ein chinesischer Staatskonzern steht schon bereit, alles zu übernehmen.

Auch das ist Berlin: Es gibt singende Fensterputzer, sehr gut singende französische Fensterputzer. Es wird Frühling.

16.4. | Beim Radfahren, gestern auf der Piste Richtung Tiergarten im Rhythmus der Pedale: Fleißiger Friedenauer Frührentner fährt fahrlässig Futter für feiernde Flusspferde. Und ähnliches für G, H, I und K: Kalauernder Kanzlerkritiker kopiert kalten Kaffee für keifende Kapitalistenknechte.
Wenn meine Chefs wüssten, wie gut es mir geht!

In der Nähe vom Savignyplatz hab ich sie gefunden, die Pension für den Nostalgiker Roon. Die Gegend wird ihm gefallen und die klassische Wirtin auch, ruppig, berlinisch, herzlich. Alles wie früher – plus WLAN. Schickte ihm ein Foto des Hauses.

Im Café eine unscheinbare Frau, ca. zehn Jahre älter als ich, vertieft in ihr Buch «Denkanstöße 2018». Nur einmal seh ich, wie sie aufblickt, in meine Richtung. Ich nicke ihr zu und denke, sie denkt.

Im Fernsehen tönt der Manager irgendeines Industrieverbandes: «Wir haben die Philosophie der Zusammenarbeit.» Und niemand in der Runde lacht oder kichert.

«Es» muss sich rechnen. Sagt der Betriebswirtschaftstölpel. Wir müssen rechnen.

19.4. | Mal wieder im Detail gelesen, wie strategisch klug chinesische Unternehmer vorangegangen sind in Sachen E-Autos und Batterietechnik und wie ihre deutschen Kollegen gepennt haben. Ich erinnere mich, dass selbst wir kleinen Wirtschaftsredakteure schon vor acht, zehn Jahren merkten: Der Trend kann nur zum E-Auto gehen. Wir haben uns schon damals gefragt, wie dumm die deutschen Autobauer sind. In Interviews arrogante, renditeverwöhnte Manager samt ihrem Oberlobbyisten, dem allzeit grinsenden Ex-Verkehrsminister. Blind vor SUV und Renditesuff. Es wird gehen wie in der Bankenkrise. Alle hätten es vorher wissen können. So wie man heute weiß, dass die weitere Zukunft nicht beim Batterieauto, um das jetzt alle tanzen wie ums vergoldete Kalb, sondern eher beim Wasserstoffauto und beim Erdgasauto liegen wird, falls man in 40 Jahren noch so etwas wie Autos braucht.

Die nächste Ironie der Geschichte. Die deutschen Auto-Narzissten lassen das bessere Transportmittel, die Bahn, verkommen. Nun bauen die klügeren Strategen aus China neue Bahnstrecken in Europa. Hoffentlich haben wir Garagenbürger in zehn Jahren noch das Geld, die Fahrkarten zu bezahlen.

Seidenstraßenkämpfe. So langsam scheint die EU aufzuwachen und wehrt sich gegen ein «Memorandum of Understanding», das die geplante sinozentrische Weltordnung besiegeln soll, das neue globale Ordnungssystem. Es geht um mehr als ein paar Häfen, Straßen und Bahnlinien: «die Schaffung

einer gemeinsamen Zukunft für die Menschen». 80 Staaten haben unterschrieben, aus der EU bis jetzt nur Ungarn. Die EU möchte, wie die FAZ berichtet, dass China bei seinen Expansionen europäische Umwelt-, Wirtschafts-, Sozial- und Fiskalstandards einhält und der europäischen Industrie gleichberechtigten Zugang zu den Projekten der Seidenstraßeninititative sicherstellt – und die «Partner» nicht durch Schulden abhängig macht. Es bleibt spannend, wie standhaft die EU bleiben wird.
Der Keil steckt schon im Holz. Keine einstimmigen Entscheidungen mehr, wenn es um China und Menschenrechte geht. Ost- und Mitteleuropäer sind bei «16+1» geködert. Man weiß, wie man Europa schwächt und auseinanderdividiert. (Bald kommen Griechenland und Portugal dazu, Italien.)

Noch ein höherer Witz: Die CSU, die bei der Migration so hysterisch reagiert, schützt und schätzt den ungarischen Halbdiktator, der die Chinesen bereitwillig in die EU einwandern lässt, ihnen EU-Pässe verkauft und hilft, sein Land zum Mittel- und Drehpunkt der chinesischen Wirtschaft in Südosteuropa zu machen. Die Sollbruchstelle der EU Athen – Budapest ist nicht mehr zu übersehen – und doch bleibt Orbán der Kumpel unserer Christdemokraten, nicht nur im Europaparlament.

Zeitgeist, Mainstream, die politisch Korrekten – das sind immer die anderen. Es gibt eben nicht nur einen Zeitgeist. Und nicht nur eine Sorte Korrektheit. Überall zur Ideologie verdickte Correctness. Zeitgeisterbahn.

21.4. | Kokslogistik (Aufschrift auf einem Güterwagen von Innofreight). Und das in Potsdam.

23.4. | Auf einer Schnellstraße oder Autobahn muss ich anhalten und aus dem Laderaum eines Lieferwagens kleine Container ausräumen und am Straßenrand stapeln, während der Verkehr gefährlich nah an mir vorbeirauscht. Es ist viel Arbeit, es ist laut, es stinkt, es muss schnell gehen, ich komme ins Schwitzen, es dauert. Beim Stapeln sehe ich weit hinter der Leitplanke am Waldrand einen Mann, der mich schadenfroh grinsend beobachtet. Es ist Minister Sch., mit verschränkten Armen. Ich schufte weiter, entdecke ein Schild Ausfahrt Braunschweig. Sch. ist verschwunden.

Immer wieder träume ich vom Ex-Finanzminister. Weil er meinem Vater entfernt ähnlich sieht? Der alte Apotheker, der seine letzten drei Jahre im Rollstuhl verbrachte? Vielleicht, aber vor dem hab ich mich nicht gefürchtet. Im Gegensatz zu diesem Oberlehrer, der gerne seine Exempel statuiert, ganze Länder aus dem Euro kicken wollte, damit die Franzosen besser parieren. Der Mann hinter der Leitplanke grinst, wenn er uns rackern und argumentieren sieht.
Ist er ein Zyniker? Er kann doch wirklich nicht uninformiert darüber sein, dass unmöglich alle Euro-Länder zur selben Zeit Exportüberschüsse erzielen können und eine auf die andern ausgedehnte deutsche Wirtschaftspolitik nur chronische Nachfrageschwäche und damit noch mehr Arbeitslosigkeit, Angst vor dem Abstieg, Populismus befördert. Er bleibt mir ein Rätsel.

24.4. | Im Park, nah am Rathaus Schöneberg, auf Treppenstufen sitzend, hat ein junger Mann seinen Laptop vor sich auf einem Tischchen aufgebaut, damit das Kameraauge ihn erreicht, und spricht laut auf seine Maschine ein: Bist du wirklich motiviert für deine Ziele? Bist du wirklich motiviert für deine Ziele? Er wiederholt das immer wieder, die Intonation leicht variierend, den Akzent mal auf dem einen oder dem anderen Wort, offenbar nie ganz zufrieden mit seiner Überzeugungskraft: Bist du wirklich motiviert für deine Ziele?

Wie freut es mich, nicht von vorn anfangen zu müssen! (Ein Satz, den ich löschen sollte, bevor ich diese Fassung Lena gebe.)

Im Café der digitalen Immigranten und Printonkels (wie ich neulich zu Susanne sagte, es sind natürlich auch Printdamen da, die länger, als mir lieb ist, an der FAZ oder der taz hängen). Gerate in eine längere Debatte mit einem Resignierten, der mich fragte, was die neue Regierung denn als Erstes tun solle.
Ich sagte: Durchschnittlich werden! Und erklärte ihm, was ich von Harald Schumann gelernt habe: Es wären 200 Milliarden Euro jährlich nötig, um die deutschen Bildungsausgaben wenigstens auf den Durchschnitt der übrigen OECD-Staaten zu heben. Und dass diese Summe durchaus vorhanden wäre, wenn nur die deutschen Steuern auf Immobilien, Erbschaften und Vermögen stiegen, nur auf den Durchschnitt aller Mitgliedsländer der OECD anstiegen, das brächte ebenfalls gut 200 Milliarden Euro im Jahr. Wir sind nicht so toll, wie wir meinen, wir wären toll, wenn wir wenigstens durchschnittlich werden, das wäre doch mal eine Regierungserklärung in einem einzigen Satz: Deutschland muss nur durchschnittlich werden, damit sehr vieles besser wird.
(Dies als Argument zum selbstgefälligen «besten Deutschland, das es je gab».)

25.4. | Plötzlich wurde unsere Skatrunde zur Chinakonferenz. Achim, der mehrmals hoch verloren und keine Lust mehr hatte, erzählte von einem Freund, Stadtplaner, der die Ausbreitung der Chinesen auf dem Immobilienmarkt beobachtet. Filetstücke in Mitte, Hotels in Kreuzberg, beunruhigend viel. Steffen, der sein Portugal so liebt, stimmte sofort ein, auch in Lissabon sei es so, Chinesen und Russen hätten dort jedes Grundstück gekauft, China engagiere sich überall, Strom, Banken, Luftfahrt, Medien, und baue einen neuen Containerhafen, die Seidenstraßen-Politik sei durchaus erwünscht. Und wenn du eine Immobilie kaufst von einer halben Million aufwärts, kriegst du ein Goldenes Visum für die EU, mit dem du überall herumreisen kannst.

Ich staunte, hatte Steffen nie über China reden hören – aber ich hatte ihm ja auch nichts von meiner Sammelei verraten. Jürgen war in der Woche nach Ostern in Venedig gewesen und klagte über die von Asiaten verstopfte Stadt: Nie wieder! Und sie schlurfen alle!

Ich ergänzte den Chor mit dem, was mir die Italienerin neulich berichtet hatte – verschwieg aber meine gesammelten Notizen und Recherchen zum Thema ebenso wie die unausgereiften publizistischen Absichten. Vor Kollegen verrät man die Projekte nicht, es soll niemand zum Ideenklau verführt werden. Hatte aber die Idee: Vielleicht schreibt Achim heimlich was zum China-Komplex, mein Skatbruder als erster Konkurrent!

Ich fand das irre komisch: Vier Freunde spielen regelmäßig Skat, alle vier machen sich hin und wieder Gedanken über das gleiche Thema, ohne darüber zu sprechen! Ich musste lachen und wurde hellwach, fragte Steffen, ob die Eurokrise, die Troikapolitik wirklich entscheidend gewesen sei in Portugal. Klar, die Chinesen boten die besten Preise beim Verscherbeln

des Staatsvermögens. Wie in Griechenland, dachte ich und sagte das nicht laut.
Wir rührten das Skatblatt nicht mehr an und waren uns einig, dass sich im sogenannten aufgeklärten Europa niemand richtig wehrt gegen die Übernahmen, Aufkäufe, Einflussnahmen, obwohl jeder ahnt, wie sich unter einer allmächtigen Partei autoritäre Ideen, diktatorische und nationalistische Modelle ausbreiten. Nun, wir sind nur die Vogeldeuter.

Achim, der selten viel redet, lieferte noch eine Pointe. Beim Stichwort Aufklärung klärte er uns über Christian Wolff auf. Der Philosoph aus Halle habe in seiner Rede über die Sittenlehre der Sinesen die Behauptung gewagt, dass auch die Chinesen dank ihres Konfuzius gute und gesittete Menschen seien. Obwohl keine Christen, hätten sie eine Art christlicher Ethik. So um 1730 herum (habe nachgesehen: 1723) war das ein Skandal für die frommen Hallenser und den Soldatenkönig, Wolff wurde ins Exil gejagt, nach Marburg, kehrte 17 Jahre später zurück, verehrt von Voltaire und dem Kronprinzen Friedrich. Der erste deutsche Aufklärer, ohne ihn kein Kant und so weiter, belehrte uns Achim. Die deutsche Aufklärung habe mit den Chinesen begonnen, sagte er, jetzt soll sie doch bitte nicht mit den Chinesen aufhören.
Man müsste, man sollte, man könnte – eifrig überboten wir uns mit Ideen, was jetzt zu geschehen hätte. Mit Schülern nach Halle an die Saale fahren und Herrn Wolff im Museum besuchen, diesen Vorschlag gab ich beim Frühstück an Susanne weiter. Ach, ihr klugen alten Herren, sagte sie nur, keine Ahnung habt ihr! Guckt euch lieber mal bei den heutigen Aufklärern um, Ahmad Mansour zum Beispiel, der einen Bundesgipfel zur Vermittlung des Grundgesetzes fordert. Oder Seyran Ates. Oder all die anderen mutigen Grundrechtskämp-

fer! Die können vielleicht noch ein paar Praktikanten gebrauchen.

26.4. | Das ist nun wirklich eine Sensation. 90 % der Deutschen sind glücklich, stimmen der Aussage zu: «Allgemein betrachte ich mich als glücklich», bezogen auf Gerechtigkeit, Bildung, Beschäftigung, Gesundheit. Über dem EU-Durchschnitt, trotz unserer sonstigen Unterdurchschnittlichkeit. Auch die Zufriedenheit mit der «Lebensumwelt» steigt. Nebenbei, die Kriminalitätsraten sinken, auch in Berlin. Sogar die Jugendkriminalität nimmt seit zehn Jahren ab.

Halb Berlin draußen an Cafétischen, mehr als die Hälfte der Leute auf die üblichen Geräte starrend. Es können doch nicht alle Halbrentner sein wie ich, Halbbeschäftigte, Lehrerinnen zwischen Schulfron und Hausfron, Studenten, Kleinaktionäre, sogenannte Kreative, Haushaltsehefrauen, Vertreter, Consultants. Wer arbeitet, während halb Berlin an den Kaffeetassen hängt?

27.4. | Der lebhafte Skatabend – mit der Idee, Achim könnte auch auf dieser Spur sein – hat mich dazu gebracht, etwas systematischer zu recherchieren über unsere prächinesische Epoche und ein Konzept zu entwerfen. (Deshalb muss nicht alles zum Thema CHI hier aufgezeichnet werden.)

Das Max-Planck-Institut für ethnologische Forschung hat mal genau kalkuliert: Deutschland braucht pro Jahr 300 000 (arbeitende) Einwanderer (mit Angehörigen also fast eine Million), wenn wir unser Sozial- und Rentensystem einigermaßen erhalten wollen. So weit ich sehe, sind diese Zahlen nicht widerlegt oder bestritten worden. Warum aber hört man öffentlich so gar nichts von diesem zentralen Argument der Wissenschaft? Nicht aus der Politik, kaum von den Medien? Alles Feiglinge? Sogar bei diesem konservativen Argument?

Es ist auch nicht verboten, hin und wieder mal die Perspektive zu wechseln, z. B. mit Stephan Lessenich: «Viele Menschen hierzulande wähnen sich immer noch ... auf einer Insel des Wohlstands, der Sicherheit und der Stabilität. Diese Insel wird derzeit nicht etwa, wie die vereinten Demagogen behaupten, von einer ‹Flut› der Einwanderung ‹überschwemmt›. Sie wird vielmehr, aufgrund von tektonischen Verschiebungen der weltweiten Politik und Ökonomie, die von Deutschland maßgeblich mitangestoßen wurden, an die globale Normalität von Not und Elend, Vertreibung und Flucht, Krieg und Konflikt angeschlossen. Willkommen in der weltgeschichtlichen Realität des 21. Jahrhunderts.»

Es gibt das Menschenrecht zu sagen: Das interessiert mich nicht. Es gibt das Menschenrecht, dumm zu bleiben. Aber nicht in der Politik. Nicht im Journalismus.

30.4. | Zum Tag der Arbeit hat ausnahmsweise mal ein Marx-Kenner Originelles zu sagen: «Migranten, das sind die Streikbrecher des Weltproletariats, die Angehörigen der Reservearmee, die, nachdem der Norden den Weltmarkt für Geld und Waren geschaffen hat, nun im Gegenzug den Arbeitsmarkt globalisieren.» (Greffrath)
Dazu ein Marx-Zitat, das als Schriftband unter allen Nach-

richtensendungen laufen könnte: «Der Kapitalismus vermehrt den Wohlstand ins vordem Unvorstellbare, aber untergräbt zugleich die Springquellen allen Reichtums: die Erde und den Arbeiter.»

1. 5. | Maigefühle. Manchmal komm ich mir vor wie der einzige Mensch weit und breit, der nicht beleidigt und nicht gestresst ist.

«Heimat beginnt in den eigenen vier Wänden.» Der neue Innen- und Heimatminister darf in der FAZ auf einer ganzen Seite seine Plattitüden ausbreiten. Er nimmt den Mund so voll Heimat, dass man ihm zurufen möchte: Der französische Käse ist trotzdem besser als der bayerische! Oder: Heimat hört da auf, wo die Landwirtschaftsminister deiner christlichen Partei Bienen töten lassen! Warum ignorieren gerade deutsche Holzköpfe, wenn sie von Wurzeln sprechen, immer wieder die alte jüdische Weisheit: Bäume haben Wurzeln, der Mensch hat Beine.

Statt mit Begriffen wie Heimat zu schunkeln, sollte der Minister lieber Pläne vorlegen zur besseren Integration der hier lebenden Migranten in unsere Wertegemeinschaften und Heimaten. Oder Anregungen, wie vor allem die jungen als Ausländer abgestempelten Menschen sich besser und lässiger mit der Demokratie und Deutschland identifizieren.

Aber nein, er muss den neuesten politischen Mainstream bedienen.

Susanne meint, auch das gehöre in die Heimatdebatte: Jeder vierte Jugendliche zwischen 18 und 25 Jahren fühlt sich oder ist psychisch krank. «Zeitstress», Leistungsdruck, Handy-,

Spiele-, Computersucht. Dies Viertel geht jedenfalls zum Arzt, dazu kommt die Dunkelziffer.

2.5. | Skat- und China-Runde. Jürgen hat recherchiert und ist auf einen Bericht über Venedig gestoßen: wie viele Paläste bereits von Chinesen gekauft wurden, Firmen, Geschäfte, Hotels, Grundstücke auch im näheren Umland. Trotz des Verbots der Stadt, neue Hotels zu bauen, werden weiter Hotels gebaut, vor allem von Chinesen. Chinesische Touristen kaufen am liebsten im Palazzo der ehemaligen Post ein, einem Luxuskaufhaus, das Benetton an einen chinesischen Konzern verpachtet hat – mit Blick auf die Rialtobrücke. 400 Millionen Chinesen möchten gern mal nach Venedig kommen, sagen Tourismusexperten. Selbst wenn es nur 40 Millionen sein werden, es wird alles bestens vorbereitet. Und für eine Million wäre dann der Weg zu den Kreidefelsen von Rügen auch nicht mehr weit.

«Der nicht geschossene Schuss wurmt mich am meisten», Thomas Müller nach dem 2:2 gegen Real Madrid. Der Satz hat Stil, beneidenswert. Der nicht geschriebene Satz wurmt mich am meisten.

4.5. | Der Mai ist gekommen. Auf Radwegen, wenn möglich, kurve ich durch die Stadt. Bis Neukölln, bis zum Kottbusser Tor, bis in die sogenannte Mitte oder zu den Szeneszenen komme ich selten, kriege also nicht viel mit von dem, was das heutige Berlin angeblich ausmacht, die arabischen Verbrecherbanden, die offenen Drogenhandelsplätze, die jungen Businesspeople und die Milchkaffeemenschen. Armut seh ich

auch in Schöneberg, sogar bei uns an der Ecke. Es gibt genug Elend, Verwahrlosung und Verwaltungsidiotie und Egonasen in der Stadt, aber man muss nicht alles gleich mit dem Berlin-Stempel versehen. Wie leicht ist es, sich darüber zu erheben und das Hässliche und Schluffige an jeder Berliner Straßenecke genüsslich auszumalen. Das ist was für Wichtigtuer, die sich gern als Flaneure aufpumpen und «Szenen» zu kennen meinen, je wilder, desto berlinischer angeblich. Ich bin kein Flaneur. Vielmehr ein Wirtschaftsredakteur a.D. mit einem Reclambändchen in der Jackentasche.
Einer der wenigen wahren Sätze aus der «Bild»-Zeitung, von deren Ex-Chef Wagner, vor Jahren mal gemerkt: «Berlin ist immer das Gegenteil des Etiketts, das ihm aufgeklebt wird. Das macht Etikettenschwindel unmöglich.»

Die Simplizität des Konfuzius überfordert mich. «Die Tugend der Menschenliebe in der Welt verbreiten», «den rechten Weg gehen» (dao). O.k., aber hier jagt eine Tautologie die nächste. Das Gute ist das Edle und umgekehrt (ren), und das bei strengster Hierarchie (li). «Was du nicht willst, dass man dir tu, etc.» (shu), klaro. Aber für die Uiguren, die Tibeter gilt das nicht, auch nicht für Pakistan oder Sri Lanka. Heute hat die Partei immer recht und kann sich doch auf den Philosophen berufen: «Sich mit Irrlehren beschäftigen schadet nur.» Ich sehe viele Millionen verschüchterter Gesichter diesen Satz lesen und klappe das Buch zu.

Irre ich mich? In meinen Aufzeichnungen darf ich mich irren.

8.5. | Seit langem mal wieder in der Oper, «King Arthur». Viel Spaß am barocken Slapstick, die Guten gegen die Bösen. Obwohl Susanne am Ende seufzte: Ist doch schade, dass die Zeiten vorbei sind, in denen die Guten gegen die Bösen siegten.

Währenddessen bewältigt Lena, die vor einer Woche neunzehn geworden ist, ihre schriftlichen Abiturprüfungen. Sie sei relativ wenig aufgeregt dabei, sagt Ella. In der analytischen Geometrie siegt ja auch das Gute, dachte ich.

9.5. | Wir haben es gut, wir werden solide informiert von tüchtigen Journalisten wie Strittmatter, SZ, und Siemons, FAZ, vom «Guardian». Niemand kann behaupten, nichts gewusst zu haben: China hat eine Mission. Die Experten sagen: Nehmt sie ernst, diese Mischung aus Mao, Marx, Konfuzius mit extremem Nationalismus. Die Mission der vom obersten Parteisteuermann versprochenen und verordneten «globalen Führerschaft bei der Innovation». Expansion in Sachen Kultur, Propaganda, Bildung und Ausbildung künftiger Eliten aus Afrika, Asien usw.
Also hab ich in der Skatrunde noch mal das große Thema angetippt, ohne viel zu verraten von meinem bisschen Wissen (mehr Lücken als Wissen). Wir sind uns einig: Es ist kein Rassismus, gerade bei Chinesen hellhörig und misstrauisch zu werden. Auch kein Ressentiment. Keine Technikfeindlichkeit oder Angst vor denen, die technologisch bald auf allen Gebieten so viel besser sind oder sein werden. Das Unbehagen kommt von dem überall sichtbaren wirtschaftlichen Vormarsch, der mit so viel Gehirnwäsche einhergeht und früher oder später politische Folgen (weniger Demokratie, weniger

Grundrechte, mehr Repressalien) haben wird. Das Unbehagen ist berechtigt angesichts des offen verkündeten Plans, durch Wirtschaftsmacht zur alleinigen Weltmacht zu werden und die paar restlichen westlichen Werte abzuräumen. Und diesen Plan mit dem Verfassungsauftrag zu verbinden, unter der Führung der Partei «sich der großen Erneuerung der chinesischen Rasse zu verschreiben».
Also, was ich hier in aller Stille notiere, um ein bisschen was von der Welt zu begreifen, ist vorauseilender Antirassismus. Antitotalitarismus. Antichauvinismus, um mal ein paar größere Kanonen ins Feld zu führen.

Wir vier könnten einen gemeinnützigen Verein für Verfassungspatriotismus e. V. gründen, Ortsverband Friedenau. Der mit Grundgesetzschulung und Bildungsoffensiven den politisch Verwirrten den Weg weist und dem großen China die Drachenzähne zeigt. Auf denn! Es fehlen nur noch drei Leute für eine Vereinsgründung: VVP.

11. 5. | Macron bekommt den Karlspreis. Der letzte Karl. Der es zu Hause immer schwerer hat, auch weil die Kanzlerin ihn immer wieder schnöde ins Leere laufen lässt. Nun heuchelt die, die Europa nicht nur nach Kohls Meinung «kaputt» macht, eine Laudatio.

Auf einer Bank am Neuen See im Tiergarten ein Rentner, der mich, kaum dass ich sitze, anspricht, bald über gutes Wetter und schlechte Politik plaudert und ohne Übergang fragt, ob ich 68 dabei gewesen sei.
Nein, zu jung, sag ich. Sieht man das nicht?
Verzeihung, ich vergess ja auch schon mein Alter. Aber von der

Demonstration gegen den Schah 1967 haben Sie sicher schon mal gehört?
Na klar, antworte ich.
Wissen Sie, wer diese Demo angemeldet hat? Also gewissermaßen erfunden hat, die ganze Studentenbewegung?
Nein, Dutschke? Keine Ahnung.
Er: Da kommen Sie nicht drauf. Der 2. Juni, mit dem alles anfing! Die ganze Studentenbewegung! Die APO!
Ich ahne, worauf die Frage hinausläuft, werfe ihm den Namen Meinhof hin, doch er braucht noch zwei Minuten, bis er sein Glas hebt und sagt:
Ich war es!
Gratuliere! Respekt!
Dann erzählt er, was für ein Zufall das war, wie er da nur für jemanden eingesprungen sei und er trotzdem keinen Gummiknüppel abbekommen habe, damals, ja, damals.
Seine Geschichte ist ziemlich wirr, und ich bin sogleich abgelenkt vom Gedanken: So willst du nicht werden im Alter, dass du fremde Leute mit fünfzig Jahre alten Erinnerungen belästigst.
Noch ein paar Tage, dann können Sie feiern, fünfzig Jahre, Gratuliere!
Ich lese dann doch in meinem Reclamheft, es setzt sich bald ein anderer Mann zu uns, man muss hier zusammenrücken im prächtigen Mai. Der Alte wiederholt seine Bemerkungen über Wetter und Politik fast wörtlich und stellt dem andern die gleichen Fragen wie mir. Ich kann mich nicht konzentrieren, laufe eine größere Runde über die Parkwege, lese auf einer Bank weiter, bis ich bei Konfuzius' Weisheit «Worte sollen den Menschen etwas sagen – das ist alles» loslache und mich auf den Rückweg zum Fahrrad mache. An dem Tisch am See sitzt der Alte immer noch und redet auf ein neues, jüngeres Opfer ein.

Ich will nicht der Alte werden, der aus welchen Gründen auch immer zum Angeber wird: Ich war der Erste, der Frau M. angezählt hat und sie, nur mal kurz in der Kantine, in der Hölle braten ließ, worauf dann ihr Absturz begann.

Habe genug von diesem Alleserklärer, Allesverklärer, von dieser Allzweckwaffe Konfuzius!

13.5. | Schön zu hören, wenn der alte Hase Sch. sein Demokratie-Pathos anwirft: «Wenn wir die gewinnen und behalten wollen, die auf die klassischen demokratischen Werte ihre Hoffnungen setzen – Toleranz, Menschenrechte, Gleichheit, Solidarität, Nachhaltigkeit –, dann müssen wir auch in der Lage sein, effizient zu bleiben. Wir stecken in einem globalen Wettbewerb, politisch und wirtschaftlich. Und da sind nicht alle überzeugt, dass unser westliches, europäisches Modell überlegen ist. Die Messe ist noch nicht gelesen ... Ich will nicht akzeptieren, dass das chinesische Modell gewinnt.» Leider fragte auch der Journalist, der das Interview mit ihm führte, nicht, warum Sch. mit seiner Griechenlandpolitik dem chinesischen Modell das Gewinnen und den Weg nach Europa erleichtert hat: Was ist mit dem Einfallstor Piräus, Herr Minister?
Und er fragt nicht: Wie effizient ist es, die Deutschen in der Finanzkrise nach Strich und Faden zu belügen? Und den Chef der Europäischen Zentralbank in «niederträchtigster Unflätigkeit», wie ein Kollege von der SZ schrieb, zu beschimpfen, weil der nach dem Versagen der deutschen und französischen Politiker die letzte vorläufige Rettung wagte? Die Institution Notenbank zu beschimpfen, sie habe die AfD gefördert, um das eigene Versagen ...

Und was für eine Effizienz ist es, wenn Deutschland unter seiner Verantwortung acht Jahre lang eine Oase für Geldwäsche geblieben ist? Oder warum er diese Oase für Mafiosi, Oligarchen und Terroristen noch attraktiver hat werden lassen, indem er die Bekämpfung der Wirtschaftskriminalität vom erfahrenen BKA auf den wenig erfahrenen Zoll übertragen hat, gegen die Bedenken der Fachleute. Jetzt funktioniert so gut wie nichts mehr, viel zu wenig Leute, kriminalistisch unerfahrenes Personal, keine kompatible Technik, unklare Zuständigkeiten. Ständig kommt die Polizei zu spät an das verdächtige Geld. Man schätzt, dass jährlich 100 Milliarden Euro, die aus Verbrechen stammen, in der Bundesrepublik angelegt werden, der größte Batzen in Immobilien.
Ja, meine Chefs wussten schon, warum sie mich das Interview mit Sch. nicht mehr führen ließen.

14.5. | Kulturkritiker, aufgepasst: Früher habt ihr euch über die Graffiti aufgeregt. Heute sucht mein Blick beim Radfahren witzige, schöne Graffiti und findet keine mehr. Nur noch Geschmiere und Gegengeschmiere.

Im Café die junge Kellnerin, ziemlich überfordert von den vielen sonnenfrohen Kaffeeschlürfern, es entwischte ihr ein klagender Seufzer. «Schwach ist der Mensch und beschränkt. Er kann nicht stärker sein, als er ist», wo hab ich diesen Satz her, der mir aus den Kastanienbäumen zuflog?

15.5. | Susanne bringt diese Geschichte von einer Kollegin mit: Setzt sich einer an den Straßenrand mit einer Bibel, die er mit einem Koran-Umschlag versehen hat, und liest besonders martialische Stellen vor (Handabhacken, gottlose Feinde töten usw.), bis sich Passanten empören. Dann zeigt er, dass es die Bibel ist, aus der er liest.

«Hier das ‹Lager der Krawallmacher›, dort das ‹Lager der Konsensverwalter›, der Streit zwschen beiden verhindere konstruktive Auseinandersetzungen», meint Thea Dorn. Man könne die Öffentlichkeit nur noch fragmentiert denken, man müsse die Zerrissenheit der deutschen Kultur als ihr Bestes annehmen: Streit, Kritik, Polemik, Argumente. Einverstanden.
Aber zu welchem Lager gehöre ich? Gegen Krawall, gegen Konsens, ist das nicht die Mehrheit? Die das Handicap hat, nicht täglich Meinungen abzufeuern.

Eine bedeutende Sofwarefirma: Junge Leute, die ein soziales Jahr gemacht haben, werden gar nicht erst eingestellt: zu weich, zu empathisch, nicht gemein genug. Dort sind Personalchefs nicht älter als Mitte dreißig, hat eine Kollegin Susanne erzählt. Generation Rücksichtslos, auch die wächst nach und ist immer wieder am Drücker. Die harten Macher hier, die pfiffigen Start-up-Menschen dort, von diesen beiden Lagern der Praktiker sprechen die sonst so klugen Kulturjournalisten nicht.

16.5. | Ich stehe zwischen neuen Möbeln, die ich zu verkaufen habe, reiche immer mal wieder ein Stück über die Theke und kriege von Kunden Geld dafür, der Laden scheint mir zu gehören, das Geschäft geht gut. Dann kommt ein großer Blonder und bietet mir Zusammenarbeit an, er gefällt mir nicht, ich lehne ab. Er droht, springt über die Theke, schlägt mich, er ist deutlich stärker, nimmt mich in den Schwitzkasten, würgt

mich. Jetzt erkenne ich ihn, den US-Präsidenten. Er drückt mich an seinen Bauch und will mich zwingen, eine Tablette zu schlucken, die, das ist mir sofort klar, meinen Willen brechen soll. Er drückt mich und versucht, mit seinen starken Fingern meinen Mund zu öffnen. Ich weiß, ich werde nicht mehr lange widerstehen, und beschließe, seine Fingerspitze abzubeißen oder so fest zu beißen, dass er von mir ablässt. Mit dem Gefühl, den Kampf zu gewinnen oder schon gewonnen zu haben, wache ich auf.
Hat das mit Roon zu tun, dem Blonden? Der in zwei Wochen einfliegt.

Lena hat die schriftlichen Prüfungen hinter sich, sie scheint halbwegs zufrieden. Gratulieren dürfen wir erst nach dem Mündlichen, in einem Monat. Die Ergebnisse kann sie online abfragen.

18.5. | So weit haben wir's gebracht: Der schärfste Kritiker des Kapitalismus ist der Papst. Diesmal gegen die Finanzindustrie und die Banken, «wo Egoismen und Missbräuche ein für die Gemeinschaft zerstörerisches Potenzial entfalten, das seinesgleichen sucht.» Die Moralklaviatur in voller Lautstärke gegen Spekulanten, Zweifel an den «Selbstheilungskräften des Marktes».
Leider liegen keine Berichte aus London, Frankfurt, New York, Luxemburg vor, ob man jetzt vor den Beichtstühlen Schlange stehen muss.

Was tun, wenn der gemeine Kulturpessimismus schon bei den sonst so optimistischen Architekten Platz greift? Rem Koolhaas: «Der Mangel an Mangel, der heute herrscht, macht Menschen zu flatterhaften, reizsüchtigen Wesen, die vor lauter Wünscherfüllungsversuchen zu nichts Substanziellem kommen.» Die meisten Leute, die ich kenne, kommen durchaus zu etwas Substanziellem. Und die andern wollen das gar nicht.

22.5. | Es gibt keine Morde mehr in Venedig, gesteht die Krimiautorin Donna Leon. Was sie nicht sagt: Das müsste Folgen für die Krimikultur haben. Auch in Deutschland 2011 noch 662, 2016 nur 405 Morde. Etwa einer pro Tag, aber mehr als zehn Mordfilme pro Tag auf den beliebtesten Kanälen. «Tatort» ist «Fantasy» geworden. Unberührt von der Realität boomt die Lust an Morden weiter, in Büchern, Filmen, Serien. (Ich weiß, Lena, habe früher schon mal was Ähnliches notiert. Aber gute Witze wie diesen, dass es keine Morde mehr in Venedig gibt und die Venedigkrimis weiter boomen, darf man öfter erzählen!)

Jürgen berichtet aus Salzburg: In einem Hotel ertönt in der Herrentoilette Dante, im Original gelesen, wahrscheinlich das Inferno, der Anfang.
Schlag doch das mal bei uns vor, sage ich. Wenn nicht Dante, dann vielleicht «Faust»-Beschallung in den Toiletten, was würden die Redaktion, der Betriebsrat, die Chefetage dazu sagen?

Film von Schumann bei Phoenix: Die Troika hat in Portugal, Griechenland, Irland nie den Reichen was abgezwackt, fast nie auf die Ideen der nationalen Unternehmerverbände gehört, stets nur mit Lohnkürzungen gearbeitet, keine produktiven Investments angestoßen und überall von außen in konkrete Regierungsvorhaben hineinregiert und Minister reihenweise erpresst. Sagen etliche der meistens konservativen Ex-Minister dieser Staaten.

23.5. | Jeder zweite Berliner ist seit 1989 zugezogen. Jeder zweite Fisch, der gegessen wird, stammt aus Fischzuchtfarmen.

Hier marschiert der rationale Widerstand, keine schlechte Parole. Sie weckt den Impuls, auch gleich das Verb zu verbessern. Irgendwas zwischen taumeln und tanzen.

Alles wird gut, bitte auch mit dieser Möglichkeit spielen: Selbst in Israel gelingt es Chinesen, einen Hafen und mehr und mehr strategische Firmen für Künstliche Intelligenz und Cybersicherheit zu kaufen, so viel Geheimdienstnützliches, dass die Amerikaner nervös werden. Da China gleichzeitig im besten Einvernehmen mit der muslimischen Welt auch dort Infrastrukturen verbessert und kräftig investiert, darf man die schöne Vorstellung zulassen, der Frieden im Nahen Osten könnte eines Tages von der Großmacht aus dem Fernen Osten gestiftet werden. Vielleicht verbinden die neuen Seidenstraßen irgendwann als neue Friedensstraßen Teheran mit Haifa. Und wenn Frieden im Nahen Osten herrscht und Handel und Wandel rund um die Seidenstraßen blühen, verschaffen unsere chinesischen Freunde der Menschheit eine friedliche Epoche und so etwas wie ein Goldenes Zeitalter von Shanghai bis Rügen, wer weiß? Vielleicht retten Chinesen ja wirklich die Welt, wie sie es heut schon in ihren Filmen so imponierend vorführen.

24.5. | Treffe den neuen Finanzminister im ICE nach Hamburg. Frage ihn höflich, ob ich ihn was fragen kann. Er lädt mich ein auf den Sitz ihm gegenüber. Ich frage, warum er genauso weitermacht wie sein Vorgänger. Er wünscht nähere Begründung, ich hole aus. Frage ihn nach dem Sündenfall mit den Griechen und ob er Varoufakis gelesen hat. Da hält der Zug an und fährt nicht weiter, steht auf freier Strecke, der Minister verschwindet in den nächsten Wagen. Nachfragen sind unerwünscht, das verstehe ich auch ohne Durchsage. Niemand droht mir, aber es ist klar, der Zug steht so lange, bis ich aussteige. Leider nicht bei Ludwigslust, sondern bei Stendal, das gar nicht auf der Strecke nach Hamburg liegt. Ich stolpere über asphaltierte Feldwege, mühsame Schotterwege, komme kaum voran, habe kein Wasser dabei.
Ich ärgere mich, dass ich so stümperhaft angefangen habe. Eigentlich wollte ich fragen, warum er gegen das endlich von der EU-Kommission vorgelegte Gesetz für Steuerehrlichkeit der Konzerne ist. Warum er dagegen ist, dass die einmal im Jahr ausweisen müssen, in welchem Land sie wie viel Gewinn buchen und wie viel Steuern zahlen. Warum er nicht gegen die Gewinnverschieberei und Steuertrickserei vorgeht, die Europa 50 bis 70 Milliarden im Jahr kostet. (Das alles mehr oder weniger präzise in der Gelassenheit des Traums.) Stattdessen muss ich von Stendal nach Berlin trotten, bis ich vor lauter Durst aufwache.

Jürgen Habermas dagegen durfte zu Ende reden und den Sozialdemokraten die Leviten lesen. Im «Sog eines kleinmütigen, demoskopisch gesteuerten Opportunismus» wagten die Sozialdemokraten kein tatsächlich «solidarisch handelndes Europa» im Sinn Macrons. Deutschland habe «immer selbstbezogener und härter gegenüber anderen Staaten agiert».

Frau M. verlange Loyalität, wo Solidarität angebracht sei. Je nach nationalen Interessen müsse sich mal der eine, mal der andere solidarisch zeigen. Der fehlende Mut zu einem eigenen Gedanken, für den man um den Preis der Polarisierung Mehrheiten erst gewinnen muss, sei umso ironischer, als es die solidaritätsbereiten Mehrheiten längst gibt. Eliten, vor allem die «verzagten sozialdemokratischen Parteien, unterfordern ihre Wähler». Habermas spricht auch von der «gutgläubigen Selbsttäuschung der Deutschen», gute Europäer zu sein.

25.5. | Meine Selbsttäuschung, ein guter Radfahrer zu sein. Ich stürze, weil ich einer unbedacht geöffneten Autotür ausweichen musste. Der Klassiker, das Auto hatte nah am Radweg geparkt. Konnte noch etwas bremsen, hab mich flach hingelegt, immerhin hat sich die Verursacherin wortreich entschuldigt. Hände aufgeschürft, blutend, banale Sache, desinfizieren, Pflaster, eigentlich nichts für diese Aufzeichnungen. Oder doch: Die Finger funktionieren noch.
Abends erst der Schrecken: Was wird aus dir, wenn die Handgelenke gebrochen sind oder die Finger? In einer Woche kann ich die Frage Freund Roon stellen.

28.5. | Seltsam, in diesen Wochen entdecken plötzlich alle das China-Thema. Es sind nicht nur die großen Blätter, die alle zwei, drei Tage neue Berichte, Reportagen und Meldungen liefern, auch die mittleren Zeitungen fangen an, etwa mit dem Horror der Rundumüberwachung. Auch im Fernsehen, das ich nicht überschaue, scheint mehr zu kommen, die kriminalistischen Süchte (Hacker, eingebaute Spionagechips in exportierten Platinen, verschwundene Prominente, verhaftete Anwälte) können auch mit vielen Mutmaßungen befriedigt werden. Immer mehr Einzelheiten werden berichtet über die Allmacht des Herrn Xi Jinping, die perfektionierte soziale Überwachung, den Umerziehungsterror im Uiguren-Gebiet, die Eroberungen und Einflüsse auf Bildung, Medien, Politik, Militär in Afrika und Asien mit und ohne Seidenstraßenausweitung, die Expansionen und Einflüsse weltweit auf immer mehr ökonomischen und ideologischen Feldern.

Hier und da sind intellektuelle Essays über die konfuzianisch-kapitalistische Wirtschaftsmacht, die chinesische und unsere chinesische Zukunft zu lesen. Schon werden die ersten Bücher angekündigt über das Überwachungssystem, die neuen Seidenstraßen und die Gebiete, «wo China bereits die Welt beherrscht.» In den Stiftungen, bei Konrad Adenauer zum Beispiel, fragt man nun auch öffentlich: «Supermacht China – beherrscht Peking bald die Welt?» Wenn selbst Leute aus der CDU gegen die Kanzlerin rumoren, weil sie zur «Vollendung Europas» und zum «großen Wurf» nicht bereit sei und folglich Europas Zukunft den Chinesen überlasse, dann erlaube ich mir, von ferne zu nicken.

Wenn außer den aufmerksamen Journalistenkollegen nun mehr und mehr Leute aufwachen und weiterdenken, dann kann ich sagen: Mission accomplished. Obwohl ich meine Mission ja noch gar nicht begonnen habe und gar nicht in das Meinungsgetümmel eingestiegen bin. Aber wenn das Thema für alle «in» ist, ist es bereits «out», daran hab ich mich schon immer gehalten. Aber es ist noch nicht «in», man kann jedoch absehen, dass es in ein, zwei Jahren «in» sein wird.

Vor einem Dreivierteljahr, als mich die chinesische Vision für Rügen im Traum überfiel, war das noch anders. Wenn China nun mehr und mehr Thema Nummer 1 wird, brauche ich meine Sammelmappe nicht weiter zu füllen, kann die Konzepte, die ersten Entwürfe und Seiten weglegen. Ist mir ganz recht. Ich brauche mich am Wettbewerb um das tollste Buch, für das ich sowieso nicht qualifiziert wäre, und die quotengünstigste These zum Allerweltsthema China nicht zu beteiligen.

Zugegeben, es ist vor allem die Sprache, Orwell hoch zwei, die mich kirre macht: Wenn die «Harmonie zwischen Befehl und Gehorsam» gefordert wird oder das Ziel, «das Verhalten der Leute zu normieren», oder der Plan, «die Meinungsökologie im Internet mit den Gegebenheiten von Partei und Nation zu synchronisieren», wenn ständig von «großem Kampf, großem Projekt, großem Traum, großer Mission» die Rede ist, dann merke ich, dass meine einfachen journalistischen Mittel nicht reichen. Da müssten Essayisten ran, jedenfalls gescheitere Leute als ich und möglichst mit Chinesisch-Kenntnissen, um die Teufelei solcher Sprache, solchen Denkens zu erfassen.

Mir genügt zur Erheiterung mein Rügenbild mit Chinesen, in der romantischen Version. Es bleibt in dieser Datei.

29.5. | Die schlechte Nachricht: Nazis und andere Rechte haben seit 1990 mindestens 83 Menschen umgebracht. Laut «Tagesspiegel»-Recherchen müssten es sogar 150 Tote sein. (RAF-Todesopfer übrigens zählte man auf 33.)
Über 460 der per Haftbefehl gesuchten Nazi-Gewalttäter sind untergetaucht. Warum fragen Journalisten mit Kameras und Abgeordnete die AfD-Menschen nicht: Wenn Sie für Recht und Ordnung sind, warum helfen Sie dann nicht, dass diese Gesuchten, die wahren «Messermänner», die sich wahrschein-

lich auch in Ihrem Dunstkreis aufhalten, festgenommen werden?

Die gute Nachricht, die AfD betreffend. Ihre Wähler sind äußerst pessimistisch, CDU-Wähler deutlich optimistischer – die Schnittmengen sind keinesfalls so groß, wie man bislang dachte. Also, macht euch nicht ins Hemd, Kollegen, wenn ihr mit denen zu tun habt, nennt sie konsequent PdP, Partei der Pessimisten.

Wie steht es mit dem Pessimismus und der Angstmacherei bei der Zeitung, die wie keine andere die AfD / PdP-Ängste fördert und füttert? Darauf würde ich jetzt gern Journalistenschüler oder Volontäre ansetzen.
Und warum lässt «Bild» nicht die 460 Untergetauchten jagen? Wie einst die RAF-Leute?

31.5. | Schaue mich unter den investigativen Kollegen um. Drei, vier gute Rechercheteams zur Auswahl. Wenn ich mir China und Griechenland aus dem Kopf geschlagen habe, werd ich im Herbst da irgendwo andocken. Zurück zum Kerngeschäft, würden die Leute aus der Wirtschaft sagen.

1.6. | Der Verrückte bin ich, wenn ich in der Nähe von Hunde-Verrückten mal nebenbei, eigentlich nur spielerisch provozierend erwähne (wie vorgestern bei Susannes Kollegen K.): Der Fleischkonsum der Hunde und Katzen allein in den USA entspricht der Menge Fleisch, die ganz Frankreich verzehrt. Entsprechend das Kohlendioxid, sage ich mit ernster Miene. Schon bricht Panik aus. Den irren Anteil an Kohlendioxid allein durch Vierbeinerfütterung darf man nicht mal antippen, schon ist man als Spaßbremse disqualifiziert. Wahrlich ein Tabu, für Deutschland wird das vorsichtshalber gar nicht erst errechnet, scheint mir, die Hundeliebe geht durch alle Parteien und Schichten und alle Sorten umweltbewusster Menschen. Alles darf man mittlerweile mit dem Klimawandel in Verbindung bringen, nur die Hundeliebe nicht, schon gar nicht die der Vegetarier und Veganer.

3. 6. | Gestern Vormittag kam Roon angeflogen, pünktlich in Tegel. Der große Blonde, immer noch volles Haar und sonniges Lächeln, er würde eher als Amerikaner durchgehen in seiner lässigen Art denn als Deutscher. Nichts an ihm sieht nach Friedrich-Wilhelm-Gymnasium aus, nach hessischer Provinz und einem Vater, der ein höheres Tier beim Bundesgrenzschutz war. Wir umarmten uns, wie es hierzulande unter Freunden üblich geworden ist, ich bemerkte sein kurzes Zögern.

Welcome back to Germany, Mister Ruhn, so hatte ich ihn begrüßen wollen, wusste dann jedoch nicht mehr, ob ich in Germany oder to Germany rufen sollte. Ich mochte auch nicht gleich als unhöflich missverstanden werden und verkniff mir die kleine Stichelei, sagte etwas ähnlich Simples auf Deutsch, nahm ihm den zweiten Koffer ab und führte ihn in die Tiefgarage.

Erst zur Pension am Savignyplatz, das war klar, dann wollten wir entscheiden, wie wir ihm den ersten Jetlag-Tag erträglich machen könnten. Kaum hatten wir das Flughafengedränge hinter uns, hörte ich meinen Freund fast im Befehlston, wie ein Auftrag an einen Taxifahrer: Nein, erst mal zur Siegessäule, bitte!

Es dauerte einen Moment, bis der Groschen fiel: Jedes Mal, wenn Roon nach Berlin kam, und er war zuletzt vor zehn Jahren in der Stadt gewesen, pflegte er seinen Urgroßvater oder Ururgroßvater, auf dem Denkmal am Großen Stern neben Moltke, zu besuchen oder, wie Roon jetzt sagte: seine Aufwartung zu machen. Zu Befehl, Herr General, sagte ich, fuhr die andere Strecke Richtung Mitte und Tiergarten und ließ mich aufklären. Nicht der Urgroßvater war es, sondern der Ururgroßvater, der dort die endlose Parade Berliner Autos abnahm. Einst Generalfeldmarschall, im Dreigestirn Bismarck–Moltke–Roon der am wenigsten Bekannte, den auch ich vergessen hätte, wenn nicht Fritz Roon in der Schule neben mir gesessen hätte. Der Alte war als Reformer des preußischen Heeres berühmt geworden, ohne den man die Einigungskriege gegen Dänemark, Österreich und Frankreich nicht gewonnen hätte, ohne die wiederum es 1871 kein Deutsches Reich gegeben hätte, das war mir noch halbwegs im Kopf. Ohne Roon kein Deutsches Reich, mit dieser nie ganz ernst, eher spielerisch eingesetzten Formel hat mein Freund auch in den wilderen politischen Zeiten kräftig renommiert, sogar bei den schöneren Frauen.

Als wir in den Kreisverkehr einbogen, sagte er: Fahr mal so langsam wie möglich, einmal rum! Er grüßte den bronzenen Mann auf dem Sockel: Oh, sie haben ihn ja geputzt, richtig schnieke, das alte Großväterchen! Er verlangte eine zweite Runde um die Siegessäule herum und bat mich, vor dem Denkmal anzuhalten, es gab hier zu meinem Erstaunen kein Halteverbot. Er stieg aus und stand stramm vor dem General, es fehlte noch, dass er die Hand zum militärischen Gruß an die Schläfe gelegt hätte, mein alter Kriegsdienstverweigerer.

ROON, auch mir gefiel es, dass nur die vier Versalien auf dem Sockel standen, kein Vorname, kein fettes VON, kein Titel wie

Kriegsminister oder der scheppernde Generalfeldmarschall, einfach nur ROON mit diesem selbstbewussten Doppel-O, so wie ich meinen Freund auch immer genannt hatte, nie Friedrich, manchmal Fritz. Sein einziges Kriegszeichen war eine Pickelhaube am Oberschenkel, von der linken Hand gehalten, der Kopf frei und zivil mit prächtiger Haartracht. Für mich sah der würdige Herr mit seinem Schnauzbart wie eine Kopie von Bismarck aus, aber das sagte ich lieber nicht.

Er stieg wieder ein, dann erst kam ihm der Gedanke, dass ich ihn hätte fotografieren sollen, den jungen Roon vor dem alten Roon, doch ich hatte mich schon eingefädelt Richtung Straße des 17. Juni, falsche Spur. Wenn es dir wichtig ist, fahr ich noch eine Ehrenrunde für dich, er nickte, und nach kurzen Umwegen erreichten wir wieder den Großen Stern, hielten zum zweiten Mal vor dem General, ich machte vier Fotos, er sagte:

– Mission accomplished. Kleine Verbeugung vor den Ahnen, das muss sein, wir wollen's ja nicht übertreiben. Auch wenn du wie immer deine linke Stirn runzelst, vergiss nicht, mein Lieber, der General ist nur einer meiner acht Ururgroßväter, an die sieben anderen denk ich nie. Also identifiziere ich mich nicht mit ihm, Identifikation ist Untergang. Ironie ist die einzig brauchbare Familientherapie.

Zehn Minuten später fanden wir einen Parkplatz in der Nähe seiner Pension. Jetzt bemerkte ich, was für ein heißer Tag es wieder war.

Ich brachte ihn zu seinem Zimmer und wartete drei Häuser weiter in einem Café, er hatte entschieden, seinem Schlafbedürfnis zu widerstehen und nur die Koffer auszupacken, kam schon nach zwanzig Minuten und drängte mich zum Kurfürstendamm. Wenn ich schon aus Baltimore einfliege, will ich doch nicht in der Pestalozzistraße lunchen, meinte er. Es war die frühe Mittagszeit, vor Cafés, Bistros, Restaurants waren fast alle Stühle besetzt von sonnentüchtigen Menschen neben Kaffeeschalen, Wassergläsern, Salatschüsseln, für Roon musste es jetzt das Kempinski sein, im Schatten.

– Beim letzten Mal, als du in Berlin warst, wolltest du auch hierher, weißt du noch?

– Na klar, der Verbrecher kehrt immer mal wieder an den Tatort zurück.

– Gib nicht so an, du hast doch nichts getan damals bei dieser Demonstration, keine Gewalt, alles legal.

– Aber ich war dabei! Das tolle Gefühl kommt jedes Mal wieder hoch, wenn ich in dieser Ecke bin. Du bist ein kleiner Göttinger Student und darfst dich als Sieger fühlen, der Vietnamkrieg ist vorbei, die letzten Amerikaner getürmt mit dem Hubschrauber, und wir mitten in Berlin auf der Kreuzung, wo schon so viele berühmte Demonstranten vor uns gelaufen waren!

Das mochte ich immer an Roon, seine vielen Widersprüche, der Spross von hohen Militärs, der den Wehrdienst verweigerte und bis heute Uniformen hasst, der Junge aus dem Adel, der mit der Volljährigkeit endgültig sein Von ablegte, der in den ersten Semestern politisch radikale Student, viel radikaler als ich, der erst nach dem Vorphysikum seinen Ehrgeiz auf die Medizin warf, der Fast-Amerikaner, der jetzt keiner mehr sein will, der hier so nostalgische Ex-Demonstrant, der eben noch vor seinem Großvater-General salutierte.

– Warst du damals auch bei deinem Urgroßvater?

– Urur bitte, zweimal Ur. Nein, damals, 1975, noch nicht.

– Stand der nicht früher mal woanders?

– Ja, den haben erst die Nazis dahingeschoben, mit der ganzen Säule, mit Moltke, und so weiter, die standen vorher beim Reichstag, Königsplatz. Hör mal, das find ich richtig gut von euch Berlinern, dass er jetzt endlich mal ordentlich geputzt wurde, der Alte, ich kannte ihn immer nur mit Taubenscheiße und Straßendreck.

– Ich werde den Dank weitergeben.

– Die Generäle sind geputzt und geschniegelt, aber beim Flughafen lässt sich Berlin Zeit.

– Sei mal froh, dass der nicht fertig ist, sonst säßen wir jetzt noch im Stau auf der Stadtautobahn. Ja, Zeit, sehr viel Zeit, wir sind die Schande der Nation geworden wegen dieses BER, und das ist auch alles schändlich, peinlich, alles richtig. Aber es gibt einen Trost, einen schwachen Trost: Noch sind die Berliner schneller als die Münchner mit ihrem Flughafen. Das glaubt dir nur keiner, das weiß keiner, das will keiner wissen, das passt nicht ins Klischee, das kriegst du in den Köpfen nicht mehr korrigiert. Selbst Berliner Journalisten, soweit ich das mitkriege, verbreiten das nicht, und auch nicht die sonst so umtriebigen Lokalpatrioten.

– Berliner Selbsthass?

– Berliner Wurschtigkeit, würde ich sagen. Man ist nicht wild darauf, besser als andere zu sein.

Vielleicht hatte er gerade einen müden Punkt, er wollte das tatsächlich genauer wissen. Und ich erzählte ihm, während er seinen Lachssalat aß, was ich schon lange nicht mehr thematisiert hatte, weil wir das alle nicht mehr hören können: der Spott über das BER-Flughafendesaster, völlig berechtigt. Der Spott ist mehr als berechtigt, aber so selbstverständlich geworden, der gängigste aller Gemeinplätze und Billigwitze, dass kein Mensch und kein Witzbold mehr genauer hinguckt. Da musste erst der Münchner Ex-Bürgermeister kommen und dem Berliner Ex-Bürgermeister bei einem SZ-Gespräch sagen: Beruhigen Sie sich, Kollege, Sie müssen nicht in Sack und Asche gehen, bei uns in München hat es viel länger gedauert,

9 Jahre, bis man einen Standort gefunden hatte, dann 23 Jahre von der Standortentscheidung bis zur Eröffnung, das macht 32. In Berlin wären es heute entsprechend 4 plus 22 Jahre, bleiben also noch 6 Jahre Vorsprung. In München bremsten die Einsprüche der Bevölkerung, in Berlin die der Bürokratie. Und wenn du genauer hinschaust, war in München damals alles viel einfacher, da agierten nicht zwei Bundesländer plus unwillige CSU-Bundesverkehrsminister mehr gegen- als miteinander, damals hatte man viel weniger strenge Bau- und Brandschutzvorschriften, nicht zu vergessen die Lufthansalobby, die Frankfurt und München groß haben will, aber Berlin klein, und die Schlüsselfirma Siemens, in Berlin hat sie gebremst und in München auf die Tube gedrückt. Natürlich gibt es nichts zu beschönigen an der CDU-Dummheit, den am wenigsten geeigneten Standort durchzudrücken, Herr Wissmann, heute Autolobbyist, und Herr Diepgen, der alte Bürgermeister, verdienen das größte Denkmal in Schönefeld. Und nichts zu beschönigen am falschen Geiz, nicht der flughafenkompetenten Baufirma den Auftrag zu geben und stattdessen dem Subunternehmersumpf zu vertrauen. Nichts zu beschönigen an den zahllosen Managementfehlern, Pannen, an der SPD-Dummheit, einen nicht zu haltenden Eröffnungstermin viel zu spät abzusagen. Alle haben hier fast alles falsch gemacht – wir Schreiberlinge und Spötter auch. Nur deswegen interessiert mich die Sache: die Faulheit der sogenannten kritischen Öffentlichkeit. Man könnte sagen, alles peinlich, schlimm, teuer – aber bis 2024 wäre noch Zeit, München zu schlagen. Das sagt nur keiner, Image soll Image bleiben.
(Habe das jetzt für dich aufgeschrieben, Lena, falls dir jemand in 30 Jahren oder später von der «guten alten Zeit» am Anfang des Jahrhunderts erzählt, als noch alles funktioniert hat.)

Abends, nachdem er drei Stunden geschlafen hatte, war Roon bei uns und erklärte seine Pläne. Dreißig Jahre USA seien genug, nach der Scheidung sowieso. Seine nun ehemalige Frau wolle nicht mehr als Ärztin arbeiten und sich auf den Familiensitz nach Texas zurückziehen, im Übrigen hätte sie Trump gewählt, weil ihr Bruder ein höheres Tier in der Partei sei, Familiendünkel gäbe es da, viel mehr als bei den Roons. Bei ihnen beiden hätte es einfach nicht mehr gepasst, sie will auf die Ranch, er auf die Jolle, wie soll das gehen, mehr wolle er nicht sagen.
Susanne fragte ganz direkt, ob er schon eine neue Frau habe oder eine im Auge. Nein, erst mal wolle er sein neues Quartier suchen, einen festen Standort, der Instinkt ziehe ihn nach Mecklenburg oder Vorpommern, in die Nähe der Ahnen. Er sei sicher, dann bald jemanden zu finden, es gebe heute so viele Möglichkeiten, als Arzt, als Segler habe er doch beste Karten, so viele gute, kluge, tüchtige Frauen seien allein, zur Not werde er sein Von wieder auspacken und im «Adelsblatt» inserieren. Wir hatten viel zu lachen.
Bei allem wirkte er kühl, flott und sachlich, nur bei der Verschandelung seines edlen Namens nicht. Ihr glaubt nicht, wie ich mich freue, das fürchterliche U in meinem Roon loszuwerden, sagte er, ich kann es einfach nicht mehr ertragen. Er imitierte das amerikanisch breit gekaute U und karikierte es mit übertriebenem Lippenspiel bis ins Ordinäre: Ruhn, Ruun, Ruoun! Hab mir ja einige Jahre Mühe gegeben, das O durchzusetzen, erfolglos, dann die Mühe, mich an das U zu gewöhnen, erfolglos. Natürlich hab ich so oft wie möglich den Vornamen ins Spiel gebracht, mit Fred ging das ganz gut, aber am Ende bleibst du doch Dr. Ruhn.
Bei seinem Hospital an der University of Maryland hat er zum 1. Oktober gekündigt und bereits Kontakt mit der Ärztekam-

mer Mecklenburg-Vorpommern. Er lobt die Webseite «Lass dich nieder!», hofft, im Januar neu anzufangen, denkt, noch zehn bis fünfzehn Jahre zu arbeiten, nah am Meer und einem Segelhafen, und dann an das Altersheim neben dem KaDeWe, er habe sich schon nach den Preisen erkundigt. Ich fragte nicht, ob das auch ein Pluspunkt bei seiner Brautwerbung sei. Aber ich verriet ihm, dass in der Lebensmittelabteilung die besten nordhessischen Würste zu haben seien, die berühmte Ahle Worscht, wie damals in Eschwege. Er war entzückt.

Auch von mir wollte er den aktuellen Lagebericht hören. Er stellte nicht viele Nachfragen. Heute ist er allein unterwegs.

4.6. | Je törichter und tollpatschiger Frau M. von ihren bayrischen Feindfreunden attackiert wird, desto mehr verklärt sich ihr Bild. Desto eher erntet sie Sympathie, aber als Objekt, als Opfer. Das kann schnell kippen, dann wird sie, wie mir scheint, immer weniger gemocht, weil sie sich nicht wehrt, sich alles gefallen lässt. Feiglingin, wie oft.
Aber wir sind ja zufrieden, dass Manuel Neuers Mittelfußknochen ausgeheilt ist und bereit für die WM. Und die Kanzlerin wieder Fußballer streichelt.
Mehr als 50 % der Deutschen erwarten von ihrer Mannschaft die Weltmeisterschaft, die meisten Sportjournalisten offenbar auch. Früher hab ich diese Kollegen beneidet, dass sie bei solchen Weltmeisterschaften wochenlang auf vielen Seiten alles breittreten durften, was ihnen zum Thema einfiel, für jeden dürren Einfall ein Zweispalter. Heute bedaure ich sie.

Abends die Meldung von Ella: Abitur bestanden, Lena verkatert. Die nächsten Abende wird sie von Feierei zu Feierei taumeln, ganz schwierig, mit ihr zu verabreden, wann Tante und Onkel mal zum persönlichen Gratulieren vorbeikommen dürfen.

6.6. | Mit Roon und zwei Tageskarten gestern in S-Bahnen, Straßenbahnen und U-Bahnen. Wie ein Kind freute sich der Halbamerikaner, einmal wieder ohne Auto durch eine Stadt zu streifen, kreuz und quer nach Belieben. Er hörte nicht auf, uns für den öffentlichen Nahverkehr zu preisen, wir hatten Glück, es gab auch keinerlei Störungen. Wo er wollte, stiegen wir aus, am Hamburger Bahnhof, Gendarmenmarkt, Oranienplatz, am Mauerpark und an der Oberbaumbrücke, die üblichen Sehenswürdigkeiten, und ich spielte den Stadtführer.
Zum Mauerpark drängte er, weil selbst in Baltimore schon geschwärmt wird von der wundersam banalen Veränderung eines Grenzstreifens in ein Menschen- und Hundeauslaufgebiet. In Baltimore wusste man aber noch nichts von zu vielen zu lauten Straßenmusikern, die mit Verstärkern ihre Revierkämpfe ausfechten, von überteuertem Trödel und Gedränge, weil dieser Ort nicht nur in Baltimore, sondern weltweit als Hotspot gilt, doch mein Freund fand das bunte Treiben und die entspannten Leute aus aller Welt großartig. Wer hier über den schütteren Rasen schreitet, kann sich einbilden, die Mauer und den Todesstreifen noch einmal, noch tiefer in den Boden zu stampfen und locker über die finstere Vergangenheit hinwegzuschlendern. Das Gefühl, zu den Siegern der Geschichte zu gehören, wenn auch Jahrzehnte danach, kann man hier schwer abschütteln, und das versetzt die Leute in diesem Park, der keiner ist, in eine gewisse Heiterkeit, auch Roon und mir ging es so.
Ihn juckte es, über die von ihm geschätzte Kanzlerin zu spre-

chen, ich hatte keine Lust dazu, er insistierte, wollte meine Meinung zur deutschen Politik hören. Wir saßen in der Oderberger Straße beim Kaffee, lässige Menschen um uns herum.
– Ach, Meinungen, hör mir auf mit Meinungen, sagte ich ungefähr, was sind denn schon Meinungen, die hat doch jeder wie Fahnen im Wind, alle machen sich wichtig mit ihren Meinungen. Je weniger sich bewegt in der Gesellschaft, desto mehr Meinungsgewusel, jede Pappnase drängt uns ihre Ansichten auf, die Welt ist doch schon verstopft und zugemüllt von Meinungen und Gegenmeinungen, Kommentaren und Wertungen, ich habe mich viel zu lange daran beteiligt. Ich könnte dir am laufenden Band Meinungen liefern zu jedem beliebigen Thema, aber ich habe mir vorgenommen, diese Produktion einzustellen.
Roon störte sich nicht an dem Ablenkungsmanöver und sagte, ich sei nur deshalb verbittert, weil sie mich entlassen hätten so kurz vor der Rente, da müsse ich ja die Schnauze voll haben von Meinungen und Meinungsmachern.
Ich bin nicht verbittert, ich bin gelassen, protestierte ich, extrem gelassen. Eine Meinung haben heißt heutzutage: recht haben wollen. Aber wenn man dann recht hat, und das kommt bei mir leider hin und wieder mal vor, dann wird man eine komische oder eine tragische Figur. Das ist mir dann auch nicht recht.

Lieber ging ich auf seine Frage ein, ob mir in Berlin was fehle. Ja, sagte ich, ein richtig breiter Fluss oder das Meer, die Spree zählt für mich nicht. Und zweitens so etwas wie italienische Bars, wo sich alle treffen, quer durch die Bevölkerung, Arm und Reich, Jung und Alt, wo jeder mit jedem seinen Caffè oder Campari trinken und nach fünf Minuten wieder weitergehen oder sich eine halbe Stunde festquatschen kann.

Das Meer von Baltimore werde er vermissen, meinte Roon, aber die Ostsee sei für seine Altersklasse einfach besser zum Segeln. Sein Entschluss, sich in Mecklenburg oder Vorpommern niederzulassen, stand also fest.

8.6. | In Berlin mehr Nachtigallen als in anderen europäischen Städten und Landschaften, sagt ein Vogelkenner am Lietzensee.

Immer mehr China-Meldungen, das Thema kommt in Mode, wird bald Stoff für Smalltalk und Talkshows jeder Art. Ich merke, wie mein Sammeleifer nachlässt und die Neugier auf genauere Berichte und scharfe Argumente. Wie ich das vage Buchprojekt, das in letzter Zeit ohnehin mehr von Skrupeln als von guten Ideen begleitet war, innerlich schon aufgebe. Da sollen Fachleute ran. Es ist klar, die China-Konjunktur wird auch die China-Publizistik anfeuern. Bald folgen die Bücher über das imponierende, beängstigende, dämonisierte Land, in zwei, drei Jahren wird es jede Menge aktuelle China-Literatur geben, bis zum Überdruss, die neuen Seidenstraßen werden auch den Buchmarkt ordentlich ankurbeln – aber ohne mich.

9.6. | Trotzdem, was mich staunen lässt, sei festgehalten: Naivität der Wirtschaftsbosse, immer noch. Jetzt erst fragen sich einige, wie man sich wehren kann, wenn die Chinesen «gezielt Mondpreise bieten, um unser Knowhow aufzukaufen» und wie das gehen soll «ohne Willkür, ohne Diskriminierung»? Ein Experte in der «Welt»: «Wir haben immer gedacht, dass die ganze Welt voller Marktwirtschaften ist und Systemen, die auf dem Weg dahin sind. Jetzt müssen wir erkennen, dass wir es mit einem neuen Wettbewerb der Systeme zu tun haben. Das gesamte Regelwerk unserer Marktwirtschaft muss darauf abgeklopft werden, ob es unter den neuen Rahmenbedingungen noch taugt.»

«Wir haben immer gedacht ...», ein hübscher Beleg für die Torheit der Eliten und ihrer renommierten Business-Schulen.

Jetzt erst beginnen deutsche Unternehmer zu realisieren, was ihnen die chinesischen Partner sagen: Drei, vier Jahre kaufen wir noch bei euch, dann haben wir die Produkte selber, dann lassen wir euch fallen.

Jetzt erst kapiert man, dass das Zauberwort «Privatisierung» die freundlichste Einladung auch an chinesische Investoren war und zu einer anderen Art Verstaatlichung führt. (Beim Duisburger Hafen, Endpunkt der Eisenbahnverbindung von China nach Europa, ein Zentralpunkt der Seidenstraße, wollen CDU und FDP die Landesbeteiligung verscherbeln, las ich, aus der vorgestrigen Ideologie heraus, der Staat dürfe keine Unternehmensanteile besitzen – und merken nicht, dass ein anderer Staat nur darauf wartet.)

Kaum werden die deutschen Bosse ein wenig skeptischer, punktet die chinesische Seite mit der neuen Strategie, alle Aktionen auf und neben den Seidenstraßen als Win-win-Situation zu verkaufen.

Klar, naiv bin auch ich. China lockt ja nicht nur andere Staaten in die Schuldenfalle, es hat ja selbst die höchsten Schuldenberge. Und wenn die ins Rutschen kommen – niemand weiß, wie ein stalinistischer Digitalkapitalismus damit fertig wird.

Gestern Abend Roon. Berlinbegeistert wie ein Student aus der Provinz, staunt immer wieder über die «Angebote», selbst die

fünfhundert Carpe-diem-Events pro Abend auf der Berlin-App entzücken ihn, die er besuchen könnte, aber nicht besucht, von der Schlagerparty bis zur wildesten Bühne. Ich legte die neue Randy-Newman-CD für ihn auf, um seiner amerikanischen Seite zu gefallen. Aber mit Newman kann er nichts anfangen, sogar der böse Putin-Song lässt ihn kalt. Leise, subtile Doppelbödigkeit ist nichts für ihn, Kunst eigentlich auch nicht, denke ich, etwas irritiert.
In einer Woche will er von Berlin aus mit einem Mietauto die vorpommersche Ecke erkunden, die Orte für seine Niederlassung prüfen. Am Wochenende 22./23./24., so ist es jetzt verabredet, treffen wir uns dann auf Rügen.

Eine seiner Angebergeschichten: Fake News bei Kaiser Wilhelm! Er war im Deutschen Historischen Museum, hat dort eine Reproduktion des berühmten Bildes der Kaiserproklamation in Versailles 1871 von Anton von Werner gesehen, auf der ihm wieder sein Ururgroßvater begegnet ist. Dabei war der gar nicht dabei, der Kriegsminister, erzählte er, sondern krank an dem Tag in Versailles und in einem Seitenflügel oder Nebengebäude, stand am Fenster und hörte die Hochrufe auf den Kaiser, mehr nicht. Deshalb hatte ihn der Maler auch gar nicht auf dem Bild, wo die ganze Hochadelprominenz versammelt ist. Als Kaiser Wilhelm das Bild prüfte, hatte er nur eins zu monieren: Da fehlt Roon! Der Einwand des Künstlers, der sei nicht dabei gewesen, zählte nicht, Roon wurde auf das Bild befohlen, und jetzt steht der Alte ziemlich vorne in seiner Prachtuniform. Schöne Fake News, oder?
Ich dachte, leicht genervt: Erzähl das deiner Braut!

10.6. | Roon irritiert mich mit seiner Zielstrebigkeit. Er fängt ein neues Leben an, kühn und doch rational, wie er immer war, oder soll ich sagen: wie ein Militärstratege. Schaut erst auf die Landkarte, fixiert sein Ziel, bezieht Stellung, macht Angriffspläne und beginnt die Eroberung. Nicht «Bauer sucht Frau», sondern: Hausarzt sucht Haus, Hof, Weib und einen Segelhafen, in dieser Reihenfolge. Er ist so angetan von seinem alten Germany, dass er nicht mal über das Starre, Ängstliche, Verbissene, Bornierte so vieler Deutscher klagt. Und sich nicht daran zu stören scheint, dass der Anteil von runtergezogenen Mundwinkeln in den Gesichtern der Leute in Berlin mindestens doppelt so hoch ist wie in Baltimore.
Er ist so angetan von der schweigenden Kanzlerin, dass es ihn vielleicht sogar in ihren Wahlkreis zieht (mehr unbewusst als bewusst?). Zugegeben, es ist nebenbei der schönste Segel-Wahlkreis Deutschlands.
Ich spürte die ganzen Tage, dass Roon meine Meinung über Frau M. hören will. Bin dem immer ausgewichen. Er ahnt ja nicht, wie deutlich ich werden müsste, wenn ich ehrlich sein wollte. Habe derzeit keine Lust auf solchen Disput. Ich bin doch froh, dass er kommt. Werde ihm nicht die Stimmung und den Tatendrang vermiesen, indem ich die Meistüberschätzte kritisiere und von der völlig verkorksten Europolitik oder der völlig verkorksten Energiepolitik oder der völlig verkorksten Einwanderungspolitik oder der völlig verkorksten Umwelt- und Klimapolitik oder der völlig verkorksten Verkehrspolitik oder der völlig verkorksten Digitalpolitik oder der verkorksten Steuerpolitik oder der verkorksten Agrarpolitik oder der verkorksten Bundeswehr oder der vergessenen Infrastrukturpolitik anfange. Gehört es zur Freundespflicht, ihm sein politisches Bild zu trüben? Oder uns deswegen zu zerstreiten? Nein.
Er ist Internist und Segler, kein politischer Mensch. Punkt.

12. 6. | Gestern dann doch die M.-Debatte. Besser als erwartet, weil Roon amerikanisch neutral, ruhig, neugierig blieb. Sonst hat man ja nur noch mit Leuten zu tun, die reflexhaft mit ihren emotional verfestigten Meinungen reagieren.
– Klar, sagte ich ungefähr, die Widersprüche wachsen allen über den Kopf, das Handeln, das Verändern wird immer schwerer auf den weiten Feldern zwischen Europäischer Kommission und Kommunalpolitik. Und es fragt sich, was Politik noch ausrichten kann gegen grenzenlose Wirtschaftsmacht. Trotzdem, Frau M. hat das beste Deutschland in die Hand bekommen, das es je gab. Was hat sie daraus gemacht in dreizehn Jahren? Die Wirtschaft läuft, halbwegs. Aber so doll ist das auch nicht, wenn die Wirtschaft seit 1991 um 40 % gewachsen ist, der Wohlstand aber nur um 6 %. Sie hat das Land mehr schlecht als recht verwaltet und sehr viel verrotten lassen.
Dann zählte ich die zehn großen Verkorksungen an den zehn Fingern ab.
– Auch wenn das nie eine Person allein ist, am meisten dafür verantwortlich ist nun mal sie, besonders für die Spaltung Europas in der Finanzkrise. Natürlich kann sie nichts dafür, dass es keinen europäischen Herkules und keine Herkulessa gibt und sie der Führungsrolle in der EU nicht gewachsen ist. Aber dass sie nicht eng mit Frankreich an der Zukunft der EU arbeitet, ist besonders schmählich.
– So viel miserable Politik kommt da zusammen, und doch hat sie überlebt, wird bis heute maßlos überschätzt, weil sie nicht nur integer scheint, sondern auch ist – wenn man ihren «marktkonformen» Opportunismus und ihre Lobbyhörigkeit mal sehr milde beurteilt.
– Konfliktscheu?, fragte Roon.
– Kann man sagen, wenn man sieht, wie sie sich in diesen

Tagen von dem ungehobelten Vertreter einer provinziellen Sechsprozentpartei erpressen lässt zu einer Kehrtwende der europäischen Asylpolitik. Konfliktscheu vielleicht nicht in der Außenpolitik, aber sonst siehst du kaum mal preußischen Mut vor den Thronen – der Wirtschaft. Der Soziologe Ulrich Beck hat vor Jahren schon gesagt, die Kanzlerin gründe ihre Macht auf das Nicht-Handeln, Noch-nicht-Handeln, Später-Handeln, Zögern, Schweigen, auf ein machtpokerndes Jein, mit dem sie die anderen hinhalte und ihnen ihre Ohnmacht zeige. Ihr einziges Verdienst ist vielleicht, dass sie den Laden aus CDU und CSU zusammengehalten und einige Fieslinge mattgesetzt hat, aber auch das ist jetzt vorbei.

– Warum redest du so ungern über sie?, wollte Roon wissen.

– Weil ich uneitle und unideologische Leute eigentlich mag. Uneitel ist sie, aber unideologisch wirkt sie nur. Und weil sie mich eigentlich wenig interessiert, mich interessiert die jahrelange, jetzt erst bröckelnde Unterwerfung der Deutschen unter ihre «Ich kümmere mich»-Legende. Natürlich war es anfangs erleichternd, sich zur Abwechslung mal einer halbwegs sympathischen Frau unterwerfen zu dürfen, die sich so unschuldig gibt (und es nicht ist), und zu sagen: Die macht das schon. Die große Mehrheit hat sich jahrelang einlullen lassen, sehr deutsch wieder mal, das Ergebnis: zu viele handzahme Journalisten, entmündigte Bürger, keine politische Perspektive. Zu viel Schweigen im Land trotz allem Facebook-Gefiepe und Twitter-Getröte.

Zugegeben, sie schwätzt wenig, aber sie wagt zu selten ein klares Wort. Demokratie braucht Sprache, hin und wieder ein bisschen Pathos. Es reicht nicht, wenn ab und zu mal der Bundespräsident und der Bundestagspräsident deutliche Worte finden. Sie erklärt ihre Politik nicht, das macht die Leute so unsicher. Demokratie lebt von Deutlichkeit, ihre Verdruckst-

heit lähmt das Land, kein Wunder, wenn die Schreihälse ein solches Echo haben.
Roon widersprach mir nicht. Vielleicht war er müde.

In der Junihitze im Park die überquellenden Papierkörbe. Stilleben der Pizzaschachteln, Bierdosen, Windeln.

13.6. | Breaking News: Ortsverein Friedenau des Vereins für Verfassungspatriotismus e.V. fordert eine Renaissance der Aufklärung. Einstimmig, ohne Enthaltung. Als erster Schritt einen Relaunch von Schillers «Die ästhetische Erziehung des Menschen».

So viel zum Schweigen im Land: Jeden Tag gibt es zwölf Demonstrationen in Berlin, im Jahresdurchschnitt. Im Sommer und an Wochenenden noch ein paar mehr, im Stundentakt.

14.6. | Bei plötzlichen Wutanfällen steckt häufig Hunger dahinter. Statt auf den leeren Magen schiebt man lieber die Schuld auf die Mitmenschen. (Dazu passt: Bekanntlich urteilen Richter vor dem Mittagessen strenger als danach.)
Warum wirken dann Wutbürger und Wutnazis so satt?

15.6. | Nun merkt es auch die «Zeit»: Wir leben in einem Epochenbruch. «Früher konnten Europäer und Nordamerikaner exportieren, was sie wollten – Waffen, Müll, Tourismus, Autos –, sie konnten importieren, was sie wollten – Öl, Nahrungsmittel, Halbfertigprodukte –, sie hatten es im Griff.

Doch seit einiger Zeit kehrt die Globalisierung heim in Gestalt von: Flüchtlingen, Terrorismus und ernst zu nehmender ökonomischer Konkurrenz. Der Westen ist dabei, die Kontrolle zu verlieren.»

Noch weiter geht der stellvertretende Chefredakteur mit seinen Ausführungen über das «sehende Verdrängen» der Kollegen: Durch das Rasterdenken in Parteien und Ressorts werde kaum noch das politisch Wichtige reflektiert. Die Politiker würden nicht mehr wirklich befragt, sondern «eskortiert».

Auch der Kerl gehört entlassen! Noch so ein Dissident!

16.6. | Liebe Lena! Falls du diese Aufzeichnungen irgendwann mal liest, was ich hoffe schon aus dem simplen Grund, dies alles nicht umsonst notiert zu haben und hier nicht nur Beschäftigungstherapie für Gefeuerte zu treiben, falls du dies mal liest in werweißwieviel Jahren, dann wirst du dich zwar an dein Abitur 2018 erinnern, aber kaum an den Abend mit (Tante) Susanne und mir danach, am 15. Juni. Du hattest die Prüfungen und die ersten Partys hinter dir und warst mit dem Feiern noch lange nicht durch, trotzdem drängten wir, wie ich zugeben muss, ein bisschen zu unflexibel darauf, dich mitten in deinem schönen Taumel zum Essen auszuführen, wohl wissend, dass es für endlich freigelassene Neunzehnjährige allemal Spannenderes gibt als Abende mit Onkel und Tante. Beim Schreiben dieser Notizen habe ich so oft an dich gedacht (und nicht nur dann, wenn ich dich in Klammern ansprach), dass mein Wunsch, mal wieder direkt mit dir zu reden und dich etwas besser kennenzulernen, stärker war als die Rücksicht auf deine Stimmungen.

Du hast das Pech, dass ich dich als Adressatin und Erbin dieser Papiere gewählt habe. Vielleicht auch Glück, falls diese

Seiten wirklich in deine Hände geraten und lesbar bleiben, das Glück nämlich, über die Irrtümer deines alten oder toten Onkels herzhaft lachen zu können. Oder das Vergnügen der Erinnerung an einen alten Zausel in der Familie, der sich ein paar unnütze Gedanken über seine Zeit gemacht hat. Darüber haben wir am 15. Juni natürlich nicht gesprochen, und ich habe auch keine Andeutungen fallenlassen, dass ich dich derzeit als Projektionsfläche brauche und in mein Leben, ja in meine Zukunft eingeplant habe. Es bleibt ein witziges Gefühl und ein rasanter Gedanke, eine Neunzehnjährige anzureden, bei der die Sätze erst ankommen werden, wenn sie vierzig oder fünfzig oder noch älter ist, und der Absender seine Stimme längst verloren hat.
Also, zur Erinnerung: Wir hatten ein besonderes Restaurant ausgesucht, von dem man gleichzeitig in den Zoo schauen konnte auf ein großes Affengehege. Es war ein warmer, langer, heller Abend, italienische Küche, die Paviane auf der einen, die Gedächtniskirche auf der anderen Seite, und vielleicht auch wegen der streitlustigen, rotärschigen Tiere kam unser Gespräch nicht recht in Gang. Du warst noch matt von deiner fleißigen Feierei, wir fragten, bestimmt zu tantig und onkelhaft, nach deinen Prüfungen und den voraussichtlichen Noten. Und verschonten dich auch nicht mit der Frage, mit der dich in jenen Tagen jeder nervte, die Frage nach deinen Studienabsichten. Du warst noch nicht entschieden, sagtest du jedenfalls, hattest auch keine Lust, über das weite Feld zwischen Geometrie und Geschichte zu sprechen.
Unter den Fenstern langweilten sich die Paviane, es drohte ein zäher Abend zu werden, bis ich dich fragte: Was meinst du, ist die Welt eher auf dem Weg zur Menschwerdung des Affen oder zur Affenwerdung des Menschen? Eine Frage, mit der ich schon manches Gespräch belebt habe, eine Scherzfrage, bei

der jeder sich mit seinem bisschen naturwissenschaftlichen Wissen blamieren darf und selbst KI-Experten schwanken. Weil der Mensch ja nie so vielseitig gebildet ist wie in der Zeit des Abiturs, hatte ich mir gerade von dir ein paar originelle Sätze erhofft. An deinem Gesicht war zu erkennen, dass ich den falschen Ton getroffen, ja einen Fehler gemacht hatte. Ich merkte, wie du ernst wurdest, wie du uns fixiertest und nachdachtest, ob wir einer Antwort wert seien, wie eine Wut in dir hochkroch und wie du den inneren Schalter auf Angriff umlegtest.

Dann: Das ist mir doch egal! Erst muss mal die Umwelt stimmen! Wenn die Welt zu warm wird, stimmt sowieso nichts mehr, dann ist es der Natur egal, ob wir Menschen oder Affen sind! Wenn heute nichts getan wird, dann hat alles keinen Zweck! Die Menschen tun nichts dafür, die Erwärmung zu stoppen, die Regierungen tun nichts!

Ich warf ein: Zu wenig.

Und du: Zu wenig oder nichts, gib zu, dass es nichts ist! Man klaut uns die Zukunft! Unsere Zukunft! Ist das nichts? Und ihr? Ob Mensch oder Affe, die Frage kommt später, das sehen wir dann! Aber was wollt ihr? Was tut ihr?, fragtest du, mehrfach, laut, dringlich. Und kommt mir nicht mit weniger Fleisch, weniger Müll, weniger Flügen, ich will wissen, was ihr ganz konkret tut. Ihr seid doch erwachsen, ihr könnt doch sonst alles!

An den Nebentischen wurde man aufmerksam, wir blieben ruhig, wir wussten, jede unserer Antworten würde nach einer Rechtfertigung klingen. Susanne sagte, sie versuche ihren Schülerinnen und Schülern genau das beizubringen, was du als Abiturientin schon wüsstest und könntest, zum Beispiel fragen: Was tut ihr? Vor allem die Grundlagen beibringen: vorurteilsfreies Beobachten und Fragen. Selbst im Deutschunter-

richt komme man immer wieder an den Punkt, wo man über Themen wie Klima und alles mögliche informieren müsse.
Ich befürchtete eine Attacke auf die ach so pädagogische Pädagogin und warf rasch ein: Und ich schreibe darüber.
Du, weiterhin in Kampfstimmung: Das ist doch schon alles geschrieben!
Ich: Da muss ich dir recht geben, geschrieben ja, aber noch nicht in genügend Köpfen angekommen. Außerdem muss man das, mit verbesserten Zahlen und Fakten, wieder und wieder schreiben, weil wieder und wieder Leute nachwachsen, die noch nichts wissen oder zu wenig.
Du: Ich wollte wissen, was du tust! Konkret.
Ich: Aufklären, informieren.
Du: Aber du schreibst doch gar nicht über Umwelt und Klima!
Ich: Stimmt, sehr wenig. Aber ich versuche meinen Lesern zu erklären, zum Beispiel, dass nicht «die Politiker» in dieser Sache nichts tun, sondern ganz bestimmte, etwa die allseits geschätzte Kanzlerin, die immer so tut, als ob.
Du: Wer sind denn deine Leser, du bist doch in Rente!
Ich: Na, wart's mal ab!
Du hattest mich erwischt. Aber ich freute mich so über deine Wut, deine Hartnäckigkeit und dein geschicktes Argumentieren, dass ich dir mehr von meiner Arbeit und meinen Plänen erzählte. Ich war sogar glücklich, musst du wissen: endlich sicher, für meine flüchtige Vogeldeuterei in dir genau die richtige Adressatin gefunden zu haben.
Am Schluss, du mit zufriedenem Tiramisu-Gesicht, entschuldigte ich mich für meine Frage nach Mensch oder Affe, ich hätte, wenn überhaupt, an die edlen Schimpansen und Bonobos gedacht, natürlich auch an Roboter, nicht an diesen Chaotenhaufen der Paviane.

Du gönntest uns ein Lachen. Und die Auskunft, dass du bald durch Europa gondeln willst per Interrail.

17.6. | Der berühmte Mittelfußknochen von Neuer arbeitet wieder, wie er soll, der deutsche Torwart kann seinen Fuß bewegen, wie er will. Alles war auf diesen Fuß fixiert, nun ist er pünktlich wieder gesund – aber der deutsche Fußball schwerkrank an Selbstüberschätzung beim ersten WM-Spiel.
Ein Tag, an dem die deutschen Seelen in Panik geraten, von flinken Mexikanern mit einem Treffer in die Fußballschande gestoßen.
Ganz Deutschland kriegt die Panik, weil M. es nicht schafft, gegen den mit ihr verbündeten aufgeblasenen Chef einer aufgeblasenen Sechsprozentpartei ein Machtwort zu sprechen.
Es drohen zwei Gewissheiten auf einmal zu kippen: der Fußballtrost und der Die-Kanzlerin-macht-das-schon-Trost.
Verlieren zu können, gehört immer noch nicht zur deutschen Leitkultur.

18.6. | Heimatkunde: Die deutsche Regierung, bereits im Vertragsverletzungsverfahren mit der EU wegen weit überhöhter Nitratwerte im Grundwasser, lässt mit Zustimmung der Gülle-Ministerin und der Gülle-Kanzlerin nicht etwa weniger, sondern noch mehr Gülle auf die Felder fließen und Nitrat ins Wasser. (Illegal, scheißegal, sagten Anarchisten in den Siebzigern.)

19.6. | Die Formel von der «marktkonformen Demokratie» müsste auch in China gefallen, das laut Xi «die echteste Demokratie» sein soll.

Immerhin, der 3. Platz ist uns sicher – bei der Zahl der Milliardäre und Millionäre. Hinter den USA und Japan, noch knapp vor China. Wo bleibt der Stolz auf diese Bronze!

21.6. | Klimawandel, Pathoswandel: neulich der «Epochenbruch» in der «Zeit», heute eine «neue Weltordnung» in der SZ. «Wir laufen auf eine neue Weltordnung zu», so der alte Joschka Fischer. «Dann wird Europa ein großes Venedig. Das war früher mal mächtig, man fährt als Tourist gerne hin.» Doch mitzureden hätte Europa dann «nicht mehr wirklich was». Stattdessen dürften wir von chinesischen und amerikanischen Unternehmen dominiert werden.
Jeden Tag eine neue Wasserstandsmeldung irgendwo.

Morgen Wandern auf Rügen, wir laufen noch einmal auf die alte Weltordnung zu.

4

22.–26.6. | In den Rügen-Tagen keine Notizen. Erst ab dem 27. diesen vorläufigen Bericht:

Rügen ist für mich keine Idylle, so schön die Insel ist. Was mich dort immer wieder hinzieht, sind nicht allein die gefälligen Landschaften, Strände, Wälder, Alleen, Spazierwege über dem Meer und das vom Tourismusmanagement etwas verschämt beworbene Versprechen, den letzten romantischen Winkel Deutschlands besichtigen zu können. Der seit den neunziger Jahren wieder aufgepäppelte Berliner Außenposten an der Ostsee ist für mich zugleich ein Friedhof, ein Friedhof ohne Grab, aber mit einer Absturzstelle, ich kenne das Postkartenmotiv Kreideküste auch als Todesküste.
Zwanzig Jahre ist es jetzt her, im September 1998 stürzte meine jüngere Schwester Tina beim Fotografieren von der Klippe. Das Unglück ist mir so ins Gedächtnis gebrannt, dass ich noch heute die Formulierungen der Meldung aus der Lokalzeitung von damals hersagen könnte:
Eine 41-jährige Berlinerin ist am Samstagmittag an der Kreideküste der Insel Rügen tödlich verunglückt. Wie das mecklenburgische Innenministerium am Sonntag mitteilte, fand ein Spaziergänger die leblose Person gegen 11.45 Uhr am Strand zwischen dem Leuchtturm Kollicker Ort und Sassnitz. Die

Polizei kam nur über die Seeseite an die Verunglückte heran. Ein Notarzt konnte nur noch den Tod feststellen. Bei der Verunglückten handelt es sich um die Fotodesignerin Bettina S. aus Berlin-Köpenick. Sie wohnte für drei Tage in der Ortschaft Lohme in einer Pension und wollte am Sonntag wieder nach Berlin reisen.

So etwa der ordentliche Ton des Polizeiberichts, den ich oft memoriert habe, wenn mich die Trauer über meine einzige und sehr vertraute Schwester heftiger packte. In dem Bericht wurde dann mit «vermutlich» und «offenbar» spekuliert, wie es zu dem Unglück gekommen sein könnte. Dabei war es sonnenklar: Sie muss den Steilküsten-Wanderweg an der bei Malern und Fotografen besonders beliebten Ernst-Moritz-Arndt-Sicht verlassen, die Warnschilder ignoriert, das Geländer überklettert haben und einen oder einen halben Schritt zu weit gegangen, vielleicht auch gekrochen sein. Ihr letztes Foto von einem gekippten, fast waagerecht liegenden Baum bei den Wissower Klinken, der berühmten Caspar-David-Friedrich-Ecke, lässt darauf schließen, dass sie sich auf den Bauch gelegt haben und mit der Kamera über das feuchte Gras gerobbt sein muss. Vor dem letzten Foto die vorletzten: Abgründe und liegende Bäume. Dann den Halt verloren, gerutscht, gestürzt, abgestürzt, sechzig Meter. Die Kreidefelsen sind porös und weich, aber immer noch Felsen. Man spricht von aktiver Steilküste, habe ich damals gelernt. Fremdverschulden wird ausgeschlossen, hieß es in dem offiziellen Bericht. Sie war, das scheint sicher, allein nach Lohme gereist. Ihr Fotoapparat hat sie überlebt.

Das letzte Foto hängt schon lange hier neben dem Schreibtisch, schwarzweiß, leicht angeblasst, ich sollte mal einen neuen Abzug machen lassen: eine über dem Abgrund fast waagerecht liegende, auf der Bruchkante von Wald und Gestein balancierende Buche, fest verwurzelt, wie es scheint, mit der Krone hoch über Meer und weißem Fels schwebend, aber verurteilt zum freien Fall – und zur vielfotografierten Attraktion. Ein Baum, der zum Individuum geworden ist. Ein Windstoß, ein Regenguß dürfte genügen, und es wäre vorbei mit der Exklusivität auf der Klippe.

Die Magie dieser Abgründe fordert immer wieder Opfer. Schilder mit dem Gebot, die Wanderwege nicht zu verlassen und die Absperrungen zu respektieren, gibt es genug. Die Versuchung, der Gefahr so nah wie möglich zu kommen, ist stärker, stark wie der Wunsch, den Vorgaben der Autoritäten, der Oberförster und Parkhüter nicht in allem zu folgen und die Grenzen selbst zu bestimmen. Da kommt der Mensch mal an eine Grenze, an ein Land's End, an ein Finisterre, da will er nicht noch bevormundet werden. Darum stürzt jedes Jahr an der Kreideküste jemand zu Tode, meistens beim Fotografieren. Seit der Selfie-Mode scheinen die Zahlen noch zu steigen, jedes Unglück dieser Art ist den Zeitungen wenigstens eine Kurzmeldung wert. Schon wieder, denke ich jedes Mal, führe aber keine Statistik.

Tina war radikaler als ich, Künstlerin, ich vermisse sie immer noch, immer wieder. So sehr, dass Susanne und ich alle zwei, drei Jahre im Herbst oder Frühjahr eine Gedächtniswanderung unternehmen, eine durchaus laizistische Wallfahrt auf der klassischen Strecke von Sassnitz bis zum Königsstuhl, verbunden mit ein paar Tagen Erholung irgendwo auf der weiten Insel zwischen Kap Arkona, Boltevitz und den Zicker Alpen.

(Erst jetzt fällt mir auf, dass ich hier zum ersten Mal mehr als eine Seite über Tinas Tod aufschreibe. Für ein bisschen Ausführlichkeit muss man wohl erst in die Arbeitslosigkeit gefeuert werden.)

Als wir neulich mit Roon über seine Pläne sprachen, in Vorpommern und auf Rügen auf Findungstour zu gehen, und er uns einlud, ihn für ein paar Tage zu begleiten, hatten wir schnell zugestimmt, auch weil der Sonntag Tinas Geburtstag gewesen wäre, den wir noch nie an der Küste begangen hatten. Es schien praktisch, das eine mit dem anderen zu verbinden an einem verlängerten Wochenende noch vor den Berliner Sommerferien, am Freitag hin, Susanne musste am Sonntagabend wieder zurück, ich dachte, noch ein paar Tage länger mit Roon zu bleiben.

Doch das Wetter spielte nicht mit. Heiße, fast unerträglich heiße Juniwochen lagen hinter uns, wir hatten auf etwas Abwechslung mit Sommerwind an der Küste gehofft, pünktlich zum Sommeranfang, am Donnerstag vor unserem Start, kam der Kälteeinbruch. Die sogenannte Schafskälte mit eiskaltem Dauerregen und nicht viel besseren Aussichten für unsern geplanten Wandertag schreckte uns, statt T-Shirts waren plötzlich die Herbstanoraks vonnöten. Susanne, ohnehin im Stress kurz vor dem Ende des Schuljahrs, wollte schon absagen. Deutschlands sonnenreichste Ecke ausgerechnet bei kaltem Sommerregen zu besuchen, schien uns zuerst absurd, aber Roon war schon da oben, hatte für uns mit Mühe ein Zimmer reserviert. Ich sagte mir: Wo komme ich hin, wenn ich meine Pläne vom Wetter beeinflussen lasse! Was hätte Tina dazu gesagt! Außerdem kämpfte ich ja damit, mir das große Thema China samt Griechenland-Connection so langsam wieder aus dem Kopf zu schlagen, da konnte ein kalter Meerwind nicht schaden. Susanne entschied im letzten Moment dann doch, ihre Arbeit in den langen Bahnstunden zu erledigen und sich vom Regen nicht abschrecken zu lassen, das Wetter dort oben, wussten wir, wurde meistens besser als vorhergesagt.

Der ICE nach Binz war pünktlich, Susanne konnte sich auf ihre Sachen konzentrieren, ich überflog meine Zeitungen. Während der Schwerpunkt der Welt, wie man jedem besseren Wirtschaftsteil ablesen konnte, sich von Westen nach Osten verschob, gaffte alles auf die christdemokratische Schulhofprügelei. Durch viele Artikel zog sich eine nicht neue, aber in dieser Dichte auffällige Tonart der Ungeduld, der Gereiztheit, des Abräumens. Als sei bis vor einer Woche in Deutschland alles zum Besten gewesen, voran die deutschen Autos, die deutsche Regierung und der deutsche Fußball. Nun kippte das, was man fälschlicherweise Stimmung nannte. Die Autobosse waren zu Lügenbaronen geschrumpft, die christlichen Regierungsparteien zerfleischten sich selbst, und nun hatten auch die deutschen Fußballspieler das Toreschießen verlernt und einen so peinlichen Auftritt in der Vorrunde einer sportlichen Weltmeisterschaft gezeigt, dass man das Schlimmste fürchtete.
Alles selbstgemachter Schlamassel, und doch tat man so, als sei eine Kapitulation wie anno 1918 zu bewältigen, für die man dringend die Schuldigen suchte. Man hatte die Autochefs, die Kanzlerin, die Fußballer heilig gesprochen, man war unterwürfig gewesen, jetzt wetzte man die Messer. Selbst in den gehobenen Redaktionen zeigten die Zeigefinger nur noch in eine Richtung. Man wollte Köpfe rollen sehen. Fallbeile wurden geschmiert. Mit Schlagzeilen wurde geknüppelt, mit Twittersätzen gestichelt. Der Hosianna!-Kreuziget-ihn!-Modus der «Bild»-Zeitung schien inzwischen auf allen Ebenen zu wirken. In solchen Momenten hätte ich sogar die Kanzlerin verteidigt, wenn mich jemand nach meiner Meinung gefragt hätte: Sie ist wie immer. Sie war genau so geschickt oder ungeschickt, Versagerin oder Pragmatikerin wie vordem, nun aber ließ man das nicht mehr durchgehen. Ihre fatale Neigung

zum Nicht-Handeln, Noch-nicht-Handeln, Später-Handeln wurde vereinzelt immer schon kritisiert, und erst jetzt, da sie mit ihrem «machtpokernden Jein» auch ihre Partei irritiert, bekam sie Dresche von allen Seiten.
Hinter den Zugfenstern nasse Kornfelder, nasse Wiesen, trübe Wälder. In Angermünde überlegte ich: Roon in Angermünde? In Pasewalk: Roon in Pasewalk? In Anklam: Roon in Anklam? Greifswald könnte passen, wollte ich mir einbilden, eine schlanke, blonde Stadt, zudem hatte der Regen nachgelassen und fast aufgehört. Von Baltimore nach Binz, auch das hätte zum draufgängerischen Idealismus meines Freundes gepasst.

In Binz stand er auf dem Bahnsteig und begrüßte uns wie ein Einheimischer, strahlte, verwies auf das gute Wetter, es regnete gerade nicht, und führte uns zum gemieteten Auto. Bei der Planung hatten wir uns auf die unvermeidliche Hauptsaison eingestellt, aber nicht daran gedacht, dass es schwierig werden könnte, noch ein gutes Hotel zu finden, ein solides, wie Roon sagte. In Binz, so hatte er nach Berlin gemeldet, gäbe es einen Beachvolleyball-Event, in der Nähe ein Musikfestival, außerdem sei Premiere der Störtebeker-Festspiele, da habe er nichts mehr gefunden, dafür mit Mühe in Sellin. Auf der kurzen Fahrt spielte er schon mit übertriebener Ironie den routinierten Fremdenverkehrsdirektor, der von den Schönheiten der Insel schwärmte, die wir seit langem besser kannten als er.

Allerdings nicht in der Hauptsaison. Angekommen in Sellin, fanden wir uns bald im Gedrängel wieder, oben an der Küstenkante mit dem Blick auf die Seebrücke und in die Weiten der graulichten, graudunkeln Wellen, heute mit Nebeln als Horizont. Trotz der herbstkalten Temperaturen waren viele

Leute unterwegs auf der Hauptstraße, dem Hochküstenweg und den Treppen zum Strand und zur größten Attraktion von Sellin, der Brücke.

Der Wunsch, auf dem Wasser oder über dem Wasser zu wandeln, wer kennt ihn nicht, sagte ich, auch an diesem Punkt sind alle Menschen gleich. Die beiden nahmen meine Banalitäten widerspruchslos hin. Der leichte Wind tat gut, auch Susanne schien zufrieden, mal kurz dem Schulmief entronnen zu sein. Berlin lag vier Stunden hinter uns, und schon war das Urlaubsgefühl da: endlich die Küste!

Trotz des Wochenendes war es Roon gelungen, im Restaurant auf der Seebrücke einen guten Tisch zu reservieren, es musste, nach einem kurzen Strandgang, natürlich die Seebrücke sein. Wir freuten uns über seinen Satz: Das erinnert mich hier entfernt an Baltimore. Am liebsten hätte er Hummer bestellt, wie er es gewohnt war von der amerikanischen Atlantikküste.

– Wir sind hier noch nicht in der Hummer-Epoche, wir sind noch im Lachszeitalter, sagte ich, Lachs kriegst du in der kleinsten Hütte, er schwimmt in Containern aus Norwegen, aus riesigen Farmen an, damit wir die seltsame menschliche Sucht befriedigen, angesichts des Meeres unbedingt Meerestiere verspeisen zu wollen. Die anderen Seefische sind aber auch nicht von hier, als Neumecklenburger solltest du dich auf den braven, zahmen Zander einstellen aus einem der tausend mecklenburgischen Seen.

– Zweitausend, sagte er.

Also bestellte auch er Zanderfilet, wurde im Handumdrehen zum Lokalpatrioten und erzählte uns, dass die Gegend hier oben viel mehr biete, als er erwartet habe. Eben nicht nur Biohöfe und Nazidörfer, nicht nur Backsteinkirchen und Hansestädte, sondern auch zwei Max-Planck-Institute und fünf Leibniz-Institute, in Katalyse- und Plasmamedizin und Plasmaphysik sei man hier ganz vorn, die Mediziner von Greifswald sowieso.

Wir ließen uns erklären, was Plasmamedizin ist (werde hier nicht notieren, was ich davon behalten habe, es wäre nur peinlich).

– Leider gibt es im Raum Greifswald schon so viele Mediziner, wegen der Uni, sagte er, es hat keinen Sinn mehr, sich dort niederzulassen. Die Ärztekammer versucht, mir die Gegend zwischen Grimmen und Demmin schmackhaft zu machen, und das würde ja passen, die alte Ecke meiner Vorfahren, an der Deutschen Alleenstraße. So richtig ländlich, alles gut und schön, und ich hätte nicht übel Lust, den Leuten zu zeigen, was ein alter Knochen mit altem preußischen Namen noch auf die Beine stellen kann.

Susannes Augenbrauen gingen nach oben, ich ahnte, was sie dachte, wir unterbrachen ihn nicht.

– Aber es ist doch zu weit von der Küste. Wenn schon das Leben verbessern, dann richtig. Dazu gehört, abends nach der Praxis noch mal lossegeln mit Lust und Laune für drei Stunden. Und am Wochenende schnell draußen sein, auf dem Weg zum Boot keine vollen Straßen und nicht noch im Stau stehen morgens und abends.

– Und nun?, fragte ich.

– Putbus, bis jetzt spricht alles für Putbus. Rügen hat inzwischen den Nachteil, dass genug Ärzte da sind, kein Mangel auch in Putbus. Aber einen soliden Internisten wird man schon noch brauchen. Außerdem gibt es da gute Perspektiven fürs Senioren-Business, Altersheime sind die Zukunft. Ein schönes, sehr dörfliches Städtchen, nicht so überlaufen wie Binz, Göhren oder hier unser Sellin.

– Und ein Hafen vor der Haustür, Lauterbach, perfekt.

– Du kennst dich aus.

– Und, hast du schon einen Liegeplatz?
– Ist noch nicht klar, ich arbeite daran.
– Und die Dame deines Herzens, auch schon in Sicht?
Die Frage, natürlich von Susanne, steckte er locker weg.
In einer Pause fragte sie ihn, was er von den Studien halte, nach denen Ärzte, die musizieren, Literatur lesen, in Konzerte, Theater, Museen gehen, aufmerksamere, emotional intelligentere, also bessere Ärzte sind. Also auch mehr Chancen bei Frauen haben müssten.
– Glaub ich sofort, das ist immer gut, wenn linke und rechte Gehirnhälften zusammenarbeiten. Es gibt bessere Menschen, sogar unter Ärzten, wir dürfen das nur nicht laut sagen.
– Wasser auf meine Mühle, meinte Susanne, nachdem sie das Thema noch etwas vertieft hatten, und blieb so höflich, ihn nicht nach seinen künstlerischen Aktivitäten zu befragen.
Bald waren wir bei den alten Zeiten, unseren Radtouren von Eschwege auf den Hohen Meißner und den Waldspaziergängen mit dem Förstersohn Hans aus unserer Klasse, in den Wäldern von Wanfried über der Werra und nah an der Grenze, der Todesgrenze zur DDR. Schließlich bei der Lektüre vor Karl May, bei der Frage, was uns mit elf oder zwölf Jahren an dem Jugendbuch «Horst wird Förster» gefesselt haben könnte.
Ich hatte vergessen, dass ich auch mal Förster hatte werden wollen.

Unser Sellin, dachte ich später, das sollte er lieber nicht laut sagen, gerade drei Tage hier und zum ersten Mal auf der Insel. Er hat Glück, dass er jetzt erst kommt und nichts weiß von all dem Streit der neunziger Jahre um die Häuser und Höfe und Wälder, um Rückgabe und Eigentum, und viele Gefechte um eine wacklige Bude oder ein paar Quadratmeter oder Hektar laufen ja immer noch. Das große Hickhack um Paragraphen und Gewohnheiten hat mein Amerikaner nicht erlebt, wahrscheinlich könnte er sich das auch gar nicht vorstellen, die Zeit der offenen Vermögensfragen, der brachliegenden, mohnstrotzenden Felder, der baufälligen Villen, der gnadenlosen Investoren und der behutsamen Rückkehrer, der Schlawiner und Gewinnler und Sturköpfe auf beiden Seiten, der gerissenen westlichen Angreifer und der meist hilflosen östlichen Verteidiger. Er weiß nichts von den viel zu langen Gerichtsverfahren, leeren Versprechungen, Stapeln von Presseartikeln und Leserbriefen aus der Zeit der westlichen Schwerhörigkeit und des östlichen, übersteigerten Verfolgungsgefühls, in der es nur die eine Gewissheit gab: den Boden unter den Füßen zu verlieren.

Gerade um Putbus, um den riesigen, über die ganze Insel verteilten Besitz des einstigen Fürsten zu Putbus, hatte es jahrelange Auseinandersetzungen und Prozesse gegeben, längst vergessen von mir, aber noch nicht von älteren Rüganern, man hörte kaum etwas darüber, außer wenn ein Alter in der Kneipe den Mund aufmachte, Opa erzählt vom Krieg. Da lagerte noch viel Abraum von Enttäuschung und Illusionen an den Küstenstreifen, in jeder Straße Streit und Groll unter den leuchtend neuen Dachziegeln und rechts und links der Postkartenansichten und der vielfotografierten Alleen. Das muss ich ihm noch sagen, unser Sellin geht gar nicht. Vorsicht mit dem besitzanzeigenden Fürwort, das hat hier einen anderen Klang als in Baltimore. Aber warum soll ich ihn bremsen mitsamt seinem Go-East!-Enthusiasmus. Bin ja schon froh, dass er nicht von Peenemünde oder dem schrecklichen Prora schwärmt, das fürstliche Putbus passt zu Dr. Roon. Da kann er seinen inneren Monarchismus ausleben.

12 Grad, kein Regen, passables Wanderwetter am nächsten Vormittag. Vom Parkplatz neben dem Sassnitzer Tierpark, in meiner Erinnerung ein elendes Gehege für Ziegen, Schafe und Pfauen, jetzt geschlossen und Baustelle, liefen wir an einem neuen Schild «Nationalpark Jasmund» in den Wald hinein, auf den Resten einer alten Straße, uneben gepflastert. Wanderschuhe waren uns auf Rügen immer affig erschienen, nun machten wir mit den festen Straßenschuhen auch keine gute Figur auf den buckligen, schiefen oder mit der Zeit verrutschten Steinen, eher zum Brechen der Knöchel geeignet als zum Wandern. Das Gehölz rechts und links war zu dicht, also zogen wir es vor, am Randstreifen der alten Straße auf fester Erde zu gehen, im Gänsemarsch. Roon zeigte schon nach fünf Minuten ein enttäuschtes Gesicht, so hatte er sich die Romantik wohl nicht vorgestellt.

Nach einer Viertelstunde bogen wir in einen Seitenweg ab, um zur Steilküste zu kommen und dem Freund die erwarteten Postkartenblicke nicht länger vorzuenthalten. Der Wald wurde prächtiger, mal dichter, mal dunkler, mal heller und weiter standen die Buchen, und trotz der Wolkendecke leuchtete das grüne Dach. So ein Wald macht mich glücklich, da bin ich ganz altmodisch. Hohe Buchenhallen, ferne Lichtungen, außer uns weit und breit kein Mensch. Nur das Rascheln des Laubs war zu hören, wir gingen schweigend, hin und wieder verständigten wir uns über die Richtung, bis wir nach einer Weile den Hauptwanderweg auf dem Hochufer erreichten. Hier lichtete sich der Wald, und die letzten Baumstämme vor der steilen Küste hoben sich fast schwarz vor der Helligkeit des in der Ferne fließenden Nebels ab.

Erst als wir näher traten, bis an das hölzerne Geländer vor dem Abgrund, erblickten wir das Meer. Ein amerikanisches Wow!, dann standen wir still vor der erwarteten und immer

wieder erstaunlichen Aussicht. Die lichtgrauen Wellen da unten, die aus dem lichtgrauen Nebel zu schwappen schienen, die Schaumränder der bescheidenen Brandung an den Uferkieseln und Steinbrocken, das Wasser in seinem gemächlichen, stetigen Rhythmus vor den Kreidefelsen, das alles, von Bäumen gerahmt, übte auf uns eine erhebende Wirkung aus.
(Uff, da hab ich mir aber Mühe gegeben, Lena! Ist nicht einfach, als alter Handelsbilanzexperte mal so richtig in die andere Kiste zu greifen, Experte für Naturschönheiten und Wortemaler bin ich wirklich nicht. Wollte das nur mal probieren. Und muss, wenn ich das lese, selber lachen: übte eine erhebende Wirkung aus. Es ist ja nicht falsch, aber klingt trotzdem irgendwie haarscharf daneben, aus fernen Jahrhunderten, oder? Keine Sorge, ich werde das Genre nicht wechseln, ich möchte nur ein paar Stichworte festhalten, damit ich, wenn ich im Altersheim hocke, meine Vergangenheit ein bisschen ausschmücken kann.)
Wir gingen weiter, die Blicke nach rechts auf das Meer und die Uferkanten gerichtet oder, um nicht zu stolpern, auf den unebenen Weg, aus dem abgetretene oder nur teilweise gekappte Wurzeln ragten. Hier, auf dem Hochuferweg, waren trotz des unattraktiven Wetters bereits einige Wanderer und Spaziergänger unterwegs, ältere Paare, wenig jüngere Leute, selten Einzelgänger, manche im perfekten Wanderdress, mit Stöcken und ernsten Gesichtern, manche grüßten, die meisten nicht. Auf Holztreppen abwärts und Holztreppen aufwärts, um eine Bachsenke zu überwinden, musste man schon ein wenig Rücksicht aufeinander nehmen, was bei der feierlichen, andächtigen Stimmung, mit der hier alle durch das nationale Waldheiligtum schritten, selbstverständlich war. Ich versuchte, die Leute so wenig wie möglich zu beachten und die Aufmerksamkeit den wechselnden schönen Aussichten zuzuwenden.

– Hast du schon von der neusten Mode gehört, fragte ich Roon, Waldbaden?
Er lachte.
– Kommt aus Japan. Du sollst richtig eintauchen in den Wald, fleißig hinhören, hinschauen, riechen, schmecken, fühlen, dann wird dein Immunsystem gestärkt, der Blutdruck gesenkt, das Gemüt besänftigt. Der deutsche Wald soll wieder mal die deutsche Seele heilen.
– Und wir Ärzte werden arbeitslos!

Es dauerte nicht lange, bis wir am ersten Ziel, am Geländer vor den Wissower Klinken, standen, an der Krümmung des Wanderwegs, auf der Höhe mit dem immer wieder überraschenden Blick auf die schmale, von Bäumen gerahmte Schlucht mit den steil aufragenden Kreidewänden und den erst vor wenigen Jahren abgeschliffenen Kreidespitzen vor der Kulisse des Meeres, türkisgrün am Strand, grüngrau vor dem ferneren Dunst. Der Nabel der ganzen Rügen-Romantik, das Herz der Rügen-Konjunktur und des Rügen-Marketings, hierhin hatte es wie alle Touristen auch meinen romantischen Freund Roon aus Baltimore gezogen. Und alles wegen des einen zur Ikone gewordenen Bildes und einer Fülle von Missverständnissen.
– Weil du es bist, hängt heute extra eine Nebelwand über dem Wasser, sagte ich. Nicht dass du denkst, das sei jetzt antiamerikanisch von den Rüganern, dass sie dir nicht die ganze Schönheit bieten. Normalerweise schaust du von hier direkt hinein in die Unendlichkeit. Leider fehlen sie heute, die feinen Linien des Horizonts.
– Wenn ich in Putbus bin, müsst ihr mit mir noch mal herkommen. Bei richtig schönem Wetter! Und mit mir segeln, rund um die Insel!

Hier blieben alle Leute stehen, lehnten sich vorsichtig ans Geländer, das besonders gesichert war, jeder zog sein Knipsgerät. Nach dem Fotografieren und Filmen schauten die meisten etwas ratlos hin und her, starrten eine Minute oder etwas länger in die Tiefe und wirkten ein wenig enttäuscht, weil das berühmte Gemälde so viel schöner und raffinierter war als die Natur in ihrem heutigen Zustand, die Felsen weniger zackig, das Buschwerk banaler, die Suggestivkraft des Meeres viel schwächer. Man möchte in Bildern spazieren gehen, auch ich kenne die dumme Sucht, in ein Bild hineingehen zu wollen, aufgenommen, gerahmt, aufgehoben zu werden, und schon wieder kommt einem die Realität dazwischen.

Die meisten verweilten an dieser vielbetrampelten Stelle kürzer als wir. Allen schien es angebracht, nachdem die erste Enttäuschung verarbeitet war, sich diskret zu verneigen oder in sich zu gehen, als seien sie dem Maler das schuldig. Immer wieder hörte man «Friedrich!» oder «Gedenkminute für Caspar David Friedrich», jedermann schien zu glauben, diese berühmte Aussicht habe der Maler in seinen berühmten «Kreidefelsen» abgemalt.

Von Susanne hatte ich gelernt, trotz vieler Ähnlichkeiten sei es ein Witz, Friedrich als Abmaler, als Fotografen zu verstehen, er habe seine Bilder und auch dies komponiert aus verschiedenen Vorlagen, Standorten und Motiven. So nah zum Beispiel hätte man zu seiner Zeit nicht am Abgrund stehen können, man sei nicht in städtischer Kleidung, in der politischen Tracht der Freiheitsfreunde durch den Wald geschritten. Gerade weil es kein Abbild sei, erklärte sie jetzt Roon, gerade wegen seiner Rätsel sei das Bild so populär, so hypnotisch, so verstörend, Friedrich sei alles andere als ein Idyllenmaler.

Ich hörte nur halb zu, kannte die Argumente längst, wieder einmal fiel mir die stille schöne Absurdität dieses Ortes auf.

Man sah vom Wald nicht auf die Gipfel hinauf wie in den Bergen, man sah auf die Gipfel und Schluchten hinab. Was im Gebirge hoch oben war, der Gipfel, lag in der Tiefe, das Untere, der sichere Waldboden, war oben. Die Kreide, porös, abgebrochen, abgewaschen, zeigte ihre Brüchigkeit, Vergänglichkeit, ganz anders als der Granit der Berge. Erst vor gut zehn Jahren waren hier Fels und Geröll tonnenweise ins Meer abgestürzt, die steilen Zacken verschwanden, als wolle die Natur noch weniger so aussehen wie bei Friedrich. Heute schwamm tief unten als besondere Zugabe nur ein einzelner Baum mit grüner Krone, von den Wellen immer wieder ans Ufer geworfen und zurückgezogen.

Lange blieben wir stehen. Roon machte den Vorschlag, wir sollten uns einmal à la Friedrich gruppieren, Susanne links hockend, ich rechts am Baum stehend, er in der Mitte liegend. Ich wollte fragen: Aber wer malt uns? Da hatte er schon einen Wanderer angesprochen und ihm sein schussbereites Handy gegeben.

– Eine Frau und zwei Männer an dieser Stelle, das darf man sich nicht entgehen lassen, lachte er.

Da er sich ohne zu zögern direkt auf den feuchten Boden vor das Geländer legte, spielten wir mit, stellten uns links und rechts von ihm auf, das konnte nur ein lächerliches Foto werden: zwei Männerrücken und eine Dame mit rotem Anorak im Gegenlicht. Ohne jede erotische Spannung zwischen den Figuren. Die Barrierefreiheit der Romantik war sowieso nicht zu kopieren. Es fehlte zudem der Witz mit dem Zylinder und Spazierstock neben dem liegenden Mann. Susanne kam dem Friedrichschen Gemälde noch am nächsten mit der Geste des abwärts gestreckten Arms und des gekrümmten Zeigefingers.

Als wir uns in Bewegung setzten, dachte ich längst wieder an meine fotografierende Schwester, die das Geländer nicht respektiert hatte. Susanne erzählte Roon jetzt von ihrem Friedrich-Schock, vom Kreuz mit Sonnenstrahlen auf ihrer Konfirmationsurkunde, das sie viele Jahre später wiedergefunden hatte als Gipfelkreuz auf dem großen Landschaftsbild «Morgen im Riesengebirge». Wie sie sich betrogen gefühlt hatte wegen des winzigen, verfälschenden Ausschnitts, wie sie aus Empörung über den ins Fromme verkitschten Friedrich angefangen hatte, sich mit ihm zu beschäftigen.

Ich ging hinter den beiden und war erleichtert, dass sie dem Freund diese Geschichte auftischte und nicht ihre andere Friedrich-Geschichte, die sexuelle Deutung des Kreidefelsen-Bildes. Sie hatte schon manchmal Männer in Verlegenheit gebracht, wenn sie anhob zu sagen: Schau doch mal richtig hin, das ist eine Vulva, schön und offen! Rundum die buschigen Bäume und Sträucher, das hohe Gras wie Schamhaare, die Kreidefelsen Schamlippen, in der Mitte deutlich die Klitoris, dahinter die Tiefe und Weite des blauen Meeres, was ist das anderes als die schöne Verheißung des Sexuellen? Manche Interpreten halten das für ein Liebesbild, sagt sie gern, weil da angeblich eine Herzform zu sehen ist und weil es kurz nach Friedrichs Hochzeit gemalt wurde. Aber niemand traut sich zu sagen: ein wunderbares Mösenbild! Der junge Mann, dieser empfindsame Kerl, entdeckt eine neue Welt, die Frau, die Lust, die Sexualität, das muss ihn doch aufgewühlt haben, die Frau hat ihn sogar begleitet auf den Skizzen-Reisen, hier deutet sie mit dem lüstern gekrümmten Zeigefinger ins Zentrum der Lust, oder ins Zentrum der Welt von mir aus, deutlicher konnte er das Geheimnis nicht zeigen.

Wahrscheinlich wird sie erst heute Abend damit aufwarten, dachte ich. Sie testet gern die Reaktion von Männern wie von

Frauen auf ihre These, was oft sehr amüsant ist. Unser Doktor wird den Test bestehen, wie ich ihn kenne, er ist da ganz offen, wenn es ums Weibliche geht, und Susanne wird wieder triumphieren mit ihrem Argument: Können solche Bilder über so lange Zeit populär bleiben, wenn sie nicht ihren geheimen sexuellen und erotischen Kontext hätten? Wenn sie solche Anziehungskraft haben? Wer hätte das gedacht, das Lieblingsbild der Deutschen – so erotisch, eigentlich sogar pornographisch? Warum sonst glotzen wir immer wieder auf dieses Bild, warum zieht es uns magisch an, obwohl wir keine Romantiker und keine Anbeter der Kreide sind?

Der Pfad wurde schmaler, wir gingen nun hintereinander, schweigend. Leichter Wind, tief unten die Brandung, über uns Spechte und die Warnrufe der Eichelhäher (vermutlich – auch hier bin ich kein Experte, Lena, auch nicht für Schachtelhalm und Storchenschnabel). Trotz des trüben Wetters lag Licht in den Felsen, in den weißgrauen Kreidewänden. Ich sah mit meinen Augen wieder, was Tina hier verführt hatte, in dieser Kampfzone der Bäume gegen das Zerbröseln der Abbruchkanten, gegen das Zerren der Winde, auf der Suche nach dem schwer zu fotografierenden, nach dem nördlichen Licht.
An der Aussichtsecke, die nach dem Rügen-Dichter Arndt benannt ist, stand eine Bank, von der man den besten Seitenblick hatte zurück zu den Wissower Klinken. Susanne packte Aprikosen aus, süße Aprikosen. Ich warf meine drei Kerne in hohem Bogen in die Schlucht. Das gehörte zu unserem bescheidenen Trauerritual – im Herbst oder Frühjahr spuckten wir für die Apfelliebhaberin Tina Apfelkerne hinunter.
– Sie hat ihr Geld verdient als sogenannte baubegleitende Fotografin, erklärte ich Roon. Auf Baustellen, tief runter in die Gruben, hoch auf die Kräne, sie war schwindelfrei.

– Ich kannte sie ja kaum, meinte Susanne nach einer Pause und hielt meine Hand, aber ich glaube, sie hätte mitreden können bei allen Fragen zu Caspar David Friedrich. Warum der Maler kein Abmaler ist und auch der Fotograf seinem Auge nicht trauen darf.
Roon wollte die genaue Absturzstelle wissen.
– Keine Ahnung, es war doch niemand dabei, wahrscheinlich ist ihre Klippe längst auch runtergekracht, in zwanzig Jahren hat sich viel verändert.
Weitere fünf Minuten oder länger saßen wir schweigend an der Aussicht zwischen Wald und Klippe, Abgrund und Meer.

Bis zum Königsstuhl waren es noch gut fünf Kilometer, wir liefen, wenn die Pfade es zuließen, nebeneinander und möglichst nah an der Steilküste nordwärts. Zur Linken, mit Geländern getrennt vom Wanderweg, wurde der Wald dicht und düster zum Urwald, da lagen Bäume gekippt, gefallen, morsch, abgestorben, halb im Boden versunken, sogenanntes Totholz. Wo Bäume fallen, verjüngt sich der Wald, das hatten wir vor Jahren gelernt, Totholz ist nicht tot. Die stolzen Pflanzen, immer noch im Dienst der Sache bis zum letzten Molekül.
Warum sind wir nicht Förster geworden wie unser Vorbild Horst oder der Vater von Hans in Wanfried, überlegte ich, aber selbst Hans ist kein Förster geworden, obwohl er die Vögel nicht nur am Gefieder, auch an ihren Stimmen erkennen konnte. Über die Natur hatten wir, als wir mit ihm vor rund fünfzig Jahren durch das Revier seines Vaters streiften und am Ufer der Werra lagen, bestimmt nicht geredet, uns lieber in erste knabenhafte Diskussionen verstrickt über Gott und die Welt, wie man so sagt. Ich mochte Roon jetzt nicht nach seinen Erinnerungen fragen.
Über vieles kann man reden im deutschen Wald, aber sicher

nicht über deutsche Banken, dachte ich beim Nachsinnen über die Frage, ob ich dem Freund meine fixe Idee mit China erklären könnte. Ich müsste mit den Banken anfangen, aber eingeschüchtert von all dem Grün kann man nicht Luft holen und die Feinheiten von Margen und Renditen erörtern, unter zweihundertfünfzig Jahre alten Buchen wäre es ziemlich stillos und schamlos, Quartalsdenker überhaupt mit Aufmerksamkeit zu würdigen und über Future Bonds, Investments und Derivate zu palavern. Auch im lockersten Wanderschritt über Laub und Wurzeln würde ich es nicht schaffen, meinem wirtschaftlich naiven Freund ein paar Dinge zu erzählen über die kindlichen Irrtümer deutscher und französischer Topbanker, Schnapphähne und Schleppsäcke, mit all den Folgen für jeden Europäer, nein, das war nichts für unseren Wandertag.
Der Wald wurde lichter, die Buchen heller, auch die Wolkendecke war heller geworden, wir liefen auf Bohlen und Knüppelpfaden an sumpfigen Wiesen vorbei. Roon schien ebenso beeindruckt vom abwechslungsreichen Wurzelwerk der Buchen, von den Mustern auf ihren Rinden und noch mehr von halbgekippten, noch an ihren Wurzeln zerrenden, mehr liegenden als stehenden Bäumen, an den Erdboden geklammert und schon schwebend in der Luft.
– Yosemite-Park, sagte er. Wenn die doppelt oder dreimal so dick wären, diese prächtigen Bäume, könntest du sie im Yosemite-Park aufstellen.
– Und die Kreideküste?
– Einpacken, drüben neu aufbauen. Oder die machen hier eine Filiale auf, die Amerikaner würden herfliegen für solche Bäume! Alles eine Frage des Marketings!
– Wenn die dreimal so dick wären …

Erst hinter den Kreidebrüchen am Kieler Bach, nach dem steilen Abstieg und dem steilen Aufstieg über unebene Treppen, nach dem Verschnaufen auf einer breiten Rasenfläche hoch über dem Meer und nach ein paar Schlucken aus der Wasserflasche nahm Roon das Gespräch wieder auf.
– Wisst ihr, was mir fehlt, was mir schon die ganze Woche fehlt, und hier ganz besonders?
Uns fiel nichts ein. Ich dachte, jetzt kommt er wieder mit den Frauen.
– Die Schwarzen!
Wieder so ein Scherz von ihm, dachte ich. Aber dann holte er richtig aus:
– Ist doch irre, dass hier überall nur Weiße herumrennen, keine Schwarzen, keine Türken, keine Hispanics, keine Nordafrikaner, keine Japaner, keine Chinesen, Inder! Wenn ich im Yosemite-Park oder am Grand Canyon oder bei den Niagara-Fällen bin, dann bin ich doch auch nicht allein mit meiner blassen Rasse. Oder in Baltimore, wenn ich das mit Greifswald vergleiche! Ich weiß, auch in diesem neuen Deutschland gibt es nicht viele Schwarze, aber wo sind die Türken, wo sind eure Türken im Nationalpark Jasmund?
Die Beobachtung war mir nicht neu, aber ich hatte sie wahrscheinlich noch nie ausgesprochen. Er hatte völlig recht, aber sein Erstaunen kam so überraschend, dass es mir schwerfiel, eine gescheite Antwort zu geben.
– Ihr habt gut reden, ich meine dich jetzt als Halbamerikaner, bei euch sind die Einwanderer nach relativ kurzer Zeit Amerikaner, bei uns bleiben die Einwanderer auch nach relativ langer Zeit, oft noch in der zweiten oder dritten Generation, abgestempelt als «Ausländer».
– Ich weiß, aber warum?
So viele Gründe. Die Erbsünde der deutschen Innenpolitik. Ich

hatte keine Lust auf diese Debatte, bequemte mich dann doch zu ein paar Sätzen.

– CDU und CSU kriegen jetzt die Quittung dafür, dass sie sich selbst und uns jahrzehntelang nicht mit dem Faktum der Migration konfrontieren wollten, dass sie sich jahrzehntelang geweigert haben, Deutschland als Einwanderungsland und die Notwendigkeit der Einwanderung zu begreifen und ihre guten Seiten zu begrüßen und dafür staatliche Regeln zu erstellen. Jetzt prügeln sie sich, weil sie ihrem Kohl blind gefolgt sind, Deutschland sei kein Einwanderungsland. Weil sie der faktenblinden CSU gefolgt sind, Ausländer sollten Ausländer bleiben. Weil sie Frau M. gefolgt sind, die immer wieder ein ordentliches Einwanderungsgesetz ablehnte. Jetzt haben sie den Salat und wundern sich. Und das Ergebnis fällt nur Amerikanern wie dir auf: keine Deutschtürken mit Heimatgefühlen im Rucksack auf Rügen.

– Lasst uns weitergehen, meinte Susanne, die meine Unlust bemerkt hatte, über Politisches zu reden.

Wir kamen langsamer voran als gedacht. Die vielen Abstiege und Aufstiege waren anstrengend für ungeübte Städter in Straßenschuhen, immerhin hatten wir das Glück, nicht bei Hitze unterwegs zu sein. In den Gesichtern der Wanderer, die uns begegneten, las ich: Ist es nicht herrlich, unser romantisches Rügen, das müsst auch ihr mit euren unpassenden Schuhen zugeben, es geht doch nichts über unseren Wald und unsere Natur! Man grüßte sich, «Guten Tag!» berlinisch, sächsisch, rheinisch gefärbt. Die Leute, stramme ältere Paare zumeist, mit Rucksäcken, sportlicher Kleidung, Wasserflaschen und oft mit Stöcken ausgestattet, waren ausnahmslos von weißer Hautfarbe, als wollten sie Roons Eindruck bestätigen.

Alle drei verfielen wir dem Spiel, unsere Stereotype auszupacken und die Gesichter auf Spuren anderer Herkünfte zu prüfen. Nicht ein Mensch auf den ersten Blick aus einer der Gruppen nichtweißer Herkunft, die man seit einiger Zeit Migrationshintergrund zu nennen hat, um den Rassismus der Sprachbürokraten noch subtiler zu bedienen und die sichtbar Neudeutschen auch auf dem Papier als Fremdlinge zu stempeln und ihnen Wurzeln anzupappen (bei eingewanderten Briten spricht man nicht von Migrationshintergrund und Wurzeln – wenn sie weiß sind). Die «deutsche Wurzelmanie», der «Ausländerismus», wie eine kluge Frau Ataman meinte, ließ einen selbst hier, in dem nordöstlichsten Winkel der Insel im nordöstlichsten Teil des Landes, keine Ruhe.

Das Licht über den Baumkronen wurde so hell, dass ich jeden Augenblick den Durchbruch der Sonne erwartete. An die imponierenden Ausblicke hatten wir uns gewöhnt und konnten doch nicht genug davon kriegen. Von Sicht zu Sicht ging es weiter bis zur Victoria-Sicht, wo selbst Roon, als er die Inschrift zur Erklärung des Namens gelesen hatte, keine Regung zeigte, dieser oder einer anderen vergessenen Kronprinzessin zu gedenken. So beschäftigt war er, noch die zehnte oder zwanzigste Variation des Zusammenspiels von Buchen, Meer, Felsen, Waldboden, Waldwiesen zu bewundern und zu fotografieren.

Mit seiner Beobachtung hatte Roon mich aufgeschreckt. Ich hatte gehofft, mal zwei Tage nicht an Chinesen, Griechen, Banken und die täppische deutsche Zuwanderungspolitik denken zu müssen. Doch jetzt krallte sich der blödsinnige Gedanke fest, ob das Vordringen der Chinesen eine kleine Rache der Geschichte dafür sein könnte, dass die Deutschen es nicht geschafft hatten, so attraktiv zu werden, dass viel mehr der hier lebenden Türken, Italiener, Jugoslawen, Griechen, Syrer, Afrikaner usw. sich nach und nach zu Deutschen entwickeln konnten. Geschweige denn zu solchen Deutschen, die auf die

Loreley, die Wartburg, in die Oper gehen, auf Amrum oder auf Rügen wandern. Subtile Zusammenhänge, komplizierte Fragen, die mir in die Quere kamen, noch dazu am falschen Ort, und so stapfte ich, missmutig geworden, voran, die letzte Steigung hinauf zu unserem Ziel.

Leicht erschöpft kamen wir im Gewimmel an. Ein Shuttlebus vom Parkplatz war gerade vorgefahren, die vielen Leute am Eingang des Nationalpark-Zentrums Königsstuhl UNESCO-Weltkulturerbe, wie die erweiterte Anlage jetzt hieß, schreckten mich ab, und doch gab es, einmal hier angelangt, kein Zurück. An diesem Punkt liefen sie zusammen, die Trampelpfade aller Möchtegernromantiker – zu Fuß, mit Rädern, mit Autos, mit Bussen, sechshunderttausend Besucher im Jahr. Neun Euro fünfzig zahlte man inzwischen für den Zugang zur Aussichtsplattform, zum Besucherzentrum, zu Gaststätten und Spielplätzen, Indoor-Angeboten und Outdoor-Angeboten. Mit den Bahnfahrkarten, die wir natürlich nicht im Anorak hatten, wäre es etwas billiger gewesen. Jemand murrte: Früher hab ich hier zwanzig Pfennig bezahlt! Roon schien der hohe Preis zu freuen:

– Ich sag's doch, wie Yosemite. Nur ohne Bären.

Man lief auf einen pompösen Eingangsbereich zu mit Kino für Naturfilme, Multivisionskino genannt, Ausstellungsräumen, Shops, Bistro. Susanne und mich zog es gleich nach rechts über eine sogenannte Wiese der Romantik hin zur Aussichtsplattform, den Höhepunkt aller Rügentouristik.

Ein schmaler Treppenzugang, dann öffnete sich eine überschaubare Fläche, auf der die Besucher sich drängten, von weiß gestrichenen Eisengittern umschlossen. Verbotsschilder, bemalt mit einer schwarzen, bremsenden Hand, befahlen: Stopp, keinen Schritt weiter! In der Mitte ein paar Bäume und

Bänke, die man, gebannt von der Weitsicht, zunächst nicht wahrnahm. Sechs- oder siebenmal war ich seit 1991 hier oben gewesen, die Träume nicht gerechnet, von denen ich den letzten noch gut erinnerte: die große Beichte des Ex-Finanzministers, dem niemand zugehört hatte.
Jedes Mal wieder erfasste mich eine milde Naturbesoffenheit auf diesem Hochsitz, auf dem Felsenthron über dem Meer mit der Unendlichkeit der Horizonte, unter mir die Furchen der steilen Küste, die sattgrünen, die lindgrünen Baumkronen und dunkelweißen Kreidespitzen. Ich wusste nicht, wohin ich den Blick zuerst wenden sollte. Die Lust der Augen, das Weite zu suchen. Ein Zugspitzblatt für Norddeutsche hundert Meter über dem majestätischen Meer, manchmal war die Brandung bis hier oben zu hören, das Wasser da unten spielte mit und trug jedes Mal ein anderes Kostüm. Zwei Schiffe nur, einige Segelboote heute. Direkt unter uns Kreidemilch, ein Wort, das ich Roon erklärte, während ich den Arm um Susannes Schulter legte. Es gibt ja Menschen, sagte ich, die behaupten, die Farbskala der Ostsee zwischen Granitgrau und Azur sei vielfältiger als im Mittelmeer oder in der Karibik, keine Lokalpatrioten, sondern Wissenschaftler. Wir standen eine Weile zu dritt nebeneinander, bis jeder wieder seine eigenen Schritte machte. Nun bedauerte ich doch, dass die Blätter und die Wellen nicht von der Sonne, von oben zum Leuchten gebracht wurden.

Die zwanzig, dreißig Leute auf dem schmalen Dreieck vor den Geländern und Schildern mit Warnungen und Ausrufezeichen sollten mich nicht kümmern, ich wollte mir einbilden, für ein paar Minuten Raum und Zeit enthoben zu sein. Die ungetrübte, bilderbuchmäßige, doch von keinem Ansichtskartensonnenschein verklärte Rundsicht ließ mich den kleinen Groll auf Roon vergessen und versetzte mich in eine Heiterkeit, die mich leicht schwindlig und trunken machte. Ich spürte den Wind auf der Haut und die Sonne, die nicht schien, und den Regen, der nicht fiel, spürte mehr Kraft als sonst in meinen Beinen und Armen und als wäre ich kurz davor abzuheben. Wer vier Wochen durch die Pyrenäen und Galizien bis nach Santiago de Compostela geschlurft ist (denke ich jetzt beim Aufschreiben), mag sich einbilden, dem Himmel nun endlich etwas näher zu sein. Das war hier nicht viel anders. Ob Santiago oder Rügen, hier oder da will man überwältigt sein und sein Ich in die Höhe heben. So genügen auch drei gemächliche Stunden Pilgern von Sassnitz bis hierher, um sich mit fast der gleichen Einbildung wie auf dem Jakobspfad zu belohnen: 118 Meter steil über dem Meer, leicht erschöpft und stolz auf den gemeisterten Weg, noch dazu der Stolz, auf einer Bühne zu stehen, die entspannte Seele näher der saftigen Natur und den helleren Welten des Himmels und näher vielleicht sogar sich selbst. Das geht ja auch ohne gezuckerte Frömmigkeit.

Für einen Moment wurde sie wieder wach, die pubertäre Vorstellung, von solch einer Bühne eine Rede zu halten, allen mal richtig die Meinung zu geigen, spielend mit dem eigenen Größenwahn oder der Größenrauschsucht, die Rede zur Lage der Nation. Aber abgesehen davon, dass ich inmitten der Natur überhaupt nicht fähig war, meine Gedanken zu ordnen, und abgesehen davon, dass ich nichts zu sagen, jedenfalls nichts zu verkünden hatte: Ich mochte schon lange kein Redner, kein Meinungsverkünder mehr sein. Millionen Menschen wollen zu jeder Stunde ihre Meinungen loswerden auf allen Bühnen, Bildschirmen, in Schlagzeilen, im Gezwitscher und Geplapper, jeder will für seine Vereinfachungen millionenfach geliebt und gelikt werden an den Stammtischen des Internets oder im Quotenzoo, besten Dank! Wenn Millionen Leute gleichzeitig gehört werden wollen und vor die Kameras und Mikrophone drängeln, dann kann man auch gleich mit den Bäumen reden im Wald, in den Wind, ohne ein Echo zu erwarten. Ein Selbstgespräch, hörbar oder leise, aufgezeichnet wie die Herzschläge von einer App des alleskönnenden Maschinchens in der Tasche, das sollte genügen, das wäre es doch! Ein Super-Twitter-Selfie-Text, von dem am Ende vielleicht nur Lena etwas hat.

Irgendwo über den Wolken weit oben kreiste der Satellit, der auch heute meine Schritte gezählt hatte, jeden einzelnen Schritt unserer Wanderung durch die Wälder, auf Trampelpfaden und Treppen bis zu diesem Aussichtsplatz. Aber leider oder zum Glück nicht jeden Gedanken, so weit waren sie noch nicht, so weit werden sie so schnell nicht sein, in diesem Augenblick hätte ich ausnahmsweise nichts dagegen gehabt, mich selbst abzuhören und die Gedanken anzuzapfen bis in die feinsten Verästelungen. Der bescheidene Wunsch, den sogenannten Augenblick beim Schopf zu packen, mit welchen Mitteln auch immer.
Auch hier war ich nicht der Einzige, der an den unsichtbaren elektronischen Fäden hing, in unbekannten Netzen. Fast jede, fast jeder trug inzwischen solch ein Gerät mit sich, unendlich viele Informationen über die Schritte von Millionen und Milliarden Menschen rasten durch den Raum, und die Schritte waren das Wenigste, was gezählt, gemessen, bewertet wurde. Bytes und Gigabytes von Buchstaben aus Briefen und Textbotschaften, Myriaden von Pixeln bewegter und unbewegter Bilder flogen gleichzeitig durch die Lüfte, all die Nullen und Einsen in Milliardenschwärmen in Milliarden verschiedene Richtungen, und sie erreichten in Millisekunden unerklär-

licherweise ihre Ziele punktgenau und nicht das Smartphone drei Meter weiter oder den Computer im Stockwerk tiefer, ein Wunder, zum Niederknien, absolut unsichtbar. Diese Vorstellung ließ mich mehr schwindeln als der Blick in die Abgründe. Ich könnte krank werden vor Staunen. Nein, lieber nicht, ich verordnete mir, mit beiden Händen fest ans Eisengeländer zu packen.

Auf dem Königsstuhl kann man sitzen, eine Bank wurde frei, Roon saß zuerst und winkte uns herbei. Es war nur ein Sitzbrett ohne Lehne zwischen zwei Bäumen, man wollte hier keine Kurgastgemütlichkeit. Susanne erzählte unserm Freund die Sage vom Königsstuhl: Einst hätten nur die Kerle König der Insel werden können, die den Aufstieg vom Ufer hundert Meter fast senkrecht über das poröse Kreidegestein überlebt hätten, reihenweise seien die Jünglinge abgestürzt, bis irgendwann irgendeiner es geschafft habe. Ein schlecht ausgedacht wirkender Mythos, der nicht für die Phantasiestärke der Rüganer sprach, aber immer noch den Feriengästen verkauft wurde, weil es offenbar keine schöneren Geschichten gab.

– Kein Wunder, dass die Monarchie hier nicht weit gekommen ist, sagte sie, während ich die anderen Besucher beobachtete. Es wurden zur Mittagszeit immer mehr, die wie wir den hohen Eintritt für den Zugang bezahlt hatten. Die Touristen wurden sich immer ähnlicher, zum Unterscheiden blieb nur der Dialekt. Ich staunte wieder über meine emsigen Deutschen aus Ost und West, wie sie einander ähnlich zu werden versuchten, entweder im Schlabberdress oder als Wanderprofi verkleidet, Radfahrer mit glitzernden Rennhosen, viele Jungsenioren, wie man neuerdings sagte, mehr ältere als jüngere Anorakpaare. Dazwischen unzufriedene Familien, die im Auto und Shuttlebus nah an diese Sehenswürdigkeit herangefahren waren und doch erschöpfter als die Leute mit Rucksäcken wirkten, und ein Liebespaar, immerhin. Fast alle fotografierten mehr, als sie schauten, wie es üblich geworden ist, alle sprachen sie Deutsch, kein englisches Wort war zu hören. Männer, ob mit Akzent Ost oder West, gaben ihre Ortskenntnisse oder Naturkenntnisse zum Besten, und wer seine Bewunderung ausdrücken wollte, hatte dafür fertige Begriffe zur Hand, die über toll, super, geil, herrlich nicht hinausgingen, einmal hörte ich das Wort schön. Auch vor den Geländern, die kein Hindernis wären für mutige Selbstmörder, wurden die Blicke in die zwei, drei Schritt entfernten Abgründe, hinunter auf das gleichgültige Meer, die kreidigen Felsgefüge nur mit diesem schmalen Repertoire der Ausrufe und Adjektive kommentiert. Allein mit so vielen Deutschdeutschen war ich lange nicht mehr gewesen, das irritierte mich.

Nein, es waren keine Chinesen unter den Besuchern, kein einziger Asiate, nicht ein dunkelhäutiger Mensch, selbst auf dem Hauptwanderweg, da hatte Roon völlig recht, war uns niemand begegnet, dessen Gesicht auf Vorfahren aus den Mittelmeerländern hätte schließen lassen. Von den Auffälligsten, den schwarzhäutigen Deutschen, gibt es eine Million inzwischen, hat es schon einer bis hierhin geschafft? In Binz oder Sellin mochte es hin und wieder Ausnahmen geben, aber der Nationalpark schien ein reindeutsches Gebiet zu sein, das war das Verstörende, das Langweilige, das Verlogene an dieser sogenannten Idylle.

Es war niemandem verboten herzukommen, es gab keine Schranken an der Festlandsgrenze, keine prügelnden Nazis an den Zugängen zur Insel und an der Kasse zu diesem Gelände. Die, die ich vermisste, schienen freiwillig auf das Betreten

der Insel zu verzichten, es blieben sogar die neuen Preußen draußen, die von türkischen Eltern geborenen Deutschen. Ausländische Touristen außer Dänen und Schweden landeten sowieso nicht hier, jedenfalls nicht in Flugzeug- oder Busladungen, aber wo blieben die Eingewanderten, sie zeigten sich nicht an Orten, die als besonders schön galten in Deutschland, das war mir auch anderswo aufgefallen, im Thüringer Wald, im Elbsandsteingebirge, auf dem Drachenfels, und die wenigsten oder gar keine sah man hier auf Rügen.
Warum zog sie dieser Magnet nicht an, dies deutsche Kap der Guten Hoffnung und der romantischen Träume, warum verspürten sie nicht den Drang, auf den Königsstuhl zu pilgern wie Hunderttausende jedes Jahr? Waren es die Wälder, die Buchenwälder mit irritierenden Assoziationen? Es konnte doch nicht am hohen Eintrittspreis oder irgendwelchen Kurtaxen liegen. Was haben wir da falsch gemacht, das wollte ich mit Roon und Susanne später diskutieren, warum haben wir es versäumt, den Eingewanderten das Vergnügen am Wandern, an deutscher Natur, herrlichen Wäldern und an dem zu vermitteln, was wir für Romantik halten?

Roon wurde es langweilig, Susanne überlegte, in das Kino hineinzuschauen, Filme über die Eiszeit und Entstehung der Wälder. Ich ließ die beiden vorausgehen, zehn Minuten für diesen mythischen Ort waren mir zu wenig, ich wollte noch ein paar Augenblicke für mich sein, wir verabredeten uns eine halbe Stunde später im Bistro. Ich stand am Geländer, hundert Meter steil über dem Meer, wie auf einer Bühne, es juckte mich nicht, eine Rede zu halten, ich sprach mit mir selbst, immer noch erfrischt von dem Widerspruch: Draußen vor den Grenzen Europas die großen Ströme der Völkerwanderungen, aber hier gab es nur Deutschenwanderungen auf normierten und geprüften Wegen, hier in der nordöstlichsten Ecke des Landes schienen nur Altdeutsche unterwegs zu sein, emsig hin und her auf den Steilküstenwegen, an den Stränden, immer locker, locker Schönheit atmend, ähnlich wie ich, das Weite suchend und aufs Wasser schauend, die Horizonte prüfend, als käme heute noch ein Erlöser oder ein Feind über die Wellen oder als hätten wir die Ufer zu bewachen als Freiwillige in dieser deutschen Bastion.

Vielleicht hat gerade das Fehlen von Ausländern und Neudeutschen, vielleicht die absolute Chinesenlosigkeit dieses besonderen Ortes (denke ich jetzt beim Aufschreiben) meine nun aufblühenden Visionen provoziert und beflügelt: Obwohl ich die Augen nicht geschlossen hatte, sah ich die Bühne, auf der ich stand, wachsen und immer länger werden, zu einem Laufsteg werden, aufgehängt an seidenen Fäden, weithin ins Meer hinaus, sah den Steg zu einer Brücke wachsen, auch an seidenen Fäden und stabil, wie eine Seidenstraße durch die Luft, bis in die Nebel des Horizonts. Dort tauchte ein Punkt auf, ein Schiff, ein rasch größer werdender metallischer Block, ein Flugzeugträger, der fast so schnell vorankam wie ein Flugzeug, ein riesiger Rammbock, direkt auf den Königsstuhl zu. Ein chinesischer Flugzeugträger, so wollte es mir scheinen, bevor klar war: Dies Grau war dunkles Weiß, von gleicher Farbe wie die Kreidefelsen, das Riesenschiff verwandelte sich in ein Kreuzfahrtschiff, das seine Fahrt verlangsamte und beidrehte, als sei die Steilküste die Kaimauer eines Hafens und der Felsen, auf dem ich stand, die ideale Landungsbrücke in passender Höhe.
Chinesisches Kreuzfahrtschiff legt am Königsstuhl an, bei den Breaking News aus dem eigenen Schädel lachte ich leise auf, so amüsiert wie verwirrt, an das Eisengitter gelehnt, mehr als

hundert Meter über den Wellen. Ein Tagtraum nur, ein erster Flash, der mich so irritierte, dass ich keine Minute länger auf der Aussichtsplattform bleiben wollte. Stehend zwischen den Touristen, die vom Land, vom Besucherzentrum her drängten, sah ich schon die nächsten, die von der Meerseite kamen, aus Kreuzfahrtschiffen quollen und direkt auf dem Königsstuhl die Insel betraten. Auf diesem kleinen Felsendreieck würde es eng werden, viel zu eng. Panik im Nacken, floh ich vor den eingebildeten Touristenmassen, musste wieder über die schmalen Treppenstufen, steile Abgründe im Blick, es wurde mir schwindlig, ich spürte Angstschweiß, brauchte das Geländer, krallte mich fest, bevor ich an der Wiese ankam und durchatmen konnte.

Ich hielt still, um die verstörende Blitzmeldung abzuwägen oder abzuschütteln, aber meine Phantasieschübe waren noch nicht vorbei. Schwitzend stand ich an der sogenannten Wiese der Romantik, für Aktionen zu Kunst und Kultur gedacht, wie ich später im Prospekt las, leicht ansteigend, oben am Waldrand war ein albernes Rundfenster mit der Aufschrift «UNESCO-Weltnaturerbe» aufgebaut, es sollte für einen angeblich dahinter liegenden Urwald werben. Davor, und ich vermutete zuerst eine neue schräge Halluzination, hatte man eine vergrößerte Kopie des berühmten und für jeden Marketingquatsch verwendeten Friedrich-Bildes auf einer Art Staffelei postiert, lächerlich anbiedernd, bemüht, hilflos, ich wünschte das weg, wischte das weg, und der nächste Flash folgte:

Mit Werkzeugen und Kisten rückten Bauarbeiter an, offenbar dem eben angelandeten Schiff entstiegen, besetzten den Platz, steuerten einen Bagger, setzten in Windeseile Fundamente, ein Kran hob den Sockel heran, es war sofort klar, das wird

das Denkmal, das die Chinesen eines Tages für die Kanzlerin bauen werden, vier Meter hoch, so wie sie das Denkmal für Karl Marx der Stadt Trier aufgedrängt haben, so werden sie den Rüganern und ihren Gästen vielleicht in hundert Jahren oder wann auch immer diesen Gefallen tun an passender Stelle, hier war die passende Stelle, und sie waren wieder mal schneller, schon stand alles, schneller als bei den Kölner Heinzelmännchen, stabil, poliert, fotografierfertig mit der Aufschrift: «Der deutsch-chinesischen Kanzlerin. Der Erfinderin der marktkonformen Demokratie. Der Heldin von Piräus.»
Es wurde mir schwach in den Beinen, ich schaute nach oben, vier Meter Höhe sind nicht wenig, der leichte Schwindel blieb, ich versuchte mit ganzem Verstand meine Phantasie zu zähmen, blickte wieder runter auf die Inschrift, sah deutlich jeden einzelnen Buchstaben, schon rückten Ehrengäste an, es wurde fotografiert, ein Mikrophon aufgestellt. Ich suchte etwas zum Festhalten, einen Baum oder eine Bank, im Taumel erstarrte das Bild, kein Mensch bewegte sich mehr, alle Gesten und Aktionen waren angehalten, selbst die Äste der Bäume im Hintergrund schwankten nicht. Ein Sprung im Bild. Man hörte keinen Laut. Ich bilde mir ein, nach oben geschaut zu haben, als käme aus einem Satelliten eine Erklärung oder ein neuer Befehl, eine erlösende Meldung, ich trat zwei, drei Schritte auf das Denkmal zu, noch einen, als könne ich mich da festhalten, doch die Beine sackten weg und hielten mich nicht mehr.

Von fern hörte ich eine Stimme. Susanne, sie rief mich beim Namen, es war ein wohliges Gefühl, mit warmer Stimme gesucht zu werden, denn ich wusste nicht, wo ich war, und als ich die Augen aufschlug, sah ich ihr erschrockenes Gesicht, sie hielt eine Hand an meine Wange. Jemand fühlte meinen Puls, Roon, ich lag am Boden, im Gras, die Beine angewinkelt, einige Leute standen um uns herum, und es dauerte einen Moment, bis ich wacher wurde und verstand, dass ich auf der seltsamen Wiese umgekippt war. Jemand gab mir Wasser zu trinken. Roon fragte: Was machst du für Sachen? Ich hatte nichts zu antworten.

Die beiden halfen mir auf, führten mich zu einer Bank, wieder erblickte ich das Rundfenster mit dem Wort Weltnaturerbe und Friedrichs nachgemachte Kreidefelsen, aber kein Denkmal, keine Arbeiter, keine Chinesen, und noch immer befand ich mich auf dieser sogenannten Wiese der Romantik. Ich atmete kräftig ein und aus, die Gaffer zerstreuten sich, Frau und Freund nahmen mich in die Mitte, wir gingen zur Terrasse des Bistros, und ich erholte mich allmählich bei Wasser und einer schlecht gebratenen Forelle.

Roon meinte, wir hätten auf unserer Wanderung zu wenig getrunken, füllte mein Glas ständig nach und bemühte sich weiter um eine Diagnose, sprach von Blutdruck, Kreislauf, Ohnmacht und wollte wissen, wann und wo und warum der Schwindel eingesetzt habe.

Ich sagte nur: Keine Ahnung, ist doch vorbei. Es hatte keinen Sinn, die speziellen Kreisläufe meiner zu weit geschossenen, allzu aktiven Phantasie zu deuten, ich konnte ihm hier und jetzt keine volkswirtschaftlichen oder politischen Erklärungen liefern für den Drehschwindel oder Kippschwindel oder wie immer diese Schwäche heißen mochte. Hier, wo man Buchen und Kreide, Seeadler und Buschwindröschen, Caspar David Friedrich und Störtebeker feierte, konnte und wollte ich nicht das große China-Fass aufmachen.

(Erst jetzt beim Aufschreiben fiel mir ein, dass die Wahl des Standorts für das Denkmal der M. gar nicht so dumm gewesen war, das Unbewusste hatte ordentlich gearbeitet. Diese Rügensche Ecke zwischen der Stubbenkammer bis rauf nach

Kap Arkona war im christlichen Mittelalter das letzte slawische, heidnische Gebiet gewesen, noch nicht erobert von der neuen Religion, Ideologie und Macht. Ganz Europa war längst christlich, nur auf Rügen gab es noch Widerstand, bis Ende des 12. Jahrhunderts die Dänen und Heinrich der Löwe mit geballter Macht anrückten und Arkona, die letzte Tempelburg der Slawen, schleiften und die Heiden totschlugen oder unter das Kreuz zwangen. Die Reste der Festung waren um die Ecke in Arkona zu besichtigen.
So abwegig war es nicht, hier oben den letzten noch nicht sinisierten Winkel Europas zu vermuten am Ende der Seidenstraßen rund um den Hafen Mukran und das Caspar-David-Friedrich-Image. Geschichte wiederholt sich nicht, das war sowieso klar, aber eine Gedenkminute für die tapferen Slawen wird man ja auch im 21. Jahrhundert einlegen dürfen, bevor man neue Denkmäler baut.)

Mit meiner Idee, die sich zur fixen Idee verfestigt hatte, musste ich selber fertig werden, das wurde mir klar, als wir auf den Bus warteten und dann nach Sassnitz zurückfuhren. Der Beschluss, das Thema China fallenzulassen, war zum Glück bereits vor dieser Reise gefallen, aber offenbar noch nicht im Unbewussten angekommen. Argumente hatte ich genug, mein China-Album zuzuklappen, die Sammelei aufzugeben, erst recht die verwegene Idee, vielleicht darüber zu schreiben. In mir arbeitete es weiter.
Der Bus schaukelte durch den Wald, Susanne fragte, ob es mir gut ginge. Auch ihr mochte ich jetzt nichts erklären, ich war ganz bei der Sache und bekräftigte still für mich noch einmal, was ich mir in Berlin fest vorgenommen hatte: Schluss damit! Auch wenn ich ahnte, dass es mit solchen rationalen Entscheidungen nicht getan war.

Wir liefen durch Sassnitz zum Auto, fuhren an Prora und Binz vorbei und steuerten das Hotel in Sellin an. Ich schaute nicht in die Gegend, sagte nichts, ich haderte mit meiner Anmaßung, hundert Jahre vorausschauen zu wollen. Wenn die Chinesen Rügen kaufen – die fixe Idee war stärker geworden als ich, sie hatte mich buchstäblich umgehauen, das ging zu weit. Es sind schon Männer aus geringeren Gründen dem Wahnsinn verfallen, wer hatte diesen Spruch abgelassen, es war kein Wahnsinn, aber ich musste auf mich aufpassen. Ich konnte schon nicht mehr denken, was ich wollte. Die täglich auf mich einströmenden Informationen und von mir selbst in Schwung gebrachten Bilder hatten mich überfordert, hatten zu viel von meiner gesteigerten Aufmerksamkeit absorbiert und sich auf den Umschlagplätzen des Gehirns viel zu breit gemacht.

Als wir im Hotel ankamen, wollte ich nur schlafen. Nach einer halben Stunde erwachte ich bester Laune. Aus dem Kopf schlagen konnte ich mir das viel zu große Thema nicht, es war noch nie mein Ziel, mir Gedanken zu verbieten. Aber jetzt erst begriff ich: Ich hatte mich überfordert, der ganze China-Komplex war mir über den Kopf gewachsen. Ich war zu klein dafür, und allein ging es sowieso nicht.

Die richtige Parole war, wie schon in Berlin beschlossen: zurück zum Kerngeschäft des Journalisten. Recherchieren, mit anderen an einem Strang. Informieren, nicht spekulieren! Und ich memorierte immer wieder dies komische Wort: Kerngeschäft, Kerngeschäft, das seit einiger Zeit so in Mode war, dass ich es ohnehin nur ironisch benutzte, Kerngeschäft, Kernbeißergeschäft.

Susanne war zum Strand gegangen. In der Lobby des Hotels lag die «Bild»-Zeitung. «Unser Schicksalstag!», na bitte. Alles Fußball, aber eine kleinere Schlagzeile fiel mir auch auf, die Forderung nach «Ehrlichkeit» in Sachen Griechenland. Wunderbar! Dies Blatt kehrt zurück zum Kerngeschäft Ehrlichkeit, kann es schönere Nachrichten geben! Wenn die, die beim Thema Griechenland am meisten gehetzt und gelogen haben, nun nach Ehrlichkeit schreien, dann kann die Welt nur heiter werden, dann lachen die Hühner, die Götter und mindestens ein Frührentner aus Berlin unter dem trüben Himmel von Sellin.

Wir hatten für den Abend nichts reserviert, fanden nur in einer Pizzeria noch Plätze, Samstagabend, Hochsaison. Man ging früher als sonst zum Essen, weil am späteren Abend das Schicksalsspiel anstand, wie es überall hieß, Deutschland gegen Schweden. Es musste gewonnen werden. Für Fußball bin ich nicht zu haben, sagte Roon, für Schicksal aber immer. Ich informierte ihn, dass die Schweden lange eine erträgliche Besatzungsmacht auf Rügen gewesen waren, sowie über die Tücken der Vorrunde und die drohenden Katastrophen für die deutsche Seelenlage bei nachlassender Siegesgewissheit.
Unsere Wanderung brachte ihn noch einmal ins Schwärmen, er spielte aber nicht auf die Pointe meiner Ohnmacht an. Stolz erzählte er von seiner Begegnung mit einer Klapperschlange beim Wüstenwandern in Palm Springs, beschrieb die fatale Lage, als das Tierchen zwei Meter vor ihm lag und sich nicht bewegte, wie schmal der Weg war und dass sie nicht zurückgehen konnten, er und seine Frau. Die Schlange rührte sich nicht, und wie sie dann doch mit winzigen Schrittchen Zentimeter für Zentimeter an dem Tier vorbeitippelten, das da auf der Lauer lag und nicht mal die Augen zu bewegen schien. Am Ausgang erfuhren sie von einem Ranger, das sei die allergiftigste Sorte gewesen, sechs Stunden nach dem Biss bist du tot, falls vorher kein Helikopter kommt. Das wäre meine Ohnmacht gewesen vor sechs, sieben Jahren, sagte Roon.

Ich überlegte, Susanne und ihm wenigstens ansatzweise meinen Schwindelsturz vom Mittag zu erklären. Aber ich wusste nicht, wie anfangen, Susanne war vertraut mit meinen Phantasien, Roon dagegen hatte keine Ahnung, er las nicht den Wirtschaftsteil, nicht einmal den seiner geschätzten FAZ, die seit einem Jahr, seit er sich für Deutschland entschieden hatte, auf seinen Bildschirm in Baltimore geschickt wurde. Susannes Wohlwollen mochte ich nicht schon wieder mit diesem Thema strapazieren, Roon nicht unnötig provozieren.

Im Hotel sahen wir das Fußballspiel. Den Caspar-David-Friedrich-Tag, den Tina-Gedächtnis-Tag, den Schicksalstag, den Denkmal-Tag, diesen verrückten 23. Juni krönte ein Freistoß in der letzten Minute der Nachspielzeit: ein Schuss, der den Ball aus mehr als zwanzig Metern hart und angeschnitten direkt ins obere rechte Eck des schwedischen Tores hineinwirbeln ließ. Deutschland war nicht in den Abgrund gefallen. Deutschland war gerettet, fürs Erste. Gerettet von einem jungen Mann namens Kroos aus dem einstmals schwedischen Greifswald.

Der Rest ist schnell erzählt. Ich fasse zusammen:

Am Sonntag ein Ausflug zum Jagdschloss Granitz, wir bestiegen den Turm, wieder etwas zum Schwindligwerden, Roon war bezaubert von der Aussicht, den uns ein früherer Fürst zu Putbus beschert hatte. Danach liefen wir fast zwei Stunden am Binzer Strand entlang, der von Spaziergängern und Badegästen so voll war, wie ich ihn nie gesehen hatte. Die Sonne kam durch. Nachdem wir Susanne zum Zug nach Berlin gebracht hatten, blieben wir in Binz und landeten in einem Café auf der Promenade.

Es war nicht leicht, beim Stichwort Chinesen im spielerischen Rahmen zu bleiben, wie viele Leute verstand er das erst einmal falsch als panisches, rassismusverdächtiges Gerede von der Gelben Gefahr, als billige Untergang-des-Abendlandes-Vision mit Millionen heranströmender schwarzhaariger Asiaten. Ich versuchte zu erklären, dass nur die schlichte kleine Frage Demokratie ja oder nein zu entscheiden ist und dass ich an die Verbiegungen der Köpfe und die immer ausgefeiltere Überwachung und totale Kontrolle dachte, an die lächelnden, cleveren, aber unnachgiebigen Missionare eines stalinistischen Kapitalismus. Oder an Besprechungsräume bei Notaren in Stralsund oder Berlin, wo ein Kaufvertrag nach dem andern unterzeichnet wird, mit schwarzen Lederstühlen, Stahlmöbeln, einer Thermoskanne mit Kaffee auf dem Tisch, Grundstücksverträgen, Transaktionsverträgen, Kooperationsverträgen. Sie haben eine Mission, wir nicht, und keine Skrupel mit dem Geld und der totalen Käuflichkeit, so ungefähr.

Weiter kamen wir nicht. Vom Nebentisch, an dem drei breitschultrige junge Männer, nicht in meinem Blickfeld, Bier tranken, unterbrach mich eine Stimme, laut, offenbar genau in unsere Richtung gezielt: Die Optimisten lernen Chinesisch. Die Pessimisten Arabisch. Die Realisten lernen Schießen.
Ich drehte mich um und stand auf, ich weiß nicht, was mich ritt, aber ich zischte die drei an, eins der Gesichter fixierend: Dann lernen Sie Chinesisch, Sie ... ich wollte Arschloch sagen, hielt inne und sagte dann: Optimist! Ziemlich misslungen, dieser Auftritt, zumal mir nicht klar war, welcher der Männer uns mit dem Spruch provozieren wollte und ob der ihn nur als Zitat oder zustimmend uns hingerufen hatte. Bissig schaute der Mann zurück, ich meinte den richtigen im Blick zu haben, den selbsternannten Realisten. Auch er erhob sich, als wolle er zuschlagen, ich dachte noch: Junger Mann gegen

Rentner, das geht doch gar nicht. Ehe der andere den Mund aufmachte oder tätlich werden konnte, stand Roon auf in seiner ganzen blonden Größe und sagte in fettem Amerikanisch: Don't touch my friend! Dabei grinste er breit wie Trump und schickte ein America first! hinterher. Der andere schwieg und setzte sich.

Die drei zahlten und verließen das Café. Auch wir wollten lieber nicht warten, bis sie mit Verstärkung zurückkämen.

Der Spruch des jungen Kerls ging mir den ganzen Abend durch den Kopf. Optimisten, Pessimisten, Realisten, welche neue Sorte von Nazis war denn das nun wieder?

Am Montag fuhren wir bei herrlichstem Wetter nach Putbus, zuerst zum Hafen Lauterbach, der neuerdings Marina Lauterbach hieß. Roon sprach routiniert und lässig mit dem Hafenmeister und kehrte dabei mehr den Amerikaner als den Altadeligen heraus. Wieder war die Aussicht auf einen Liegeplatz gestiegen. Am Schlosspark Putbus gestand er: Ist doch gut, dass Ulbricht das marode Schloss hat abreißen lassen, mit Schloss wäre mir das Städtchen zu feudal, zu muffig.

Vor vielen der klassisch weiß strahlenden Häuser am Circus blühten die Rosen, Roon zeigte sich begeistert über diesen, wie er sagte, ostdeutschen Sinn für Schönheit. Ich versuchte, ihm das hier besonders unstimmige Wort ostdeutsch auszureden: Das ist norddeutsch. Du machst dich unglücklich bei deinen Kandidatinnen, wenn du sie ostdeutsch nennst. Aber die Rosen, meinte er, als wir am Rathaus und Standesamt vorbeiliefen, die werden den Frauen gefallen.

Der örtliche Makler hatte zwei passable Angebote für ein Haus mit Praxisräumen, die wir dann doch verwarfen, der Makler in Bergen eines, das noch nicht zu besichtigen war. Der Immobilienmarkt für diesen Teil Rügens galt als vielversprechend. Ich ließ mich überreden, bei überzeugenden Angeboten für ihn den Vorprüfer zu machen, bevor er in Baltimore die Verträge sieht und wieder zum nächsten Neunstundenflug startet. So hatte ich plötzlich einen Nebenjob. Sein Vertrauen ehrte mich, für ihn war es die bequemste Lösung. Mein draufgängerischer Idealist hatte sich wieder mal durchgesetzt.

Auf dem Weg nach Berlin am Dienstag hielten wir in Grimmen, sahen uns dort eine halbe Stunde um, und in Anklam, dort reichten zwanzig Minuten. Noch kürzer in zwei, drei anderen Orten, die ihm die Ärztekammer empfohlen hatte. Alle ohne Chance. Roon hatte sich in Putbus verliebt.

Hinter Pasewalk, auf der Autobahn, kamen wir noch einmal auf China und die jungen Männer aus Binz zu sprechen.
Ist dir das nicht peinlich, fragte Roon, mit deiner China-Aversion, da bist du doch ziemlich auf einer Linie mit Trump?
Im Gegenteil! Eher ist der mit Xi auf einer Linie oder bewegt sich dahin. Beide wollen keine Gewaltenteilung, keine Meinungsfreiheit, keine Menschenrechte. Beide tun viel, Europa zu spalten, die westlichen Werte zu kappen, ihr Weltmachtstreben autoritär durchzusetzen. Ob du America first! rufst oder China first!, wo ist da der Unterschied? Der Unterschied ist, dass die USA ein Rechtsstaat sind und der Präsident in spätestens sechs Jahren weg ist, Herr Xi und seine Partei dagegen haben andere Pläne.
Nach den ergiebigen Rügen-Tagen hatte ich wenig Lust, bei diesem Thema ausführlich zu werden, und lenkte das Gespräch bald wieder auf die Putbusser Zukunft.

29.6. | Seit vorgestern am Rügen-Bericht, volle Zehnstundentage.

Die Mehrheit irrte (wie meistens). Die Illusion, mal eben den «5. Stern», den nächsten Weltmeistertitel abzuholen, endet blamabel, in der Vorrunde. Solche Niederlagen könnten heilsam sein für die deutsche Arroganz-Gesellschaft, aber das Zentralorgan «Bild» hat schon die Schuldigen gefunden: die nicht rassereinen deutschen Spieler (die zudem als nicht demokratiefreundlich aufgefallen sind). Prompt brodelt eine windschiefe Debatte über deutschen Rassismus auf.
Die Angst der Mächtigen (aus Politik, Wirtschaft, Sport, Showprominenz) vor der Macht der «Bild» löst keine Debatten aus.

«Wir» zogen aus, um wieder Fußballweltmeister zu werden. Und wurden Müllweltmeister. Oder, um bei den Fakten zu bleiben: Mülleuropameister.

30.6. | Zurück zum Kernbeißgeschäft. Gestern bei den guten Leuten der Recherchegruppe Z: scharf auf Wirtschaftskriminelle jeder Sorte, absolut unparteilich, witzig und einig in dem, was wir verabscheuen, den «betreuenden Journalismus», wie Habermas sagte, und die Dax-Priester. Ab September könnte ich mitmachen, unter Pseudonym erst mal ein halbes Jahr. Natürlich freuen sie sich, einen Profi zu kriegen, den sie nicht bezahlen müssen. Noch ein Gespräch nächste Woche.
An der Pinnwand dort: «Die Wahrheit widerstreitet den Interessen der meisten Menschen. (Fritz Mauthner)» Auch schon hundert Jahre alt, dieser Satz.

Der italienische Journalist Borrometi muss wegen seiner Recherchen über die Mafia ebenso versteckt und mit mehreren Leibwächtern bewacht werden wie Saviano. Diese beiden und 17 weitere Kollegen sind in ständiger Lebensgefahr, 174 weitere Reporter gefährdet, allein in Italien. So altmodisch bin ich, dass ich mich davon motivieren lasse: ein Grund mehr, wieder mit voller Kraft in die Recherchen zu tauchen.

1.7. | Fünf Tage gebraucht für das Rügen-Wochenende.

Habe Susanne immer noch nicht erzählt, welche Bilder und Einbildungen mich umkippen ließen auf dem Königsstuhl. Ja, der Kreislauf. Das Denkmal für M. bleibt mein Geheimnis, vorerst.

2.7. | Wird es jemals eine Talkshow zum größten Finanzskandal der Republik geben? Zu den Cum-Ex-Geschäften, bei denen Banken und Banker und Großaktionäre dem Staat 32 Milliarden Euro abgefuchst haben (in Europa 55 Milliarden). Teilweise mit Hilfe der vier großen Wirtschaftsprüfungsunternehmen, die gleichzeitig als Gutachter und Berater für staatliche Stellen arbeiten. Organisierte Kriminalität der Superreichen, sich Steuern «zurückerstatten» zu lassen, die man nicht gezahlt hat. Kleiner Aufschrei, großes Schweigen. Man hätte sogar was zu staunen: über die viel zu lange arglosen Finanzbehörden.
Ab wann darf man von «Bananenrepublik» sprechen?

3.7. | Eins vergaß ich in meinem Rügen-Bericht. Als wir durch den Nationalpark Jasmund wanderten unter den Buchen und ich überlegte, wie ich Roon meine chinesischen Fixierungen erklären könnte, stellte sich, zum ersten Mal so deutlich, der schlichte und erheiternde Gedanke ein: Auch in DDR-Zeiten liefen auf diesen Wegen, unter diesen Bäumen Leute, die gegen die Diktatur waren. In jeder Diktatur gibt es früher oder später Reibungen, Brüche, Irrationalitäten, Willkür und Faktenblindheit, die Leute müssen sich zu sehr verstellen und verbiegen und zu oft schweigen, Partei, Überwacher und Zensoren kommen beim Kontrollieren nicht mehr mit, die Strafen wachsen und die Bestraften auch, das Misstrauen auf allen Seiten blüht, die Gesellschaft wird blinder und lahmer und unproduktiver, Gegenströmungen und Gegenmeinungen, Renitenz und Widerstand sind immer schwerer zu verhindern. Von allen möglichen ökonomischen Turbulenzen mal abgesehen, es ist ziemlich unwahrscheinlich, dass der perfekte Totalitarismus, der in China gerade aufgebaut und ausgebaut wird, der erste in der Geschichte sein soll, der in dieser Form hundert Jahre oder zweihundert oder dreihundert oder ewig bestehen wird – so sprach es aus den grünen Buchendächern über mir und aus dem modernden Totholz neben den Wegen.

«Nur in China schauen die Menschen positiv in die Zukunft», behauptet ein chinesischer Science-Fiction-Autor.
Der kennt die Umfragen über den deutschen Optimismus nicht. Und die Leute aus Finnland und Friedenau!

Irgendwann stellt sich die Frage: altersmilde werden oder altersradikal? Beides! Radikal gegenüber den Verhältnissen, milde zu den Menschen.

4.7. | Lena reist mit Interrail kreuz und quer durch Europa. Die Freunde verlassen die Stadt, fliehen vor den Sommerhitzen. Roon, nachdem er drei Tage bei seiner Schwester in Bamberg war, flog gestern gen Baltimore. Es hat mir gutgetan, dich zu treffen, sagte er beim Abschied. Ich werd mir einen Spaß draus machen, als sein bevollmächtigter Haus-Gutachter aufzutreten – nach dem Urlaub.
Die Hitze brennt die Köpfe leer. Gute Zeiten für Hysteriker. Treibhaus Deutschland.

Ein Konzernchef und Milliardär, Anteilseigner der Deutschen Bank, stellt sich in einem französischen Dorf auf eine Mauer, um sich von seiner Familie fotografieren zu lassen, stürzt 15 Meter in die Tiefe, tot. Die Nachricht aber ist: der Mann ein Chinese, sein Konzern, nach aggressiver Expansion nun etwas wackelnd, mit undurchsichtigen Strukturen. Eine, falls die Zeitungen recht haben, etwas heikle deutsch-chinesische Schnittstelle. Dachte sofort an die Abstürze von den Kreidefelsen, an die Selfie-Tode. Stellt sich ein so mächtiger Mann, der so viel Ärger hat mit Partei und Liquidität, einfach auf eine Mauer? Auch diesen Krimi schreibe ich nicht.

Werde überhaupt keinen Krimi schreiben und kein Buch, schon gar nicht über die Chinesen. Ab 1.9. wird wieder solide gearbeitet und recherchiert. Gestern zweites Gespräch mit den künftigen Kolleginnen und Kollegen vom Netzwerk Z. Wir sind uns ähnlich, wir sind uns einig, es gibt viel zu tun: Zehn Jahre nach der Lehman-Pleite haben die Banken den Staaten weltweit 63 Billionen Dollar geliehen, doppelt so viel wie 2008. Die Spekulation kann nicht für alle aufgehen.

Beim Lunch mit Martin, dem Sprecher von Z.: Die EU könnte nun endlich die Steuertricksereien gewisser Konzerne begrenzen. Der Vorschlag, Bilanzdaten Land für Land auszuweisen und die Gewinne nicht mehr in undurchschaubaren Gesamtbilanzen zu verstecken, liegt dem Ministerrat vor, EU-Parlament und die Kommission hatten das angestoßen. Transparenz oder weiterhin offensive Steuervermeidung. Aber Deutschland blockiert schon wieder, zusammen mit den Steuerparadiesen Luxemburg, Malta, Irland, Zypern, Ungarn, Österreich. Ein deutsches Ja wäre der Durchbruch. Aber die Steuervermeidungsindustrie, die Lobby der Steuerschlupflochschnüffler, die Kartelle der Wirtschaftsprüfer sind allzu mächtig in Berlin und in Brüssel. Und der SPD-Finanzminister? Scheint die Sache aussitzen zu wollen, bis sie irgendwann sowieso vom Tisch ist wegen der Europawahl 2019.
Wir erinnerten uns daran, dass es Journalisten waren, die vor zehn Jahren das industrielle Ausmaß der Steuertrickserei durch die Großen der Welt aufgedeckt haben, von Apple bis SAP, von Ikea bis BASF. Deshalb: weitermachen!

Auf dem Heimweg wieder mal an die «Neuköllner Erleuchtung» vom Januar gedacht: wie herrlich, nicht in Gehorsamsgesellschaften zu leben! In einem historischen Ausnahmezustand, einem ziemlich guten. Das sollte man mehr Leuten erklären und mehr daraus machen. Es wird mir guttun, bald wieder in einer Gruppe zu arbeiten, die nichts anderes will, als die heutigen Freiheiten zu verteidigen und zu nutzen. Auch deinetwegen, Lena – falls ich dir das so direkt und pathetisch sagen darf.

5.7. | Susanne hat Sommerferien, in einer Woche fahren wir. Athen, Piräus, Peloponnes. Auch ich würde schon jetzt gern Ferien haben und die Chinesen und Frau M. aus dem Kopf scheuchen. Wahrscheinlich wird das erst mit der neuen Arbeit im September gelingen.
Merke, dass ich immer weniger Lust habe, diese Aufzeichnungen fortzusetzen.

7.7. | Eine Ansichtskarte von Lena aus Marseille. Eine Ansichtskarte! Von einer Neunzehnjährigen! Es gibt noch Zeichen und Wunder! (Vielmehr freundliche Nachsicht mit den Alten, Susanne hatte sie bei unserm Essen am Zoo gebeten: Schick uns doch mal ne Karte, wenn du unterwegs bist!)

Marseille – Afrika – Gedankensprünge: Angenommen, Lena, du liest das hier wirklich, in 30 Jahren ungefähr, wenn in den afrikanischen Ländern nicht mehr 1,3 Milliarden Menschen leben wie heute, sondern 2,5 Milliarden, die meisten jung (und in den europäischen Ländern 450 Millionen, die meisten alt). Angenommen, du fragst dich dann, warum der alte Onkel darüber keine Notizen hinterlassen hat, ob er diese Entwicklung nicht gesehen oder reflektiert hat, den wachsenden Migrationsdruck an den Mittelmeeren. Dann hier eine kurze Antwort: Ja, er hat, zumindest im Juni 2018, nach deiner Ansichtskarte aus Marseille. Aber auch ich bin ratlos. Und zum Glück kein Prophet. Was soll ich dazu sagen, Europa, pauschal gesprochen, plündert den Kontinent munter weiter aus im Wettstreit mit den chinesischen und russischen und amerikanischen Plünderern und einvernehmlich mit korrupten Eliten. Und hat kein Konzept, keinen Willen, investiert so gut wie nicht, kriegt viel zu selten faire Kooperationen hin, nur ab und zu ein bisschen

Mitleid. Chinesen handeln als clevere Kolonialisten, Europa kommt aus dem kolonialen Denken nicht raus – dabei könnte es noch viel von den Afrikanern lernen. China hat Ideen und Geld, die EU beides nicht. (Es gibt viel zu tun. Erst mal «Die Kritik der schwarzen Vernunft» von Mbembe lesen.)

Der Mensch denkt, und Gott lenkt. Die zwei größten Irrtümer der Menschheit in sechs Worten, in einem Satz.

8. 7. | Der Siemens-Chef verwahrt sich gegen die Demagogie der AfD, deren Nationalismus schade dem deutschen Ansehen in der Welt. Prompt werden er und seine Familie bedroht. Aber kein anderer Konzernchef springt ihm öffentlich bei, ein Autochef meint, dann würde er vielleicht 19 Prozent weniger Autos verkaufen. Alle Bosse schweigen, selbst wenn einer von ihnen an den rechten Pranger gestellt wird. Geschichte wird in Business-Schools offenbar nicht gelehrt. Margen gut, Courage ungenügend.

Im Spätsommer wird die letzte Tranche des «Hilfsprogramms für Griechenland» gezahlt, mit minimalen, aber nicht relevanten Erleichterungen für das Land. Danach, vermute ich, werden die ersten Mittäter aus der EU Reue zeigen, der Währungskommissar zum Beispiel, vielleicht sogar der harte Troika-Dijsselbloem. Man wird «suboptimal» und «undemokratisch» finden, was man von den Griechen verlangt hat. Auch manche deutsche Zeitungsleute dürften milder werden und mahnen, wir müssten bereit sein, mehr zu geben, weil das auch ökonomisch sinnvoll sei. Die Argumente werden denen von Yanis Varoufakis immer ähnlicher werden, aber das wird niemand zugeben wollen.

Fragt sich, ob irgendwann des großen Sch. Selbstkritik bekannt wird. Immerhin, für mich hat er sein Geständnis einmal abgelegt, die Generalprobe auf dem Königsstuhl. Ein gelungener Auftritt, ich kann es bezeugen.

Bei den Berliner Kids, sagt Susanne, ist das soziale Netzwerk Tik Tok der neuste Hype, bald beliebter als Instagram, Facebook usw. Die Daten werden in China gespeichert, nicht mehr in Kalifonien. Die Zukunft überholt die Zukunft.

«Wir tun nichts anderes, als uns gegenseitig mit Anmerkungen zu versehen.» (Montaigne)

Leute, die ihre Wichtigkeit betonen möchten, sprechen vom Zeitfenster. Jetzt hörte ich zum ersten Mal: Toleranzfenster.

9.7. | Bevor ich diese Datei schließe und den Punkt mache, ein Fazit aus der SZ von heute: «Chinas Einparteiendiktatur ist unter Xi Jinping wieder autoritärer und gnadenloser geworden. Für die Welt und Europa ist das ein Problem, weil Xi gleichzeitig angekündigt hat, die Welt mit ‹Chinas Weisheit› – sprich: mit seinem Wirtschafts- und Politikmodell – beglücken zu wollen.»
Bei so viel kommender Weisheit kann es natürlich kein Fazit geben.

Meine Dummheiten, ich versuche wenigstens, sie vom Verstand leiten zu lassen.

Ich stelle mir vor, Lena: Falls du diese Blätter bis hierhin gelesen hast, wirst du vielleicht mal nach Putbus fahren wollen und schauen, ob am Circus, so heißt der bemerkenswert schöne zentrale Platz, vor den weißen Häusern immer noch die Rosen blühen. Und ob es schon eine Roonstraße gibt. Unter welcher Flagge der «Rasende Roland» durch die Landschaft tuckert. Und das Denkmal auf dem Königsstuhl?

Tagebuchschreiber werden mit der Zeit zu Narzissten und/oder Weltverächtern und/oder Misanthropen. Lieber wären mir die Gegenrichtungen. Noch ein Grund, so langsam mit diesen Notizen aufzuhören. Sofort.

10. 7. | (Fast) ein Jahr mein eigener Pausenclown, das reicht.

Editorische Notiz

«Wenn die Chinesen Rügen kaufen, dann denkt an mich» erschien im September 2019 im Verlag Rowohlt · Berlin; im März 2021 folgte die Taschenbuch-Ausgabe als rororo. Das Hörbuch, gelesen von Christian Brückner, erschien in der Edition parlando im Argon Verlag.

In der Zeitschrift «Sinn und Form» veröffentlichte Delius 2017 ein fiktives Streitgespräch zwischen einem älteren Schriftsteller und einer jungen Studentin über die Frage «Kann Angela Merkel eine Romanfigur werden?», aus dem wir die Schlusspassage zitieren.

Pressestimmen:

«F. C. Delius entwirft das unterhaltsam-bissige Porträt eines Freidenkers, der seine Gedanken nicht länger an die Leine nehmen muss. Ein wunderbares Deutschland-Album.» *(Frankfurter Neue Presse)*

«Ein verstörend aufregendes Werk!» *(Anton Thuswaldner, Salzburger Nachrichten)*

«Wer irgendwann mal in einer fernen Zukunft auf unsere Zeit schaut, dürfte von diesem Roman eine Menge lernen.» *(Alexander Leopold, Der Tagesspiegel)*

«F. C. Delius hat einen pointierten Roman über unsere Gegenwart geschrieben. Satirisch, klug und ohne Rechthaberei.» *(Hamburger Abendblatt)*

«Eine furiose Abrechnung mit der deutschen und europäischen Politik nicht nur der letzten zwei, vielmehr der letzten 20 Jahre.» *(Peter von Becker, Der Tagesspiegel)*

«Kann Angela Merkel eine Romanfigur werden?» Aber Sie, Frau E., Sie schreiben doch auch, vermute ich. Sagen Sie nichts, das schließe ich aus Ihren behutsamen und mutigen Fragen. Vielleicht werden Sie ja eines Tages diesen Roman schreiben, den Sie sich so wünschen. Es war doch auch Ihre Idee mit dem mecklenburgischen Heimatroman. Bitte, machen Sie das, halten Sie ihn fest, den zukünftigen Bewußtseinsstrom der Altkanzlerin auf einer Höhe irgendwo in Vorpommern oder Mecklenburg, es muß ja nicht das Jahr 2033 sein. Sie fühlen sich von dieser Frau bedrückt, eingeengt und trotzdem geschützt, oder wie auch immer Sie das empfinden, aber Sie empfinden etwas, das ist Ihr persönliches Thema, also werden Sie sich selber da ranwagen.

Nein, Sie müssen jetzt nichts sagen, Sie haben alle Freiheit bei diesem Projekt, ich werde Ihnen jedenfalls nicht in die Quere kommen, ich schreibe das nicht. Die Literatur blüht auch in Zukunft, da hab' ich keine Bange. Und vielleicht kommt nach Ihnen ja noch jemand und schreibt in zweihundert, dreihundert Jahren – wie Alfred Döblin mit dem Jahrhunderteabstand den «Wallenstein» – den Roman über unsere Epoche mit einer Kanzlerin als Haupt- oder Nebenfigur, die lächelnd über die Insel Rügen wandert. Ein Roman über eine Frau, die, abgelenkt vom Kleinkrieg mit Urbayern und von urarabischen Konflikten, völlig übersieht, wie Europa im 21. Jahrhundert zur chinesischen Provinz wird. Eine Autorin oder ein Autor mit chinesischem Hintergrund wird sie vielleicht dafür loben, jemand mit mitteleuropäischen Wurzeln wird sie vielleicht dafür kritisieren, soweit die Zensur das zuläßt. Ich sage: vielleicht, vielleicht. Wir wissen es nicht. Wir wissen ja noch nicht einmal, in welcher Epoche wir leben. Es kann noch viel passieren zu unseren, zu Ihren Lebzeiten. Das Mögliche ist unser Feld, und das Faktische hat in der Literatur dem Möglichen zu dienen, nicht umgekehrt. Ich danke

Ihnen, daß Sie mich aus der Reserve gelockt haben. Ich danke Ihnen und Ihrem Gerät fürs Zuhören. Und, noch etwas, fahren Sie mal zur Inspiration auf die Kreidefelsen!

Sinn und Form, Heft 3/2017